조선선비들의 사랑과 해학

조선선비들의 사랑과 해학

정상우 편역

古 _고 今 _금 笑 _소 叢 _총

다문

왜 고금소총 인가?

　　≪고금소총(古今笑叢)≫은 조선시대 전반에 걸쳐 만들어진 설화집으로 편자(編者)와 연대(年代)가 밝혀져 있지 않으나, 당시에는 성(性)과 관련된 풍자와 해학으로 서민을 위한 또 다른 해방구이자 카타르시스 역할을 해왔다. 속칭 육담(肉談)으로 불렸으며, 문헌과 구전(口傳) 등을 통해 이어졌다.

　　송인(宋寅)이 엮었다고도 하나 확실하지 않으며, 1958년 민속학자료간행회에서 《고금소총 제1집》이 간행되었는데, 이 속에는 서거정(徐居正) 편찬의 〈태평한화골계전(太平閑話滑稽傳)〉, 강희맹(姜希孟)의 〈촌담해이(寸談解頤)〉, 송세림(宋世琳)의 〈어면순(禦眠楯)〉 성여학(成汝學)의 〈속어면순(俗禦眠楯)〉, 그밖에 편찬자 미상의 〈기문(奇聞)〉 〈성수패설(醒睡稗說)〉 〈진담록(陳談錄)〉 〈명엽지해(蓂葉志諧)〉 〈파수록(破睡錄)〉 〈어수신화(禦睡新話)〉 〈교수잡사(攪睡襍史)〉 등 11종류의 소화집이 한데 묶여 있다. 그 안에는 총 825편의 이야기가 실려 있는데 이 중 약 3분의 1 가량이 육담(肉談)에 해당한다. 어면순. 속어면순, 촌담해이, 기문 등은 거의 육담으로 채워져 있고, 어수신화, 진담록, 성수패설, 교수잡사에서는 육담이 전체의 3분의 1 내지 2 정도를 차지한다. 반면 태평한화골계전, 파수록, 명엽지해에는 육담이 거의 실려 있지 않다.

　　《고금소총》은 흔히 음담패설집으로 널리 알려있는데, 그만큼

낮 뜨거운 내용이 가득하다. 그러나 《고금소총》에는 음담패설(淫談悖說)만 있는 것이 아니다. 책 제목에서 알 수 있듯이 '옛날부터 지금까지의 우스운 이야기를 모은 다양한 이야기'들이 담겨 있다.

《고금소총》에는 고품격의 해학(諧謔)과 교훈적 풍자(諷刺)도 많다. 고금소총은 우리 민족(民族)의 이야기로 한국판 이솝우화(寓話)라 할 수 있다. 그러나 이솝우화가 풍자에 역점을 두었다면 고금소총은 풍자와 해학을 접목(椄木)시킨 것으로 더 우수하다. 또한 이솝우화는 한 작가에 의한 것이지만, 고금소총은 이 땅에 살았던 모든 이들, 임금에서 하층민인 천민(賤民)에 이르기까지 모든 계층(階層)이 참여를 했다는 점에서 큰 차이점이 있다. 민초(民草)들의 삶의 조각들이 해학적이면서 때로는 아프게 와 닿지 않을 수 없는 것은 몇 세기 후의 시대에 사는 우리들의 연민이자, 시대를 뛰어 넘는 역사성이다.

어쨌거나 토속적 해학 문학의 백미(白眉)라 불리는 《고금소총》 비록 지식인들인 사대부(士大夫)에 의해 한문으로 수집된 소화집(笑話集)이지만 그 안에는 사대부(士大夫)만이 아닌 백성들의 너무나 진솔한 이야기를 담은 웃음과 눈물이 깃들여 있다. 신분의 격차에 의해서 민초들이 겪게 되는 삶의 양상은 차라리 눈물겹다. 꾸며진 이야기일 수도 있지만, 민초들의 실생활이 느껴지는 이유는 있는 사실 그대로 기술했기 때문일 것이다.

　요즘 우리 사회는 너무 먹고살기 급급하고 무미건조하기만 하다. 조금도 양보할 여유가 없는 대결양상에 어지러울 지경이다. 반걸음, 한 숨만큼만 늦춰 가는 여유를 고금소총에서 찾아보는 독서의 지혜가 있기를 기대해본다.

　〈파수록〉의 집필자 부묵자(副墨子)는 이 책을 보고 "좋으면 법도로 삼고 나쁘면 경계로 삼아서, 이에 따르고 스스로 경계하면 음담(淫談)과 야한 말들이 나에게 무슨 소용이 있겠느냐?"라고 말했다.

　에로스(Eros)와 포르노(Porno)의 차이는 무엇일까? 보는 이의 '인식에 대한 차이'이다. 책을 관능적이고 마음의 향락(享樂)을 얻기 위해 읽는다기보다 세상을 살아가는데 필요한 지혜(智慧)와 경험해보지 못한 간접경험을 얻기 위해 읽는다면 무엇보다 좋은 책이 될 것이다.

　첨언(添言)한다면 조선시대의 소화(笑話)는 한글로 표현된 것과 한문으로 표현된 것의 두 갈래로 분류되는데, 같은 내용의 이야기라도 한글 표현으로는 웃음이 나와도 한문 표현으로는 무미건조해지는 경우가 있고, 이와는 반대로 한문 표현에서는 웃음이 나오나, 한글 표현에서는 웃음을 느낄 수 없는 경우도 있다. 《고금소총》에도 이러한 특징이 많다.

　특히 노골적인 외설담은 더 그러하다. 한문 표현에서는 은근한 해학을 느끼지만 그것을 한글로 옮겨 놓으면 표현하기도 힘들지만 그대로 직역해버리면 웃음보다 오히려 혐오감을 느끼게 되는 경우도 있다. 그럼에도 불구하고, 가능한 원문(原文)의 표현을 살려 직역하였는데, 첫 번째 이유는 편역자의 부족한 표현력 때문으로 독자들이 그 설화의 배경을 그려보아야 재미를 느낄 것이고, 한편으로는 사라지는 말들을 그리워하는 측면과 어휘력을 기르는데 도움이 되었으면 하는 조그만 바람도 있었다.

4월의 마지막 날
정 상 우

차 례

조선선비들의 사랑과 해학
고금소총

촌담해이

명엽지해

파수록

성수패설

기문

교수잡사

참고문헌 및 참조사이트

1. 『古今笑叢 영인본』, 민속학자료간행회/민속원, 1958
2. 『지혜의 샘』, 전완길, 작가정신, 1989
3. 『古今笑叢(Ⅰ)~(Ⅳ)』, 차상보, 나남출판, 1996
4. 『조선해학 파수록』, 박훤, 범우사, 2005
5. 『고금소총 1~5』, 김현룡, 자유문학사, 2008
6. 『속담사전』, 최근학, 경학사, 1962
7. 『한국의 풍속사』, 밀알, 1994
8. 『여자란 무엇인가』, 김용옥, 통나무, 1989
9. 국립국어연구원 웹사이트 http://www.korean.go.kr
10. 위키백과사전 http://ko.wikipedia.org

태평한화골계전

주지승이 되는 것이 소원입니다 (願作住持)
극락정토라도 가고 싶지 않다 (不願西天)
내 집 문짝도 넘어가려하네 (吾之門扉 亦將倒了)
성(姓)이 죽(竹)씨야 이(李)씨야 (姓竹姓李)
마누라가 항시 경계하여 이르기를 (妻常戒云)
세 사람의 세 가지 즐거움 (三人三樂)
양도(陽道)를 위한 것이 아니다 (非爲陽道)
존귀해지기 싫소 (尊貴不願)
관찰사가 되고 싶다 (趙石磵云仡)
닭을 빌려 타고 가려네 (借鷄騎還)
삼십 섬의 올벼와 똥거름 (一朝官李姓者)
잠을 권하는 물건 (勸睡之物)
아내에게 속은 낭관 (婦欺郎官)
하얀 색이냐 검은 색이냐 (白乎黑乎)
동아로 잇고 수박으로 이다 (冬瓜屬西瓜屬)
누가 더 글을 모르는가 (不文孰甚)
내가 먼저 술주정 하리라 (我先使酒)
실망스럽고 뒤숭숭하여 즐겁지 않다 (忽忽不樂)
더욱 더 복이로다 (添添福也)
이곳에 서서 무엇을 하는가 (立此何爲)

《태평한화골계전(太平閑話滑稽傳)》
《골계전(滑稽傳)》은 조선 시대에, 서거정(徐居正 1420~1488)이 엮은 책으로 성종 8년(1477)에
간행되었다.
원본(原本)이 현전하지 않으며 여러 개의 이본(異本)이 있다. 원본은 모두 4권이라 한다. 내용은
고려 말과 조선 초에 걸쳐 고관·문인·승려들 사이에 떠돌던 기발하고도 익살스러운 이야기를
모은 것이다. 서거정의 자서(自序)와 양성지, 강희맹의 서(序)가 있다. 각 편의 제목이 없고 내용상
의 분류도 없다.

(『태평한화골계전』, 박경신, 국학자료원, 1998 참조)

주지승이 되는 것이 소원입니다

❀ 願作住持

청량사(淸凉寺)의 상좌(上佐)스님이 눈 내리는 겨울에도 이른 새벽마다 부처님 앞에 복을 빌면서 하는 말,

"원하옵건대, 일평생에 주지승(住持僧)이 되게 해주십시오."

하였다. 하루는 예불을 그치며 부처님께 아뢰기를,

"부처님이시여! 부처님이시여! 겨울인데도 갓도 없고, 옷도, 버선도, 이불도 없으니 또한 춥지 않겠습니까? 오랫동안 서 계시고, 앉지 아니 하시고, 다니시지도 않으시니, 또한 고달프지 않습니까? 날마다 밥 한 사발만 자시되 국도 없고, 구은 고기도 없고, 술도 없으니 또한 배가 고프지 않으신지요? 오랜 세월 동안 깊숙한 전각(殿閣)에만 계시고, 문밖을 나가시지 않고, 도시에도 안 가시고, 화장(化粧)한 미녀도 못 보시고 계시니 또한 적막하지 않으십니까?"

"우리 주지승은 털 갓에, 담비 가죽옷에, 비단이불과 면으로 만든 버선이 있으며, 때로는 금란가사(金襴袈裟)를 입고 있습니다. 날마다 세끼 식사를 하는데, 매일 먹기를 밥 한 사발과 면 한 그릇, 떡 한 그릇, 과일 수 접시, 국 일곱 가지, 적(炙)이 일곱 가지입니다. 온갖 맛과 향기 나는 반찬을 싫증나도록 실컷 먹어 배가 부르면, 맛있는 술을 눌러 넣습니다. 이따금 별채에 들어가면

청량사(淸凉寺) : 경상남도 합천군 가야면 황산리 매화산 기슭에 있는 절. 대한불교조계종 제12교구의 본사인 해인사의 말사이다.

상좌(上佐) : 스승의 대를 이을 여러 제자(弟子) 가운데서 높은 사람

주지승(住持僧) : 안주하여 법을 보존한다는 뜻으로, 한 절을 책임지고 맡아보는 중.

금란가사(金襴袈裟) : 금색 실로 짜서 만든 가사. 마니가사(摩尼袈裟 : 한 조각의 천으로 된 베 가사)와 대별된다.

적(炙) : 어육류나 채소 등을 양념하여 꼬챙이에 꿰어 불에 굽거나 번철에 지진 음식.

전두(纏頭) : 광대, 기생,
악공 등에게 그 재주를 칭
찬하여 사례로 주는 돈이
나 물건. (= 오늘날의 화
대)

사라능단(紗羅綾緞) : 명주
(明紬)로 만든 얇은 사(紗)
와 두꺼운 단(緞) 따위의
비단을 통틀어 이르는 말.

타생(他生) : 금생(今生) 이
외의 전세(前世)나 후세
(後世)에 누리는 생(生).

조석(朝夕) : 썩 가까운 앞
날을 이르는 말.

아늑한 밀실이 있으며 훈훈한 향기가 코를 찌르고, 젊고 아름다
운 미인이 온갖 교태와 아양을 다 떠는데, 술은 연못처럼 많이
있고, 고기는 산더미 같이 있어, 밤새도록 즐겁게 마시고 나서
전두(纏頭)를 나누어 주는데, 사라능단(紗羅綾緞)을 진흙보다 더
천하게 여기니 무엇이든 하고자 하면 못 이루는 것이 없으며, 무
엇이던 구하자 하면 못 얻는 것이 있겠습니까?"

"부처님이시어! 부처님이시어! 그대께서도 타생(他生)에서 주
지스님이 되시면 만족하실 것입니다."
하니, 들은 사람들은 크게 웃더라!

극락정토라도 가고 싶지 않다
🏵 不願西天

한 호탕한 장수가 있었는데, 그의 성은 이씨(李氏)로 병이 심각
하여, 의원을 불러 진찰케 하였는데, 왼쪽엔 화장한 미녀가 있
고, 오른쪽에는 창기(娼妓)들이 있고, 앞에는 술과 고기들이 즐
비하게 차려져 있었다.

의원이 말하기를,
"만약에 병을 다스리고자 한다면 마땅히 이런 것들을 버려야
합니다."
하니, 환자가 말했다.
"내가 조석(朝夕)에 이른 생명을 연장하고자 하는 것은 바로
이런 것들 때문이다. 만약 이런 것들을 버리게 한다면, 비록 백

년을 산다고 해도 나는 바라지 않는다."

의원은 웃으면서 물러나며 하는 말이,

"어찌할 도리가 없구나!"라 했다.

또 어떤 사람이 와서 하는 말,

"마땅히 술과 고기를 끊으시고 염불을 하고 계율을 지키셔야 합니다."라 했다.

장수가 말하기를,

"그렇게 하면 어떤 효험이 있단 말인가?"

그 사람은 말하기를,

"서천(西天)에 가서 살 수 있습니다."

장수가 하는 말,

"거기에 푹 삶은 산돼지 머리와 맑고 깨끗한 삼해주(三亥酒)가 있는가?"

그 사람은

"모르겠습니다."라 했더니,

장수가 하는 말,

"만약에 그런 것들이 없다면 비록 서천(西天)이라도 나는 가고 싶지 않으니 그대는 더 말하지 마라."하더라.

내 집 문짝도 넘어가려 하네
✿ 吾之門扉 亦將倒了

어떤 고을 군수의 마누라가 독살스럽고 질투가 매우 심했다. 하루는 군수가 관청 난간에 앉아서 송사를 듣고 있

서천(西天) : 불교에서 말하는 극락정토를 말함.

삼해주(三亥酒) : 정월 첫 해일(亥日)을 시작으로 둘째, 셋째 해일에 빚는 술로서 오래전부터 전해지는 술. '돼지'는 예부터 복(福)을 가져다주는 동물로 인식되었기 때문에 조상들은 정월을 시작으로 세 번에 걸쳐 "돼지"날 술을 빚으면서 1년 내내 가족의 화목과 행복 그리고 행운을 빌면서 빚었던 술이다.

살상(殺傷) : 살인(殺人)과
상해(傷害).

었는데, 한 백성이 고발하기를, 아내가 남편의 얼굴에 상처를 입혔기에 그를 마땅히 죄를 다스려 달라 했다.

군수가 그 상처 입힌 아내를 불러 말하기를,

"음(陰)은 양(陽)에 대항할 수 없으며, 아내는 남편에게 대항할 수 없는데, 너는 어찌해서 이처럼 풍속(風俗)을 허물어뜨리느냐?"

라 하니, 따라온 남편이 변호해서 말하기를,

"제 아내가 저의 얼굴에 상처를 입힌 것이 아니고, 때마침, 저희 집 문짝이 넘어졌기 때문입니다."라 했다.

이러한 말이 끝나자, 군수의 아내가 손으로 두들기는 막대기로 문 판때기를 사정없이 치며 큰소리로 말하기를,

"경박하고 경박한 양반아! 당신이 한 고을의 어른이 되어 공무(公務)를 하고자 한다면, 도둑에 관한 것도 있고, 토지에 관한 일도 있고, 살상(殺傷)에 관한 중요한 일도 있거늘, 어찌 하찮은 아녀자의 일에 당신이 감히 용감하게 판결하는가?"

하니, 군수는 촌부(村婦)에게 물러가게 지휘하면서 말하기를,

"내 집 문짝도 장차 넘어지려 하니, 너는 의당히 속히 돌아가거라."하더라.

22

성(姓)이 죽(竹)씨야 이(李)씨야

姓竹姓李

환관(宦官) 이모(李某)의 처(妻)가 남편 몰래 간통을 하여 임신을 하게 되자 탄로 날까 두려워서 남편인 이(李)씨에게 말하기를,

"사람들이 말하기를 사람이 장차 임신을 하려 할 때는, 부부가 서로 사랑함이 평상시의 배가 되는 때라고 하는데, 근일(近日)에 와서 당신을 사랑하는 마음이 만 배나 더 중하게 되니, 생각건대 혹시 앞으로 임신을 하려는가 봐요."

"일반적으로 환관 분들이 자식을 낳지 못하는 것은 자신의 양근(陽根)을 단절(斷絕)하여 남녀의 양쪽 정액이 합쳐지지 않았기 때문인데, 만약 양쪽 정액이 진실로 합쳐지기만 하면 자식 낳는 것은 어렵지 않으니, 마땅히 대나무 대롱이라도 양근으로 삼아 정액을 보낸다면 나는 반드시 잉태(孕胎)하게 될 것입니다."

라 하니, 이(李)씨는 그렇게 하였다.

그의 처(妻)가 하는 말,

"그런 후로 서로 더불어 접할 때마다 기분이 좋아 정상적으로 하는 느낌을 가집니다."라고 했다.

한 달 뒤, 이(李)에게 말하기를,

"내가 과연 회임(懷妊)을 하였습니다."

라고 하니, 이(李)가 지나치게 믿어, 동료들에게 자랑하며 말하기를,

"누가 우리들은 자식을 가질 수 없다고 했는가? 내 처(妻)가 이미 임신을 했다네."

동료들은 그 말을 거짓으로 여기니, 이(李)는 화를 내어 말하기를,

환관(宦官) : 거세된 남자로 궁정에서 일하는 내관(內官).

근일(近日) : 요즘에, 근래에, 최근에.

양근(陽根) : 남성 바깥 생식기의 길게 내민 부분.(=음경(陰莖)).

단절(斷絕) : ① 유대나 연관 관계를 끊음. ② 흐름이 연속되지 아니함.

회임(懷妊) : 임신(姙娠). 잉태(孕胎).

시류(時流) : 도도(滔滔)하
게 흐름, 시대의 조류에
따라 감.

"내가 보통과 다른 기술로 자식을 얻었는데, 너희들은 본받지
않고 어찌 도리어 거짓이라 하느냐?"라고 했다.

마침내 아이가 태어나서 성(姓)을 이(李)씨라 하니 동료들이 또
비웃으며 하는 말,

"남들이 말하기로 자네 아들의 성(姓)은 죽씨(竹氏)이거늘 함
부로 이씨(李氏)라 하느냐?"

한즉, 이(李)가 노해서 대답은 아니 하더라.

마누라가 항시 경계하여 이르기를
❀妻常戒云

한 대장군이 마누라를 몹시 두려워했는데, 하루는 청색(靑色)
과 홍색(紅色)의 깃발을 들판에 세워놓고, 명령하기를,

"아내를 두려워하는 자는 홍색 깃발로 가고 아내를 두려워하
지 않는 자는 청색 깃발 아래 모여라."

하니, 무리가 모두 홍색 깃발로 갔으나, 한 사람이 홀로 청색
깃발 아래로 갔다.

대장군은 그를 장하게 생각하여 말하기를,

"자네 같은 사람이 진짜 대장부로다. 천하의 사람들이 하나같
이 마누라를 두려워하는 게 시류(時流)인데, 나는 대장군으로 백
만 군사를 거느리고, 적과 마주쳐 용감하게 싸울 때 화살과 돌멩
이가 비 오듯 해도, 용기백배하여 일찍이 좌절한 일이 없었다.
그러나 안방 문 안과 이부자리 위에 있으면 부인에 의해 제어 받
는데, 자네는 어떻게 수양하여 여기에 이르렀는가?"

하니, 그 사람이 말하기를,

"저의 마누라가 항상 경계시켜 이르기를, 남자 세 명이 모이면 반드시 여색(女色)에 대해서 말할 것이므로, 세 사람이 모이는 곳엔 가는 것을 삼가라 했습니다. 지금 홍색 깃발아래를 보니, 모인 사람이 많은 것을 보고, 이 때문에 가지 않았습니다."

라고 하니, 대장군은 기뻐하며,

"아내를 두려워하는 사람은 이 늙은이 혼자만은 아니구나!"하더라.

세 사람의 세 가지 즐거움
❀ 三人三樂

삼봉(三峯) 정선생(鄭先生)과 도은(陶隱) 이선생(李先生) 그리고 양촌(陽村) 권선생(權先生) 이렇게 세 사람이 모여서 평생의 즐거움에 대해서 이야기를 하였다.

삼봉(三峯)이 먼저 말하기를,

"첫눈이 내리는 겨울에, 초구(貂裘)에 준마(駿馬)를 타고, 황견(黃犬)을 끌고 창응(蒼鷹)과 평원을 달리며 사냥을 하면 이것이 즐거움이 아니겠소?"

하니, 도은(陶隱)이 말하기를,

"산방의 고요한 방에 밝은 창문이 있고, 깨끗한 책상에 향을 피우고 스님과 마주앉아 차를 다리며 좋은 시구(詩句)를 찾는 것이 즐거움이 아니겠는지요?"하였다.

양촌(陽村)이 말하기를,

"흰 눈이 정원에 소복이 쌓이고, 붉은 태양은 창문을 비추는

삼봉(三峯) : 정도전(鄭道傳 1337~1398)은 고려말, 조선 초의 유학자이자 정치가이다. 자는 종지(宗之). 호는 삼봉(三峯)이다. 이성계의 오른팔 노릇을 하며 개국공신으로 군(軍)의 요직을 맡았으나, 태종 이방원에 의해 살해되었다.

도은(陶隱) : 이숭인(李崇仁 1347~1392)은 고려 후기의 학자·시인으로 자는 자안(子安), 호는 도은(陶隱)이다. 목은(牧隱) 이색(李穡), 포은(圃隱) 정몽주(鄭夢周)와 함께 고려말의 삼은(三隱)으로 일컬어진다. 당시의 중국에서도 알아주는 문장가였다.

양촌(陽村)은 권근(權近 1352~1409)은 조선 초기의 문신·유학자로 정몽주의 문하에서 수학하여 대제학을 거쳐 재상까지 역임했으나 서민적인 성품이었다.

초구(貂裘) : 담비의 모피(毛皮)로 안을 댄 옷.

황견(黃犬) : 누런 개. 여기서는 사냥개를 말함.

창응(蒼鷹) : 푸른 매. 옛날에는 매사냥을 많이 했었다.

양도(陽道) : ①남자(男子)
로서 지켜야 할 도리(道
理) ②남성(男性) 바깥 생
식기의 길게 내민 부분(部
分) →의역(意譯)하면 섹
스(sex)를 뜻함.

문사(文士) : ①학문으로써
입신(立身)하는 선비. ②
문필(文筆)에 종사하는 사
람. ③문학에 뛰어나고 시
문을 잘 짓는 사람.

장자(莊子) : 중국 고대의
사상가로 도가의 대표자
다.

왕희지(王羲之) : (307~
365) 중국 동진(東晉)의
서예가.

호색자(好色者) : 여색(女
色)을 밝히는 사람.

데, 따뜻한 온돌방에서 병풍을 두르고 화로를 껴안고, 손에는 한 권의 책을 잡고 길게 누워있을 때, 아름다운 여인이 섬섬옥수(纖纖玉手)로 수를 놓다가 때로는 바늘을 멈추고, 밤을 구워서 그것을 먹여주는 것, 이것이 즐거움이랄 수 있지요!"

이에 삼봉과 도은 두 선생이 크게 웃으며 말하기를,

"그대의 즐거움이 역시 우리들의 즐거움을 압도하는구려!"하더라.

양도(陽道)를 위한 것이 아니다
非爲陽道

이(李)씨 성(姓)을 가진 한 재상(宰相)이 있었는데, 양도(陽道)를 좋아하여 종달새고기를 즐겼다. 좌중에서 누군가 재상의 그것을 놀리는데, 곁에 있는 문사(文士)가 거들어 거짓으로 해명하기를,

"옛날에 장자(莊子)와 왕희지(王羲之)가 모두 종달새 구이를 즐겼으나, 양도(陽道)를 위한 것이 아니라 우연히 식성에 맞았을 뿐이었습니다."

하니, 재상이 그 문사의 등을 어루만지며 말하기를,

"나는 무인(武人)이라 장자와 왕희지 역시 호색자(好色者)인줄 알지 못했네."

하니, 좌중의 모든 사람들이 포복절도하더라.

존귀해지기 싫소

尊貴不願

한 선비가 첩(妾)을 들여놓으려고 먼저 그 아내를 설득하기 위해 말하기를,

"사람들이 말하는데, 남자가 희첩(姬妾)을 들여놓으면 부인이 존귀(尊貴)해진다고 합니다. 내가 지금 첩을 들여놓으려는 것은 당신을 멀리하려는 것이 아니라 당신을 존귀하게 하려는 것이오. 첩이 당신 하는 일을 대신하고 음식과 의복도 대신 마련하고, 길쌈과 바느질도 대신 할 터이니, 당신은 턱으로 지시만 하면 되는데 이 어찌 편안하고 존귀해지는 것이 아니겠소?"하였다.

아내는 이 얘기를 듣고 화를 내면서 말하기를,

"나는 편안해지는 것도 싫고 역시 존귀해지는 것도 싫습니다. 무릇 음식을 먹는 것은 남녀가 같은데, 내가 음식을 많이 먹어보니 아침밥 잘 먹은 날은 저녁밥이 맛이 없더군요. 당신이 첩과 잘 자고 나면 음식 먹어 배부른 것처럼 나하고는 무슨 재미가 있을까요?"하더라.

관찰사가 되고 싶다

趙石磵云仡

석간(石磵) 조운흘(趙云仡)이 서해도 관찰사로 있을 때에 새벽이면 꼭 '아미타불(阿彌陀佛)'을 염송하였다.

하루는 관내 군현을 순시 중 배천(白川)에 당도하여 잠을 자는데, 새벽이 되자 밖에서 갑자기,

희첩(姬妾) : =첩(妾). 정식 아내 외에 데리고 사는 여자.

존귀(尊貴) : 지위나 신분이 높고 귀함.

조운흘(趙云仡) : (1332 ~1404년). 고려 말, 조선 초의 문신이다. 본관은 풍양, 호는 석간(石磵)이다. 《석간집》은 현전하지 않고 있다.

서해도 : 지금의 황해도 (黃海道)

아미타불(阿彌陀佛) : 사방 정토(四方淨土)에 있다고 하는 부처의 이름. 무량불 또는 무량 광불(無量光佛)이라고도 함.

배천(白川) : 배천(白川)은 황해도 남동부에 위치한 연백군(延白郡)의 옛 지명으로, 본래 고구려 때 도랍현(刀臘縣) 또는 치악성이라 하였다. 고려 초에 백주(白州)로 불렸으며, 1413년(태종 13) 배천(白川)으로 개칭되었다.

읍재(邑宰) : 한 고을을 다
스리는 사람. (=현감)

박희문(朴熙文) : 고려말
졸당공(拙堂公) 박총의 4
남으로 태인현감(지금의
정읍)을 지냈다.

담소(談笑) : 우스운 이야
기, 유머.

담박(淡泊) : 아무 맛이 없
이 싱겁다. 음식이 느끼하
지 않고 산뜻하다.

"조운흘!" "조운흘!"을 염송하는 소리가 들려와 가만히 살피니
배천 읍재(邑宰) 박희문(朴熙文) 이었다.

그 연유를 물으니 박희문이 말하기를,

"관찰사께서는 '아미타불'을 염송하여 성불(成佛)하고자 하시
니, 저는 '조운흘'을 염송하여 관찰사가 되고자 하옵나이다."하
더라.

닭을 빌려 타고 가려네
✿ 借鷄騎還

김선생이라는 사람이 있었는데 담소(談笑)를 잘하였다. 언젠가
친구의 집을 방문하였더니 주인이 술자리를 베풀었는데 단지 채
소만을 내놓고 먼저 사과하여 말하기를,

"집이 가난하고 시장이 멀어 전혀 맛있는 음식이 없고, 오직
담박(淡泊)할 뿐이니 이것이 부끄러울 따름이오."라고 하였다.

마침 여러 마리의 닭들이 뜰에서 어지러이 모이를 쪼고 있거늘
김선생이 말하기를,

"대장부는 천금을 아끼지 않는다고 하니 당장 내 말을 잡아서
안주를 장만하시구려."하였다.

주인이 말하기를,

"말을 잡으면 무엇을 타고 돌아가려고 하오?"

하니, 김선생이 말하기를

"저 닭을 빌려서 타고 가지요."

하자, 주인이 크게 웃으며 닭을 잡아 대접하여 서로 대취하였
더라.

삼십 섬의 올벼와 똥거름

🌸 一朝官李姓者

이씨(李氏) 성(姓)을 가진 한 조관(朝官)이 있었는데, 허리가 굵고 배가 불러 튀어나왔다.

어느 날 말을 타고 길을 가다가, 한 마졸(馬卒)을 보니 두 눈이 음습(陰濕)하기에, 조관이 놀려 말하기를,

"너의 눈에 습기(濕氣)가 매우 많으나, 삼십 섬의 올벼를 파종(播種)할 수 있겠느냐? 소맷자락만 더러워질 뿐이나, 파리에게는 복(福)이 되겠구나."

하니, 마졸이 서슴없이 응대하기를,

"귀관(貴官)의 허리가 참으로 크고 굵습니다. 그러나 삼십 섬의 똥거름을 실어 나를 수 있겠습니까? 단지 역말(驛馬)에게 큰 재액(災厄)이요, 굶주린 호랑이게는 큰 복(福)이옵니다."하니, 조관이 웃기만 하더라.

잠을 권하는 물건

🌸 勸睡之物

한 선비의 아내가, 강보(襁褓)에 쌓인 아기가 울기만 하고 잠을 자지 않으니, 책을 가져다가 눈에 비추어 주었다.

시아버지가 말하기를,

"어찌하여 그러느냐?"

하니, 아내가 대답하기를,

"매번 아버님을 뵈면, 책을 잡으면 곧 주무시기에 책이란 것은

조관(朝官) : 조정에서 벼슬살이를 하고 있는 신하.

마졸(馬卒) : 말을 모는 병사.

음습(陰濕) : 그늘이 지고 축축함.

파종(播種) : 논밭에 곡식의 씨앗을 뿌리는 일. '씨뿌림', '씨뿌리기'로 순화.

역말(驛馬) : 각 역참에 갖추어 둔 말. 관용(官用)의 교통 및 통신 수단이었다.

재액(災厄) : 재앙으로 인한 불운.

강보(襁褓) : 포대기. 어린아이의 작은 이불. 덮고 깔거나 어린아이를 업을 때 쓴다.

잠을 권하는 물건일 뿐이라고 생각했기 때문입니다."하니, 시아버지가 크게 웃더라.

선비가 신혼 후에 배움을 게을리 하자, 시아버지가 절실하게 책망하니, 선비가 말하기를,

"매번 책을 집으면 글자들이 검은 머리털처럼 변하여 읽을 겨를이 없습니다."

하니, 시아버지가 가로대,

"책은 우리 집 부자(父子)와는 큰 인연이 없는 듯하니, 그것을 어찌하겠느냐."하더라.

아내에게 속은 낭관
婦欺郎官

한 낭관(郎官)이 젊은 시절에는 잘 생겼다고 큰 칭송을 받았지만, 나이를 먹으니 어느새 수염이 반백(半白)이 되고 말았다.

어느 날 밤에 주연(酒宴) 자리에서 한 아리따운 기생을 보고 마음에 들어 가까이 하려고 하자, 그 기생이 귀에 대고 가만히 속삭여 말하기를,

"아이, 너무 늙으셨습니다!"한다.

이에 낭관은 집으로 돌아와서 아내에게 흰머리를 뽑아 줄 것을 부탁하니, 아내가 흰머리를 남겨두고 검은 머리를 다 뽑아놓고 말하기를,

"여보, 소년으로 변했답니다."

하더니, 거짓으로 속여 말하기를,

"그런데 나이가 들어 얼굴이 검게 보이니, 오늘부터 세수를 하

실 때 녹두 가루를 이용하시면 차차 하얘질 것입니다."

하니, 낭관은 기뻐서, 그대로 따라했다. 그러던 어느 날 아내가
말하기를,

"근래 당신이 열심히 노력하여, 전날처럼 검은 얼굴에 흰 수염
의 노인이 아닙니다."

하니, 낭관은 크게 기뻐하면서 곧 기생집으로 달려가 자랑하듯
말했다.

"내 얼굴이 붉고 머리카락은 옻칠한 듯 검으니, 풍류(風流)를
버리기에는 아직 이른 듯싶구나."

이에 기생은 미소를 지으며, 거울을 병풍 앞에 놓아두었다. 낭
관이 몸을 돌려 거울속의 자신의 모습을 본즉 머리가 하얗기만 한
노인뿐이니 크게 부끄러워하면서 급히 집으로 돌아가 버리더라.

하얀 색이냐 검은 색이냐
❀ 白乎黑乎

유순도(庾順道) 선생은 성품이 검소하여 늘 검은 말가죽 신발을
신고 다녔는데, 오래되니 검게 물들인 것이 희게 되었다.

하루는 조회(朝會)시에 유선생이 그 신발을 신었다, 공복(公服)
에는 검은 신발을 착용하는 게 관례인데, 사헌부 관리가 그것을
지적하였다.

선생이 양 손으로 바지를 걷고, 번갈아 양 다리를 들어 그것을
보이며 말하기를, "하얀 색인지 검은 색인지 네가 마땅히 잘 살펴

유순도(庾順道) : 조선 초
기의 문신. 본관은 무송
(茂松). 1396년(태조 5)
식년문과에 급제하였으
며, 예문관제학에 이르렀
다. 1421년(세종 3)에는
서장관(書狀官)으로 명나
라에 다녀왔다.

공복(公服) : 관리의 정복
(正服 = 禮服).

첨추(僉樞) ; 첨지중추부사
(僉知中樞府事)의 준말. =
첨지(僉知). 조선 시대에,
중추원에 속한 정삼품 무
관의 벼슬로 정원은 8명
이다.

흥덕사(興德寺) : 조선 태
조가 한양 동부 연희방에
지었던 절. 지금의 서울
혜화동 부근에 있었으며,
세종이 불교를 선교 양종
으로 통합할 때 교종(教
宗)의 종무원으로 삼았다.

일운(一雲) : 출생년도 미
상. 조선 세종 때의 고승.
호는 여암(如庵).

일관(日官) : =추길관(諏吉
官). 조선 시대에 관상감
에 속하여 길일(吉日)을
가리는 일을 맡아보던 벼
슬.

최양선(崔揚善) : (1405-
1475) 경복궁 명당론을
주장. 종3품의 벼슬을 지
냄.

안석(安席) : (=궤(几)) 벽
에 세워 놓고 앉을 때 몸
을 기대는 방석.

동과(冬瓜) : 동아. 박과의
한해살이 덩굴성 식물.

보아라." 하니, 사헌부 관리가 신발의 주름 사이에 검은 색이 남아
있음을 보고, 웃으면서 물러가더라.

선생이 처음 첨추(僉樞) 벼슬을 제수 받았는데, 하인이 네 사
람 중에서, 앞에서 인도하는 자가 셋이요, 뒤를 따르는 자가 하
나이라.

누군가 말하기를, "그대의 하인들은 어찌하여 앞면은 길고, 뒷
면은 짧은가?" 하니,

선생이 말하기를, "내가 보는 바 앞면은 길고, 나는 뒷면은 보지
않으니, 비록 짧은들 무슨 문제인고?" 하더라.

동아로 잇고 수박으로 이다
🏵 冬瓜屬西瓜屬

흥덕사(興德寺)의 중인 일운(一雲)은 스스로 자랑하기를 입 재
주가 천하에 짝이 없다고 하였고, 일관(日官) 최양선(崔揚善)은 스
스로 말을 잘 한다고 자처하였는데, 일운이 말하기를, "지금 말을
잘함에 있어 어찌 일운의 위에 있는 자가 있겠는가? 내가 마땅히
한 마디 말로써 그를 꺾으리라." 하고,

최양선의 집으로 찾아 갔더니, 양선은 안석(安席)에 기대어, 아
이로 하여금 응대하게 하였다. 일운이 말하기를, "주인은 어디 갔
느냐?" 하니, 아이가 말하기를, "이웃 집 한 사람이 땅에 떨어져
다리가 부러졌기에, 주인 어르신께서 동과(冬瓜)로써 그것을 이으

려고 가셨습니다." 하였다.

일운이 말하기를, "천하에 동과로 부러진 다리를 잇는다는 것은 듣지 못했노라." 하니, 아이가 말하길, "만약 동과로써 다리를 잇지 못한다면, 스님께서는, 어찌 능히 서과(西瓜)로써 머리를 이었습니까?" 하니,

일운은 무릎이 꿇어짐을 깨닫지 못하고 말하기를, "아이 따위가 이와 같으니, 주인을 가히 알 수 있겠구나." 하더라.

누가 더 글을 모르는가
🌸 不文孰甚

중추(中樞) 민발(閔發)과 최적(崔迪)은 모두 무인(武人)으로 글을 몰랐다.

하루는, 임금이 묻기를, "너희 두 사람 중에 글을 모름이 누가 심한가?" 하니, 최적이 말하기를, "민발의 종 가운데, 나루를 건너 도망한 자가 있어, 민발에게 그 도망자의 체포장을 써 달라고 청했더니, 민발이 거짓으로 말하기를, '오늘은 아버지의 기일(忌日)이라 쓸 수 없노라.' 했으니, 민발의 글 모름이, 신(臣)보다 더 심합니다." 하였다.

민발이 말하기를, "최적이 언젠가 선공감(繕工監) 앞을 지나는데, 외리(外吏)가 한 장의 관첩(官帖)을 가져다가, 최적에게 보이

서과(西瓜) : 수박. 박과의 한해살이 덩굴.

서과(西瓜)로 머리를 이다 : 스님의 머리를 수박으로 비유하여 모에 수박을 이어 놓은 것으로 비유하여 비꼰 것이다.

중추(中樞) : 중추원사(中樞院使). 조선 세조 때 병권을 병조에 넘겨주고 고유업무가 없어서 당상관 이상을 예우하는 명예기관으로 존재하였다.

민발(閔發) : 조선 세조 때의 무신(1419~ 1482). 자는 분충(奮忠). 세조 13년(1467)에 이시애의 난을 평정하는 데 공을 세워 적개공신이 되어, 여산군(驪山君)에 봉하여졌다.

최적(崔迪) : 최적(崔適)의 잘못 표기인 듯하다. 최적(崔適 ?~1487)은 무신(武臣)으로 이시애의 난을 평정하는데 공을 세웠고, 1477년 첨지중추부사를 지냈다. 활을 잘 쏜 것으로 알려져 있으며, 무식했으나 선량하여 신망을 얻었다고 한다.(태평한화골계전) 박경신, 국학자료원, 267쪽에서)

임금 : 당시의 왕으로써 세조(世祖)를 말한다.

기일(忌日) : 제삿날.

선공감(繕工監) : 조선시대 공조에 딸려 토목(土木)·영선(營繕)·시탄(柴炭)의 공급을 맡던 관청.

외리(外吏) : 지방 관아의 벼슬아치 밑에서 일을 보던 사람.

며 말하기를, '여기에 기재되어 있는 것이 무슨 물건입니까?' 하니 최적이 자세히 들여다보고 말하기를, '나무를 태운 숯이구나.' 하였다.

외리(外吏)가 말하기를, '제가 납품받은 것은 어물(魚物)인데, 무슨 말씀입니까?' 하니, 최적이 성난 눈으로 노려보며 말하기를, '만약 그것이 곧 어물이었다면, 어찌해서 사재감(司宰監) 앞에서 나에게 보여주지 않았느냐?' 하였습니다. 저는 도망자에 대한 체포장은 못 썼지만, 최적은 글자조차 모르니, 최적의 글 모름이 신(臣)보다 심합니다." 하니, 임금이 크게 웃더라.

내가 먼저 술주정 하리라
▒ 我先使酒

해평(海平) 윤부마(尹駙馬)는, 술주정 때문에 가까이 하기 어려웠는데, 일찍이 영남지방을 놀러 다닐 때, 여러 고을 수령(守令)들이, 자못 업신여김과 꾸짖음을 당했다. 행차가 고령현(高靈縣)에 이르니, 그곳 태수(太守) 최연(崔淵) 선생이, 장차 술자리를 열고자 하면서,

고을 사람들에게 몰래 말하기를, "오늘은 내가 먼저 술주정을 할 것이니, 너희들은 이상하게 여기지 말라." 하고, 술자리가 중반에 이르자, 최태수가 거짓으로 취한 척하며, 커다란 술잔에 술을 가득 따라, 급하게 앞으로 내밀며 말하기를, "영공(令公)은 마땅히 이것을 마시라." 하니,

해평(海平)이 잠시 생각하며 머뭇거리자, 최태수가 눈을 부릅뜨고 노해서 보면서 말하기를, "영공은 어찌 나의 술을 마시지 않는가?" 하며, 큰 술잔을 휘둘러 땅에 던져 부수고, 다시 아전에게 커다란 술잔에 술을 가득 따라 오도록 명했으나 아전이 늦게 돌아오니, 최태수가 칼을 어루만지며 꾸짖고 노려보면서, 거짓으로 아전을 죽이려 하니, 해평이 얼굴색이 변하여 갑자기 방으로 들어가서 스스로 문을 굳게 닫았다.

최태수는 미친 듯이 부르짖기를 태연히 하다가, 잠시 있다가 술에 취해서 쓰러졌다. 해평이 말하기를, "이 놈은 주사(酒邪)가 나보다 더 심하니, 내가 만약 피하지 않는다면 반드시 봉변(逢變)을 만나리라." 하고 마침내 도망치듯이 가버리더라.

실망스럽고 뒤숭숭하여 즐겁지 않다
🌸 忽忽不樂

계림(鷄林)에 한 관창(官娼)이 있었는데, 아름답고 요염하여, 장안(長安)에서 온 한 청년이 그녀에 대한 정(情)이 자못 진중(珍重)하였다. 기생이 시중들며 이르기를, "소첩(小妾)은 본래 양반 문벌(門閥)이었으나 몰락하여 관창(官娼)이 되었는데, 아직 남자를 겪지 않았습니다." 하니, 청년은 더욱 그녀에게 현혹되었다.

기생이 이별에 임하여 매우 우니, 청년이 노잣돈 주머니를 열어 돈을 주었으나, 기생이 사양하면서 말하기를, "몸에서 끊은 것을 얻기 원하지, 재물(財物)은 원하지 않습니다." 하였다.

영공(슈公) : 영감. 조선시대 정3품·종2품 관원을 높여 부르던 말. 왕을 높여 부르는 상감(上監), 정2품 이상을 높여 부르는 대감(大監)과 함께 썼던 존칭어이다.

주사(酒邪) : 술 마신 뒤에 버릇으로 하는 못된 언행.

봉변(逢變) : ①변을 당(當)함 ②남에게 모욕(侮辱)을 당(當)함. 또는 그 변(變)을 말함.

계림(鷄林) : 지금의 경주(慶州)를 말함.

관창(官娼) : 관기(官妓)와 같은 말. 관청(官廳)에 딸렸던 기생(妓生).

장안(長安) : 한양(漢陽)의 다른 이름. 지금의 '서울'을 말함.

진중(珍重) : ①진귀(珍貴)하고 중함 귀중(貴重) ②아주 소중(所重)히 여김.

문벌(門閥) : 대대(代代)로 이어 내려오는 집안의 사회적(社會的) 신분(身分)이나 지위(地位). 지체. 집안. 문벌가(門閥家).

노복(奴僕) : 사내 종. 원문
(原文)에는 창두(蒼頭)로
되어 있음.

박장대소(拍掌大笑) : 손뼉
을 치며 크게 웃음. 원문
(原文)에는 무장대소(撫掌
大笑)로 되어 있다.

도문(屠門) : ①육(肉)고기
를 파는 저자거리. ②소나
돼지를 잡는 도살장.

창가(娼家) : 창기(娼妓)의
집. 기생집.

청년이 곧 머리카락을 잘라 그녀에게 주니, 기생이 말하기를, "모발은 몸 밖의 것과 같으니, 더욱 절실한 것을 얻기를 원합니다." 하거늘, 청년이 앞니를 빼서 그녀에게 주었다.

서울로 돌아오고 나서는 실망스럽고 뒤숭숭하여 마음이 즐겁지 아니한데, 어떤 사람이 계림에서 온 자가 있어, 청년이 겸사겸사 물었더니, 기생이 청년과 이별하자, 곧바로 다른 사람에게 갔다고 하는지라, 청년은 화가 나서 노복(奴僕)을 보내, 앞니를 도로 찾아오도록 하였다.

노복이 기생을 찾아가니, 기생이 박장대소(拍掌大笑)하며 말하기를, "어리석은 어린 아이가, 도문(屠門)에서 살생을 훈계하고, 창가(娼家)에서 예법을 따지니, 바보가 아니면 정신 나간 놈이로다. 구별할 수 있다면 아이의 이(齒)를 가지고 가라." 하면서, 하나의 베주머니를 던지니, 그것들은 다름 아닌 평생 동안에 얻은 남자들의 이(齒)이었다.

더욱 더 복이로다
添添福也

한 신부가 처음으로 시아버지와 시어머니를 뵙는데, 짙게 화장을 하고 성대하게 꾸미었거늘, 친척과 옆에서 보는 자들이 큰 소리로 떠들며 칭찬과 감탄을 하는데, 신부가 얼굴을 가다듬고 고쳐 앉다가 방귀가 나오는 것을 깨닫지 못하였다.

시어머니가 신부를 무안하지 않게 하고자, 급히 말하기를, "복스럽구나, 나의 며느리여, 늙은 이 몸도 처음 시부모를 뵈올 때 역시 그러했느니, 다행히 지금 자녀가 만당(滿堂)하고, 늙어감에 근심이 없으니, 이는 참으로 복된 징조(徵兆)이로다." 하니,

신부가 기뻐하면서 대답하기를, "아까 가마를 내릴 때도, 또한 방귀를 뀌었어요." 한즉, 시어머니가 말하기를, "가위 복이 겹쳤구나." 하니, 신부가 다시 말하기를, "속옷 밑이 조금 젖어서 불결해요." 하니, 시어머니가 말하기를, "이는 더욱 더 복이로다." 하거늘, 가득 앉은 사람들이 입을 가리고 웃더라.

이곳에 서서 무엇을 하는가
立此何爲

기미년(己未年)에 나라에서 법을 만들어 내금위(內禁衛)에서 취재(取才)를 하였는데, 신장(身長)이 표준인 자들만 시험에 응시를 허가하였다.

태인현(泰仁縣)에 임(任)선비가 사는데, 계집종을 겁탈하는 것을 좋아하여, 하루는 계집종의 처소에 숨어들어가거늘, 아내가 뒤쫓아 가니, 임선비가 창황(蒼黃)하여 기둥에 기대어 서서, 숨을 죽이고 몸을 세우고 있으니, 아내가 그에게 등불을 비추며 물어 말하기를, "당신은 이곳에 서서 무엇을 하시오?" 하니, 임선비는 군색(窘塞)하게 응답하기를, "내금위에서 취재를 하는데, 응시해 보고 싶어 잠시 신장을 재어보고 있었는데, 표준에 맞는지 모르

만당(滿堂) : 사람들이 가득 찬 온 방안이나 강당 안. 방이나 강당 따위에 가득찬 사람들.

징조(徵兆) : 어떤 일이 생길 기미가 미리 보이는 조짐(兆朕).

내금위(內禁衛) : 조선 시대에, 임금을 호위하던 군대. 궁궐을 지키는 금군(禁軍)에 소속되어 있었으며, 태종 7년(1407)에 설치하였다.

취재(取才) : 조선시대 특정 부서의 관리·서리·군사·기술관 등의 채용을 위해 보던 자격시험. 시취(試取)라고도 한다. 이 용어는 주로 군사를 뽑는 시험에 사용했는데, 경우에 따라서는 승진시험의 성격도 띠었다.

태인현(泰仁縣) : 전라북도 서남부에 위치한 지명인데 지금의 정읍시는 옛 정읍현(井邑縣) 고부군(古阜郡) 태인현(泰仁縣)이 합쳐져 이루어진 지역이다. 지금의 정읍시 태인면을 말한다.

창황(蒼黃) : 미처 어찌할 사이 없이 매우 급작스러움.

군색(窘塞) : ①필요한 것 없거나 모자라 옹색함 ② 일이 떳떳하지 못해 거북함.

겠소." 하니,

　아내가 크게 꾸짖으며 말하기를, "취재는 무슨 소리고, 신장은
무슨 소리요?" 하면서, 커다란 막대기를 잡아서 그를 때리니, 임
선비가 담장을 넘어 달아나며 말하기를, "그대는 내가 명리(名利)
를 얻는 것을 바라지 않는가?" 하더라. 이야기를 들은 사람들이 크
게 웃더라.

기방무사(妓房無事) _ 혜원(蕙園) 신윤복(申潤福)

어면순

부인은 공경 받고자 하지 않았네 (妻不欲尊)

그 새가 울면 추워요 (鳥鳴我寒)

남근이 이미 들어갔다 (腎根已陷)

오히려 개소리를 내다 (猶作犬聲)

강샘을 그치게 하는 좋은 방법 (止妬良法)

시아버지와 며느리가 서로 속이다 (舅婦相詑)

당신이 최고예요 (無敵耘田)

노처녀 정력 센 총각을 선택하다 (處艾擇郞)

관노가 감사를 속이다 (官奴紿監司)

손가락이 무슨 죄가 있겠소 (指而何罪)

영문도 모른 채 도망가다 (不知何故走去)

그 손가락이 아니네 (非指村)

벼락에도 수놈이 있나요 (雄霹靂)

조회가 빈번하면 가난해 진다 (朝參汁酒)

《어면순(禦眠楯)》
연산군(燕山君) 때의 학자(學者) 송세림(宋世琳 : 1479~?)이 편찬(編纂)한 것으로, 민간(民間)의 우스운 이야기와 야담을 모아서 심심풀이로 읽도록 한 책(冊)이다. 저자가 만년에 은거해 있을 때 지은 것으로 보이는데 제목은 '잠을 막아 주는 방패' 라는 뜻이다. 아우인 송세형은 서(序)에서 저자의 인물됨을 말한 후 저자가 촌(村)에서 들리는 이야기 가운데 잠을 쫓을 수 있는 것을 채록해 맹랑한 말에 의탁하여 1,100언(言)을 지었는데 그 의도는 단지 웃는 데에만 있지 않고, 세상인심을 깨우치게 하기 위한 것이라고 했다. 각 이야기에는 4언의 제목이 붙어 있다. 대부분은 음담패설에 속하는 것으로 남녀의 성희(性戲)를 노골적 · 해학적으로 표현했고 남녀의 호색(好色)을 풍자했다.

부인은 공경 받고자 하지 않았네
🌸 妻不欲尊

성기다(疎) : 관계가 깊지 않고 서먹하다.

어느 선비가 기생(妓生)과 즐기기를 좋아하자 그의 아내가 선비에게,

"아내를 박대(薄待)하고 기생에게 빠지게 된 연고는 무엇입니까?"

하고 책망(責望)하니 선비는,

"아내란 무릇 서로 공경하고 분별을 가져야 하는 의리가 있기 때문에 존귀(尊貴)하여 함부로 욕정을 풀 수 없지만 기생에게는 욕정에 맞추어 마음대로 할 수 있고, 음탕하게 놀고 친하게 즐기지 못할 것이 없소. 공경하면 성기게 되고, 친근하면 가깝게 되는 것은 당연한 이치가 아니오?" 하고 말하였다.

그러자 이 말에 아내는 발끈하여 말하기를,

"내가 언제 공경(恭敬)해 달라 했소? 분별(分別)을 가져달라 했소?" 하고 남편을 마구 때리기를 그치지 않더라.

그 새가 울면 추워요
🌸 鳥鳴我寒

시골의 어떤 부부가 잠자리를 같이 할 때에는 언제나 어린 아들을 발치에서 잠을 자게 하였다.

하루는 부부가 즐거움을 나누는데, 정감이 고조되어 움직임이 심해지자 덮고 자던 이불이 밀려나 어린 아들이 이불 밖에서 자게 되었다.

다음날 아침 아들이 아버지에게,

"간밤에 이불 속에서 진흙을 밟는 소리가 나던데 무슨 소리인가요?"

하고 묻자, 아버지는,

"아마 진흙 새 소리(泥鳥聲)였겠지."하고 대답하였다.

그러자 아들이,

"그 새는 정확하게 언제 우는가요?"하고 물었다.

이에 아버지가,

"시도 때도 없이 운단다."

라고 하자, 아들이 콧등을 찡그리며 하는 말이

"그 새가 울면 전 몹시 추워요."

하였다. 그러자 아버지는 그러한 아들을 쓰다듬으면서 껄껄 웃었다고 하더라.

남근이 이미 들어갔다
🌸 腎根已陷

시골의 어떤 과부가 머슴을 두었는데, 나이 17, 8세가량 되자 속은 영악하였으나 겉으로는 어리석은 척하였다.

누에치는 달이 되자 과부가 머슴을 데리고 뽕잎을 따러 가고 싶었으나 혹시라도 그놈이 난잡한 짓을 할까 걱정이 되어 시험 삼아 물어 보았다.

"너는 소위 '옥문(玉門)'이라고 하는 것을 아느냐?"

머슴이 대답하기를

"잘 알지요. 아침 먹기 전 세수를 할 때 천둥이 지나가면서 울리는 소리가 그것입니다."

과부는 머슴이 우매하다고 믿고 함께 깊은 산으로 들어갔다. 머슴에게 몇 길이나 되는 벼랑에 올라가 뽕을 따게 했는데 머슴은 거짓으로 발을 헛디뎌 땅에 떨어져서는 눈을 감고 숨이 끊어지듯 부르짖으며 구해달라고 하였다.

여자가 놀란 나머지 어찌할 줄 몰라 쓰다듬으며 달래자 그놈이 다 죽어 가는 듯한 소리로 말하였다.
"이 산 밖에 얼굴을 가리고 있는 신통한 의원이 있는데, 사람들을 물리치고 홀로 앉아 있다 하니 가서 여쭤보시지 않겠습니까?"
과부는 무척 다행스럽게 여기고 산 밖으로 의원을 찾아가는데 머슴은 지름길로 먼저 가 바위 아래에 이르러 푸른 보자기를 덮어 쓰고 앉아 있었다.

과부가 다가와 절을 올리고 치료 방법을 묻자 의원이 말하였다.
"그 사람은 필시 양물(陽物)을 상했을 것이오. 양물은 몸 가운데에서 가장 중요한 부분이오. 그곳이 만약 낭패를 보면 목숨 또한 위태로울 것이오. 내 마땅히 신통한 처방을 알려 줄 것이나 존귀한 부인께서 기꺼이 따를지 거부할지 알 수 없군요."
부인이 답하기를
"병이 나을 수만 있다면 시키는 대로 따르지요."
의원이 하는 말,
"부인의 옥문(玉門)을 열어 제치고, 풀잎으로 가린 뒤 다친 사람으로 하여금 양물을 올려놓고 그 옥문의 기운을 쐬어주면 곧 날 것입니다.”

하니 과부는 고개를 끄덕이며 돌아갔다.

머슴은 지름길로 먼저 돌아와 땅에 엎드려 여전히 슬피 울고 있었다. 과부가 다가가 의원에게 들은 처방을 말하자 머슴이 말하였다.

그 머슴이 말하기를

“소인이 죽으면 그만이지, 차마 그 같은 일을 할 수 있겠습니까?”

과부가 하는 말이

“네가 만약 죽는다면 내 집에 어려움을 누구에게 의지해 살겠느냐? 단지 기만 훈훈하게 쐬어주는 것인데 뭐 어떠하겠느냐?” 하더라.

드디어 과부는 수풀 사이에 큰 대자로 누워 뽕잎으로 음부를 가리고 머슴에게 기운을 쐬라고 독촉하였다. 머슴은 양물을 꺼내 옥문에 올려놓더니 기운을 쓰며 언덕에다가 문지르자 과부는 정욕이 불같이 활활 타올라 손바닥으로 머슴의 엉덩이를 치며 말하였다.

“어떤 나쁜 놈의 파리가 병든 사람 엉덩이를 깨무는고?”

한즉, 이윽고 머슴의 양물이 이미 빠져 들어가니 마침내 서로 즐거움을 꾀하더라.

오히려 개소리를 내다
猶作犬聲

당비(糖粃) : 당겨 (=엿기름 찌꺼기).

부안현(扶安懸)에 류(柳)씨 성을 가진 한 선비가 자기 집 여종과 간통을 하였는데, 일찍이 여종이 다듬이질 하는 것을 보고서, 은밀하게 다듬잇돌 머리맡에 가서 삼밭에서 서로 만나기를 약속을 했다.

그의 아내가 이 사실을 엿보고 알았다. 선비가 밭으로 나아가는 것을 엿보다가, 다듬이질하는 종년에게 절구질 할 것을 독촉하니, 생원은 몸을 피해 삼밭 바닥에 엎드려 흰옷으로 몸을 가렸다.

그의 아내가 물어 말하기를,

"저 삼밭의 흰 것은 무엇이냐?"고 했다.

여종이 응답하기를,

"이웃집 흰 개가 와서 당비(糖粃)를 핥다가 나에게 혼나고 가더니, 의심컨대 이놈이 그 놈 같습니다."

하니, 아내가 질책하여 하는 말, "이 늙은 개새끼는 이미 우리집 당겨를 훔쳐 먹더니, 또 우리 집 삼밭을 망가뜨리느냐?"하면서, 커다란 절굿공이를 들어 그의 남편을 내려치니 겨드랑이에 바로 적중하였다.

호협(豪俠) : 호방(豪放)하고 씩씩하며 의협심이 강함.

노생(老生) : 말하는 사람이 자신을 낮추어 부르는 말.

투기(妬忌) : 부부 사이나 사랑하는 이성(異性) 사이에서 상대되는 이성이 다른 이성을 좋아할 경우에 지나치게 시기함(=강샘, 질투).

그 생원은 거의 움직이지 못하면서도 오히려
"깨갱 깨갱"
하며 개소리를 내었다고 한다.

강샘을 그치게 하는 좋은 방법
❀ 止妬良法

한 호협(豪俠)한 사내가 경험담을 사람들에게 말하기를,
"마누라의 질투를 그치게 하는 것은 매우 쉬운 일인데, 사람들은 모두 어렵다고 하니 무슨 까닭이오?"
하니, 사람들 중에 그 방법에 대해서 묻는 자가 있었다.

호협한 사내가 대답하기를,
"내가 창녀의 집에 이르러 잠을 자고, 이튿날 아침 집에 돌아가면 아내가 귀머거리와 벙어리처럼 험한 얼굴로 기다리고 있을 때, 노생(老生)이 스스로 이를 보이며 미소를 짓고 방안에 들어가 앉아서 마누라의 투기(妬忌)를 들어주고 있노라면, 아내가 나를 혹은 손으로 치고, 혹은 꼬집고 사방으로 뒹굴며 거짓으로 달아나는 척하여 안방에 들어가면 마누라가 또 따라와서 손으로 치고 꼬집는 짓을 그치지 않습니다.
아내의 힘이 다 빠질 때를 기다렸다가 갑자기 옷과 치마를 헤치고, 그 즐거움을 아주 흡족하게 해주면 마누라는 곧 금비녀를 가지런히 하면서, 창문을 열고 종년을 불러 말하기를, '서방님께서 추운 날씨를 몹시 싫어하시니 따뜻한 술을 올리도록 하라.' 합디다."

하니, 사람들은 그 호협한 사내의 지혜에 탄복을 하더라.

동짓달 : 음력으로 열한
번째 달.(음력11월)

신낭(腎囊) : 고환(睾丸),
(=불알).

시아버지와 며느리가 서로 속이다
✤ 舅婦相誑

성(姓)이 김(金)가인 농부가 있었는데 농담하기를 좋아했다.

하루는 며느리에게 말하기를,

"예쁘구나! 우리 며느리, 단지 코가 높은 것이 한스럽구나!"

하니, 며느리가 옷섶을 여미면서 대답하는 말,

"못난 저도 역시 한스럽게 여기고 있으며, 항시 스스로 불만스러운 뜻을 품고 있습니다."

시아버지 말하기를,

"작게 만드는 것이 무엇이 어렵겠는가?"

며느리가 진실로 그 방법을 배우고자 하니, 시아버지 왈,

"동짓달 한창 추울 때, 물을 길러다 코를 담그고 밤새도록 움직이지 않으면 곧 작아질 것이니라."

며느리가 기뻐하며 시아버지의 말대로 했더니 코가 모두 얼어터졌을 따름이다. 며느리가 시아버지에게 책망을 하니, 시아버지 하는 말,

"이것은 내가 경험한 것이다. 나의 신낭(腎囊)이 커서 가히 손아귀에 가득했는데, 일찍이 아주 추운 날에, 도보로 큰물을 건넜더니, 신낭이 수축되어 호두 알처럼 작아지더라. 나는 이것과 같은 것이라 말한 것이니라."

한즉, 며느리는 묵묵히 오랫동안 원망하였다.

하루는 한가로이 집에 있을 때, 시아버지에게 말하기를,

"남자가 귀하다고 하는 것은 얼굴이 뛰어나 남과 다르고 기다란 구레나룻 수염이 빼어나게 아름다우면 만족스러운 것이거늘, 아버님께서 체격은 훤칠하나 아랫수염이 모자랄 뿐입니다."라 했다.

시아버지가 탄식하며 말하기를,

"옳은 말이다! 나 역시 항시 한스러우나, 천품(天稟)을 갖추지 못한 것을 어찌 천금을 팔아도 가히 바르게 고칠 수 있겠느냐!"

며느리 하는 말,

"쉽고도 쉽지만, 더러운 것을 싫어해서 그렇게 하는 것을 두려워하지 않을까 자못 걱정할 따름입니다."

시아버지 하는 말,

"제발 그 방도를 가르쳐 다오! 비록 똥을 먹고 피고름을 핥을지라도 어찌 감히 사양하겠느냐!"

하니, 며느리 하는 말

"백마(白馬)의 양경(陽莖)과 신낭(腎囊)을 잘라서 그 양경(陽莖)을 입에 물고 사방을 신낭(腎囊)으로 두드린 후, 오륙일 동안 게으름을 피우지 않으면 윗수염과 아랫수염이 곧 생길 것입니다."

시아버지는 즉시 백마를 사다가 양경(陽莖)과 신낭(腎囊)을 잘라 며느리가 시키는 대로 했다. 무릇 칠일이 지나도 악취가 입을 물들이는 것만 느껴질 뿐이고, 턱과 뺨이 몹시 아파서 참기 힘들었다.

시아버지가 며느리를 책망하니, 며느리가 말하기를,

"이 못난 자식도 역시 어찌 경험이 없었겠습니까? 제가 처음엔 음모(陰毛)가 없었는데, 아버님의 아들이 저의 옥문(玉門)에 음경

(陰莖)을 물리고, 벼랑과 언덕에다가 신낭(腎囊)을 두드린 뒤, 이제는 수풀과 같거늘, 그 이치가 이와 같은 것이라 생각했을 따름입니다."한다.

시아버지가 한참 동안 눈을 부릅뜨고 보더니 하는 말,

"그것에서 나온 것이 그것으로 되돌아가니 오히려 누구의 허물이리오."하더라.

음담패설(淫談悖說) : 음탕하고 덕의에 벗어나는 상스러운 이야기.

육담(肉談) : 저속하고 품격이 낮은 말이나 이야기.

당신이 최고예요
❀ 無敵耘田

시골 사람들이 밭을 매고 있는데, 아래쪽 밭에는 수십 명이 어울려 일하고, 위쪽 밭에서는 유독 젊은 부부 단 둘이 호젓하게 김을 매고 있었다.

아래쪽 밭에서 일하는 십여 명이 떠들면서 일하는데, 그 이야기의 대부분이 음담패설(淫談悖說)이 아니면 육담(肉談)으로 해학과 풍자였다.

한마디로 음욕을 자극하는 말들이었다.

위쪽 밭에서 일하던 젊은 아내가 남편에게 넌지시,

"당신은 저 소리가 안 들려요?"

"무슨 소리 말이오?"

"이 길고 긴 한여름에 피곤과 졸음을 잊고 일을 하기에는 저보다 더 좋은 일이 없어요."

"글쎄…."

"헌데 당신은 왜 그렇게 입을 봉하고 있는 거예요? 조반을 자

경(頃) : 넓이의 단위로서
정보(町步, 3천 평)와 같
다. 경(頃)은 중국의 옛 척
관법에서 논밭 넓이의 단
위이다. 1경은 100묘(畝)
로, 그 넓이는 시대에 따
라 달랐다.

시지 않았나요? 아니면 기운이 없으신가요? 어서 농담 한마디
해보셔요."

"아무리 온종일 헛된 농담만 해봐야 혀만 아프고 헛된 수고로
배만 고플 뿐이오."

"그러면요?"

"나야말로 석양이 지면 집으로 돌아가 그 길로 말이 아닌 실제
로 행할 것이오."

"정말이요?"

"그런 다음 서로 격동하는 소리가 소 아홉 마리가 진흙을 밟는
것과 같이 행한 후에야 우리 둘이 모두 만족할 것이오."

남편의 말에 아내는 호미를 내던지고 가서 남편의 등을 어루만
지며 감탄하여 말하기를,

"당신이 최고요! 당신이 최고예요!"하더라.

노처녀 정력 센 총각을 선택하다
❀處艾擇郞

한 시골 사람이 참한 딸을 두었는데, 성품이 총명하고 지혜로
우며, 글 짓는데 능하였다.

같은 군(郡)에 사는 네 명의 사내들에게 청혼을 받았는데, 한
명은 글 읽는 사람으로 여러 번 과거에 낙방하였으며, 다른 한
명은 무예가 출중하여 장군감이라 불리며, 또 다른 한 명은 거부
(巨富)로서 저수지 아래에 좋은 밭이 천 경(頃)이요, 나머지 한 명

은 행시(行尸)로 사방이 벽뿐이나 양도(陽道)가 강해, 오쟁이에 돌을 담고 뻗어 나온 양두(陽頭)에 묶어 힘을 주고 움직이면, 능히 머리 위로 지나가더라고 한다.

그 아버지가 누구를 골라야 할이지 난감하여, 딸에게 결정하라고 하니, 딸이 시를 한 수 적어서 결정하여 말하기를,
"문장에 능한 선비는 자고로 화(禍)를 당하기 쉽고
무사는 유래로 전사(戰死)하기 쉽고,
저수지 밑의 밭도 응당 마를 날이 있으니,
돌멩이를 머리 위로 들어 올리는 사람이 내 마음에 들도다."하더라.

관노가 감사를 속이다
❀ 官奴紿監司

보통 사내의 양물(陽物)은 귀두(龜頭)가 홀랑 벗겨진 게 있는가 하면 그 머리가 껍질로 감추어진 우멍거지(포경)란 것도 있다. 강원감사(監司)가 새로 부임하여 초도순시를 하게 되었는데 이름은 알려지지 않았다.

그 때 관아(官衙)의 기생들이 교방(敎坊)에 모여앉아,
"이번에 새로 오시는 감사께서는 그 물건이 벗겨졌을까?, 아니면 우멍거지일까? 미리 알 수 없을까?"하고 재잘거렸다.
천침(薦枕)으로 수청을 제일 먼저 들 것으로 기대되는 기생이 웃으며 말하기를,

행시(行尸) : 행시주육(行尸走肉)의 준말로, 살아 있는 송장이요 걸어다니는 고깃덩어리라는 뜻으로, 배운 것이 없어서 아무 쓸모가 없는 사람을 이르는 말.

양도(陽道) : 남성의 생식기. 또는 생식력.

양물(陽物) : 귀두, 요도구, 고환 따위로 이루어진 남자의 외성기.

귀두(龜頭) : 남자 생식기인 음경의 끝 부분.

교방(敎坊) : 기생 학교. 여기서는 기생들이 거주하는 곳을 뜻함.

천침(薦枕) : 첩이나 기생(妓生)·시녀들이 잠자리에서 시중듦.

읍기(邑妓),군기(郡妓) : 편
의상 관기(官妓)들의 계급
을 구분한 듯함.

성황신(城隍神) : (=서낭
신) 토지와 마을을 지켜
준다는 신.

"사또의 그게 벗겨졌는지 아닌지는 내가 제일 먼저 알 수 있으
리라!"

하니, 이번에는 읍기(邑妓)가 들고 나섰다.

"탈(脫:벗겨짐)과 갑(甲:씌워짐)을 아는 사람이 나 외에 또 누
가 있으리오."

그 말에 군기(郡妓)가 꾸짖어 말하기를

"무슨 터무니없는 말들이냐!"

하더니, 남자 노비인 관노(官奴)를 바라보고 물었다,

"너는 미리 알 수 있는 방법이 있느냐?"

하니, 관노가 대답하기를,

"만일 내가 그 사실을 먼저 알아내면 무슨 상(償)을 줄 셈이
오?"

관기(官妓)들이 즉시 대답하기를,

"그렇게 된다면 우리가 사또를 맞는 연회(宴會)에서 그대한테
크게 상(償)을 내리지." 하였다.

관노는 즉시 말을 몰아 십리 길을 달려가 양 갈림길이 있는 고
개에 이르러 사또를 기다렸다. 관노는 사또가 도착하자 즉시 땅
바닥에 엎드려 공손히 절한 다음,

"저희 고을에는 예부터 내려오는 풍습이 있사옵니다. 여기 길
이 두 갈래로 갈라져 있는데, 사또께서 양물의 귀두가 벗겨지셨
으면 윗길로 가셔야 하옵고, 우멍거지시면 아랫길로 가셔야 될
줄 아옵니다."

"성황신(城隍神)이 험악하여 크게 노하면 화를 당하는데, 관노
가 이를 아뢰지 않으면 불충이고, 사또가 이를 따르지 않으면 현

대소인리(大小人吏) : 계급을 따지지 않은 모든 관속(官屬).

명하지 못하게 되어 부득이 말씀드리는 것이오니 혜량하여 주옵소서."

사또는 어이가 없어 한동안 망설이다가, 짐짓 눈을 부릅뜨며 말하기를,

"나는 풍습에 신경 쓰지 않는다만, 윗길로 가는 게 좋겠다."

하더니 혼자서 다음과 같이 중얼거렸다.

'사내의 양물은 비록 형제지간이라 해도 볼 수 없는 것이며, 친구사이라도 숨기는 법이거늘, 나는 이제 저 조그만 관노 놈까지 알게 되었으니, 이제 온 고을에 알려지고 아무나 다 알게 될 것이니 낭패로다. 나 또한 다른 방법으로 그 수치(羞恥:부끄러움)를 씻어야 되겠다.'

사또는 부임 이튿날 아침에 다음과 같이 영(令)을 내렸다.

"너희 대소인리(大小人吏)들은 들어라. 오늘 나를 뵈러 오는 자들은 양물의 귀두가 벗겨진 자는 계단 위로 설 것이며, 우멍거지인 자들은 마당에 서도록 하라."

명령이 내리자 관속들은 모두 그렇게 했다. 자신의 양물이 벗겨진 자는 계단 위에, 우멍거지들은 뜰에 내려선 것이다. 그런데 유독 한 아전만이 한 발은 계단 위에, 다른 발은 계단아래인 뜰에 걸쳐놓고 어중간하게 서 있었다.

"너는 어떻게 된 일이냐?"

사또가 묻자 그 아전이 솔직히 대답하길,

"소인의 것은 벗겨진 것도, 우멍거지도 아닙니다. 세상에서 이

별양(鱉陽) : 자라모양의
양근(陽根).

표상(表象) : ①본을 받을
만한 대상. '본보기'로 순
화. ②대표로 삼을 만큼
상징적인 것.

르기를 별양(鱉陽)이라고 하는 자라모가지 모양의 양물이옵니
다. 하오니 어느 쪽에도 서야 할이지 몰라서 이렇게 하였습니
다."

하니 사또는 크게 웃으며, 모두 그만두고 물러가도록 하더라.

사신(使臣) 가라사대,

"감사(監司)는 한 지방의 표상(表象)이므로, 표상이 올바로 서
야 그림자도 똑바로 서는 것인데, 이를 망각한 감사가 잘못된 그
림자라는 이유로 좌시하는 것은 옳지 못하도. 감사가 발령이
나서 부임하게 될 때, 정말로 그런 풍습이 있다고 하면, 당연히
옛날 사람들의 악신(惡神)이 출몰한다는 사당을 없애고, 혹세무
민(惑世誣民)을 처단해야 하며, 그런 말을 만들어 낸 관노를 징치
하고 지나온 후에야 표상이 바로 서고 따라서 그림자도 바르게
될 것이었다.

어찌하여 깊이 생각했으면서도 관노의 술책에 빠진 것을 알지
못하고, 그 술책에 기만당한 것을 부끄러워하는가. 예로부터 '덕
(德)'은 '덕(德)'으로 갚는 것이거늘, 감사의 처사는 악을 악으로
갚는 것이니, 백성을 이런 방법으로 다스린다면 얻어지는 것이
얼마나 되겠는가? 오호라! 한심하도다."하였다.

손가락이 무슨 죄가 있겠소
指而何罪

한 여인이 더운 여름철에 개울가에서 터진 삼베옷을 입고 허리

를 구부린 채 빨래를 하고 있었다. 때마침 어떤 시골남자가 그곳을 지나게 되었는데 가만히 살펴보니 여인의 터진 속옷 사이로 여인의 그윽한 부분이 여인이 움직일 적마다 조금씩 보이니 갑자기 음심(淫心)이 생기자, 남자는 도둑처럼 여인의 뒤로 접근하여 여인이 어찌 할 사이도 없이 뒤에서 덮쳤다.

급히 일을 치른 남자가 도망치자 여인이 방망이를 가지고 쫓아가며 소리 지르기를,

"이 개 같은 놈아! 어찌 그런 못된 짓이냐?"

하고 욕을 퍼붓자 남자가 능청을 떨며 말했다.

"할미요, 할미요. 그건 내 옥경(玉莖)이 아니고 이 엄지손가락이었소."

그러자 여인네 왈,

"그런다고 나를 속일 수 있다 생각하느냐? 그게 네 손가락이었다면 어찌 그 언덕까지 풍겨오는 훈훈하고 달콤한 맛이 무엇이더냐."하더라.

영문도 모른 채 도망가다
不知何故走去

어떤 귀머거리가 길을 가다가 해가 지는 바람에 근처의 인가에서 하룻밤을 묵어가게 되었다.

이때 또 한 사람의 소금장수가 투숙하거늘 두 사람이 한방에서 자게 되었다. 그런데 그 소금장수는 함께 자는 사람이 귀머거리

옥경(玉莖) : 음경(陰莖), 양물(陽物) (=남자의 외성기).

인 줄을 모르고 있었다.

밤이 깊어지자 옆방의 주인 부부가 합궁(合宮)을 시작하여 운우지락(雲雨之樂)의 환성(歡聲)이 높았다. 소금장수는 귀머거리의 옆구리를 찔러 소리를 들어보라고 깨웠다. 그러나 귀머거리는 소금장수가 우연히 옆구리를 건드린 것이라 생각하며 나무라지 않고 그대로 잠을 잤다.

그런데 새벽이 되자 주인 부부가 또 교접을 시작하였다.

이에 소금장수는 재미가 나서 또다시 귀머거리의 옆구리를 찔러 깨우니, 이에 크게 화가 난 귀머거리가,

"이놈아, 이 늙은 개 같은 놈이 밤중에 쿡쿡 찌르더니, 새벽에도 또 쿡쿡 찌르느냐!" 하고 큰 소리로 나무랐다.

주인은 이 소리에 자기 내외를 희롱하는 줄로 오인하고 화가 나서 큰 몽둥이를 들고 쫓아가,

"이놈아! 부부간의 일을 네놈이 웬 간섭이냐!"

하고 호통 치며 후려 패니 귀머거리는 무슨 연고(緣故)인지 알지도 못한 채 정신없이 맞다가 봇짐까지 그대로 두고 도망을 가더라.

그 손가락이 아니네
非指村

관서에 비지촌(非指村)이라는 마을이 있는데 그 유래는 다음과

같다.

폐부(肺腑) : ①폐장(肺臟)
②마음의 깊은 속 ③요긴
(要緊)한 곳.

옛날 어떤 사람이 누에를 치는데 뽕잎을 먹일 때가 되어 사방으로 뽕잎을 구하러 다니던 중 어떤 곳에 당도하여 보니 뽕나무가 무성한 곳에 부잣집이 보였다.

조용히 뽕나무 밑으로 들어가 보니 골을 따라 심어진 뽕나무가 울창한데 사람이 왕래한 흔적이 있었다. 그 사람은 아이들이 모여서 놀았던 곳이거니 생각하고 뽕나무 위에 올라가서 뽕을 따고 있는데, 어디서 한 남자가 와서는 뽕나무 밑에서 얼마동안 서성거리더니 긴 휘파람 소리를 몇 번 내었다. 그러자 아리따운 여인이 20세가량으로 자색과 용모가 수려한데, 술 한 주전자와 한 보시기의 안주를 가지고 부잣집 쪽에서 살며시 다가오고 있었다.

여자가 남자가 있는 곳에 다다르니, 그 남자는 술과 안주를 먹을 생각은 하지 않고 먼저 그 여인을 끌어안고 운우(雲雨)의 정을 나누었다. 그리고 서로 머리를 맞대고 앉아 사랑을 소곤거리기 시작하였다.

여인이 먼저 남자에게,

"우리가 이렇게 사랑을 주고받는 사이인데, 마땅히 서로 폐부(肺腑)를 털어 보여야 합니다. 우선 내가 먼저 당신의 옥경(玉莖)을 빨겠으니 당신도 나의 옥문(玉門)을 빨지 않겠소?"하고 물었다.

그러자 남자는,

"그것 좋은 일이요."

하면서 즉시 자신의 옥경을 꺼내어 놓았다. 여인은 그 옥경을 빨고 나서 자신의 옥문을 남자 앞에 드러내어 보였다.

남자는 그것을 보더니

"옥문은 오목(凹)하고 깊어서 빨기가 거북하오. 그러니 내 긴 손가락을 옥문에 넣은 다음 그 손가락을 빨면 되지 않겠소?"하고 말했다.

여인은

"그렇게 하여도 좋소."

하고 대답하니, 남자는 곧 긴 손가락을 넣었다 빼어보니, 음액(陰液=精液)이 묻어 나와 빨기에 역겹고 싫었다. 그래서 그 손가락을 감추고 다른 손가락을 빨았다.

그러자 여인은 화가 나서,

"당신은 왜 나처럼 하지 않아요? 이 손가락이 아니지 않아요?"

하고 비난하니, 남자가 말하기를,

"이 손가락이 맞다."

하니, 여인은

"아니다."

하고 다투는데,

뽕나무 위에 있던 사람이,

"그 손가락이 옳고 저 손가락은 옳지 않소!"

하니, 남자는 놀라서 당황하여 도망을 가버리고 뽕나무 위에 있던 사람이 곧 나무에서 내려와 그 여인과 마음껏 놀아난 후에 술과 안주를 먹고서 뽕을 잔뜩 지고 돌아왔다.

그래서 그 후부터 이 마을은 "그 손가락이 아니다."라는 뜻의 「비지촌(非指村)」이라는 이름으로 불렸다고 전해진다.

벼락에도 수놈이 있나요

雄霹靂

측간(厠間) : = 변소(便所)

욕(辱) : ①부끄러운 일 ②
몹시 고생스러운 일 ③강
간(强姦).

어떤 양반이 거느리고 있는 여종을 품어보고자 부인이 잠든 틈
을 노려 여종이 있는 방으로 잠입해 가는데 어느새 부인이 알아
차리고 뒤를 따랐다.

양반은 씁쓰레한 심정이 되어 심중(心中)으로
"못된 사람은 지혜로 다루어야지, 위엄(威嚴)으로는 다루기 어
렵다."고 생각하였다.

그러던 어느 날 저녁 비가 세차게 내리며, 벼락과 천둥이 일었
다. 양반은 여종이 있는 방으로 가는 척 하면서 측간(厠間)에 숨
은즉, 부인이 그 뒤를 밟아 왔는데 마침 벼락이 폭발하여 머리
위로 떨어지는 듯하였다. 이때 양반은 갑자기 뒤에서 부인을 붙
잡고 손으로 등을 서너 번 세게 친 다음 재빨리 욕(辱)을 보이고
는 침소(寢所)에 돌아와 자는 체 하였다.

내금위(內禁衛) : 조선 시
대에, 임금을 호위하던 군
대. 궁궐을 지키는 금군
(禁軍)에 소속되어 있었으
며, 태종 7년(1407)에 설
치하였다.

조참(朝參) : 왕이 정전(正
殿)에 친림(親臨)한 앞에,
모든 조신(朝臣)이 나아가
뵈는 일. 한 달에 네 번씩
모여 할 말을 드렸음.

주발(周鉢) : 놋쇠로 만든
밥그릇. 위가 약간 벌어지
고 뚜껑이 있다.

조금 후 욕을 당한 부인이 돌아와서 남편을 흔들어 깨우고 묻기를,

"벼락에도 수놈이 있나요?"하고 물었다.

이에 양반이

"벼락이라고 하여 왜 암수가 없겠소?"

라고 대답하자, 그 말에 부인은 아무 말도 하지 않고, 한숨을 내쉬더니 다시는 남편의 뒤를 밟지 않았다고 하더라.

조회가 빈번하면 가난해 진다
🏵 朝參汁酒

내금위(內禁衛)에 유(柳)씨 성(姓)을 쓰는 자가 있었는데, 언젠가 조참(朝參)에 참여하여, 친구에게 말하기를,

"조참이 잦으면, 내 살림이 장차 가난해질 거야." 하였다.

친구가 말하기를, "어째서인가?" 물으니,

유(柳)가 말하기를, "며칠 전 닭이 첫 홰를 울자 서둘러 조참에 참여하려는데, 집사람이 날씨가 추운 것을 염려하여, 술을 받아와서 나에게 마시게 하여, 내가 몇 주발(周鉢)을 마시고 궁궐로 가는 길에, 조참이 정지되었다는 말을 듣고 바로 돌아간 즉, 하늘이 아직 밝아지지를 않았고, 집 사람이 이불을 안고 누워있기에, 도로 의관을 벗고, 술에 취한 김에 흠뻑 즐겼더니, 이로 말미암아 만약 조참에 서둘러 참여하게 되면 반드시 술을 받아다가 마시게 하니, 나와 같이 박봉(薄俸)인 자가 빚을 지지 않으면 어찌하리오." 하니, 친구가 배를 끌어안고 웃더라.

60

속어면순

《속어면순(續禦眠楯)》
조선시대 성여학(成汝學 조선 중기의 문인)이 편찬한 한문 소화집(笑話集).
송세림(宋世琳)의 〈어면순〉에 실리지 않은 이야기들을 모아 만들었다고 한다.
모두 32편의 설화가 실려 있으며, 각 편마다 4자로 된 제목이 붙어 있다. 1책. 필사본으로 내용은
대부분 음담패설에 속하는 것이다.

처녀 미리 연습하다
處女先習

소박(疏薄) : 처나 첩을 박
대함.

얼굴과 몸매는 아름답지만 성품이 매우 단정치 못한 처녀가 살고 있었다. 처녀의 나이 14~5세에 그 부모는 혼인자리를 찾아서 시집을 보내고자 했다.

어느 날 저녁 처녀가 일 때문에 이웃집에 갔는데 이웃집에 있던 김서방이 거짓으로 말하기를,

"아가씨가 시집가는 날이 얼마 안 남았는데, 만약 미리 익혀두지 않고 갑자기 신랑을 만나게 되면 아주 큰 어려움이 있을 것입니다."

하니, 처녀는 그 소리를 듣고 두려워하며 말하기를

"만일 미리 익혀 두지 않으면 소박(疏薄)을 맞을지도 몰라?"

처녀는 그만 겁을 집어먹고

"그대는 어려움만 말하지 말고, 원하고 믿으니 가르침을 받을 수 있게 해주소서."하였다.

젊은이는

"그거야 아주 쉽지."

하면서 처녀를 토방으로 데리고 들어가 그녀를 껴안으며 말했다.

"여자가 여섯 가지 기쁨을 갖추면 가히 즐거움을 도울 수 있으며, 여자의 행복이 거기서 비롯되는 거야."

말하자, 그녀가 말했다.

"어떤 게 여자가 갖추어야 할 여섯 가지 즐거움(六喜)이요?"

젊은이가 암송하기를

"일착(一窄), 이온(二溫), 삼교(三嚙), 사요본(四搖本), 오감창(五甘唱), 육속필 (六速畢) 이렇게 여섯 가지가 이른바 남자가 좋아하는 여섯가지 즐거움인데 아가씨의 부족한 점은 바로 요본과 감창이요."하더라.

처녀가 하는 말이

"내가 아직 어려서 잘 모르니 그걸 자세히 가르쳐 줘요."

하니 젊은이가 말했다.

"그것은 말로 전해줄 수 없다오."

하고 마침내 다시 일을 거행하여 음탕한 짓을 가르쳐 주었다.

처녀는 매우 즐거워하며, 젊은이를 만나지 않는 저녁이 없을 정도였다.

그녀가 출가를 하여 첫날밤에 신랑이 그 일을 치르게 되었는데, 신부가 온갖 기술을 다하여 요본질을 칠 뿐만 아니라 제 마음대로 감창까지 해댔다. 이에 깜짝 놀란 신랑이 신부가 이미 다른 남자를 경험한 것을 알고 함께 간통한 자를 다그쳤다.

신부는 거짓으로 우는 척하며 대답하지 않았다.

화가 난 신랑은 신부를 발길로 차며 말하기를,

"요본과 감창이 그토록 잘 어울리니 어찌 처녀라 할 수 있는가?"

하며 즉시 문을 열고 나가버렸다.

친정 엄마가 딸을 책망하니,

"뒷집의 김서방이 나한테 미리 배우고 가야 된다고 했어요.."

어머니는 혀를 차며

"이 년아! 신랑이 김서방이 아닌데 어째서 익힌 기술을 숨기지 않았느냐?"

하자, 딸이 말하기를

"그 흥이 한창 오르다보니, 단지 김서방으로 알았지, 신랑이라 는 것을 깨닫지 못했어요."하더라.

듣는 사람들은 모두가 입을 가리더라.

여인이 갖추어야 할 6희(六喜)

1. 착 (窄) : 좁고,

2. 온 (溫) : 따뜻하며,

3. 교 (嚙) : 꽉 물고 잘근잘근 깨물며,

4. 요본 (搖本) : 엉덩이를 돌려 흔들며,

5. 감창 (甘唱) : 즐거워 숨 막히는 듯한 소리를 지르고,

6. 속필 (速畢) : 빨리 음액(陰液)이 나와야.

남자가 갖추어야 할 6보(六寶)

1. 앙 (昂) : 솟아오르고,

2. 온 (溫) : 따뜻하며,

3. 두대 (頭大) : 머리가 커야 되고,

4. 경장 (莖長) : 줄기도 길어야 되며,

5. 건작 (健作) : 건강히 작동하여,

6. 지필 (遲畢) : 더디게 끝내야.

거짓 아픔으로 즐거움을 찾다
✸ 詐痛要歡

한 촌 여자가 자기 집 머슴의 양물이 장대한 것을 알고 마음속으로 그와 간통을 하고 싶었으나, 그럴 기회를 얻지 못하고 있었다.

하루는 갑자기 배를 움켜쥐고 죽는다고 부르짖거늘, 머슴이 어렴풋이 그 뜻을 알아차리고는

"주인마님! 어디가 아프신가요?"

물으니, 주인 여자가 말하기를,

"내 배는 차가워서 아픈 냉복(冷腹)이다."

머슴이 말하기를,

"제가 듣기로는 따뜻한 배로 서로 맞대면 곧 낫는다고 합니다."

하니, 여자 하는 말,

"애의 아버지가 이미 출타를 했는데, 맞대줄 배(腹)가 없으니 어찌하지? 통증이 극심하여 죽느니 보다는 차라리 너의 배를 갖다 대어 낫게 하면 좋지 않겠는가?"

머슴이 말하기를,

"주인마님의 명령이 있으면 감히 명령을 따르지 않을 수 없지만, 다만 남녀 간의 혐의가 있으며 내외분별이 없을 수 없으므로, 나뭇잎으로 음호를 가리고 배를 서로 맞대는 것이 옳을 것입니다."

라 하니, 그녀는 허락하여 즉시 나뭇잎으로 그것을 가리고 머슴에게 배에 갖다 대게 하였다.

부지불식(不知不識)간에 머슴의 철(凸)이 이미 그녀의 요(凹)속

으로 들어가니,

여자가 물어 하는 말이

"나뭇잎이 어디에 있고, 너의 철(凸)이 내 음호에 함부로 들어왔는가?"

히니, 머슴이 말하기를,

"나의 철(凸)은 본디 강해서 나뭇잎을 뚫기는 강한 화살로 고운 비단을 쏘는 것과 같습니다."

하며 그대로 더불어 극도로 즐기니, 그녀가 하는 말,

"배를 맞댐이 과연 효험이 있구나, 효험이 있어! 복통이 이미 그친 듯하다."하더라.

세 처녀가 벙어리를 검사하다
三女檢啞

신창 고을에 세 처녀가 있었는데, 부모가 모두 죽고 살림이 가난해서 장가오기를 원하는 사람이 없었다. 큰딸, 둘째딸, 막내딸, 모두 이십여 세가 지났기에 혼기를 놓친 것을 스스로 애태우고 있었다.

바야흐로 봄을 맞아 함께 정원을 거닐고 있었는데,

막내가 말하기를,

"세상엔 남녀의 즐거움이 있다는데 그 즐거움이라는 것이 어떤 것이오?"

중간 딸이 말하기를

육추(肉槌) : 고기 몽둥이.

"나도 역시 그것을 괴이하게 여기고 있다."

큰딸이 하는 말,
"아무개 계집종이 사내를 즐긴다니 그녀에게 물어볼 수 있다"

마침내 그 계집종에게 물으니 계집종이 웃으며 말하기를
"말로 표현하는 것이 어찌 쉽겠습니까?"

세 처녀는 그녀에게 말해달라고 억지를 쓰니, 계집종이 말하기를,
"남자의 양 사타구니 사이에 육추(肉槌)가 있는데, 그 모양이 송이버섯 같으며, 길이는 손안에 가득 차는데, 그 이름을 일컬어 철(凸)이라 하는데, 그것의 신통한 변화는 헤아릴 수 없으며, 만물이 생기고 또 생기며, 변하고 또 변하는 결과는 모두 이에서 말미암으니, 쇤네는 이제껏 그것을 하루라도 버린 적이 없습니다."
하니, 세 처녀가 이구동성으로
"제발 그 자세함을 말하라." 했다.

세 처녀가 듣고 싶어 하니까 그 계집종은,
"어찌 감히 무엇을 숨기리오."
하며 거듭 말하기를,
"남자가 그 철(凸)로 여자의 요(凹)에 넣어서 요철(凹凸)이 서로 머금으면, 그 즐거움을 말로 다 표현할 수 없습니다."

세 처녀가 말하기를

"그 즐거움이 얼마만 하오?"

하니, 계집종이 말하기를,

"철(凸)이 요(凹)속에 들어가서 위를 문지르고 옆을 부딪치며 바야흐로 그 절도를 재촉하면 사지로 하여금 뼈가 없이 사라지게 하는 것 같게 하고, 녹는 것 같게 하여, 살아도 산 것 같지 않고, 죽어도 죽은 것 같지 않습니다."

하니, 맏딸이 거품을 머금고 말하기를,

"내 마음이 점점 혼미해지니 네 말을 마땅히 멈춰라." 한다.

세 처녀가 이어서 서로 더불어 모의하기를, "혹시 거지 벙어리를 만나게 되면 철(凸)의 모양을 시험해 보기로 하자"했다.

그때 마침 마을에 사는 한 청년이 담장 밖을 지나가다가 세 처녀가 하는 말을 듣고는, 그녀들을 속이고자 해어진 옷을 입고 바가지를 가지고 그 집에 가서 입을 두드리며 밥을 달라고 하니 마치 벙어리와 같았다. 세 처녀는 그를 반기며 골방에 끌어 들인 후 그의 바지를 벗기고 철(凸)을 드러내 놓았다.

맏이가 먼저 그 철(凸)을 만져보고 하는 말,

"이것은 가죽이다."

둘째가 그 다음 만져보고 하는 말;

"살이다."

막내가 또 만져보고 하는 말,

"뼈다귀다." 라 했다.

판서(判書) : 조선(朝鮮) 시
대(時代) 육조(六曹)의 으
뜸 벼슬. 정2품(正二品).
태종(太宗) 5년(1405)에
베풀어 31년(1894)에 폐
지(廢止)됨.

송언신(宋言愼) : 1542(중
종 37)~1612(광해군 4).
조선 중기의 문신으로 동
면순검사(東面巡檢使), 대
사간(大司諫), 병조판서,
이조판서를 역임하였다.

호색(好色) : 여색(女色)을
몹시 좋아함.

대저 그 양물이 만지는 데 따라 점점 움직이기 때문에, 세 처녀
가 좌우로 둥글게 둘러싸고 서로 돌려가면서 쥐고 장난을 하는
데, 철(凸)이 별안간 기운을 차려 올라갔다 내려갔다 하였다.

세 처녀는 미소를 머금고

"이 물건이 어떻게 해서 미친 모양을 짓는가?"

라고 말하고 있는데, 청년이 세 처자의 손을 잡고 벌떡 일어나
앉으며 하는 말,

"이 물건은 본디 미친 것이 아닌데, 아가씨들이 그것을 미치게
만들었으니, 그 미친 것을 마땅히 아가씨들의 요(凹)속에 꽂아야
한다."

고 하니, 세 여자의 얼굴은 놀라고 몸은 떨었다.

청년이 말하기를,

"내가 한마디 말만 하면 아가씨 집안이 욕될 것이니, 어찌 감
히 회피할 수 있으리오!"

마침내 차례로 서로 번갈아 희롱하며 하루 낮밤을 다 보내고,
하늘이 장차 밝으려 할 때, 청년이 일어서 문밖으로 나가려는데,
너무 피곤하여 나갈 수 없자, 세 처녀가 마침내 부축해서 그를
보내주더라.

호장이 마누라를 자랑하다
❀ 戶長誇妻

판서(判書) 송언신(宋言愼)은 천성이 호색(好色)하여, 스스로
말하기를 반드시 평생에 천 명을 채우겠노라 욕심을 부리면서,

비록 병든 노파나 혹이 달린 여자도 가리지 않았으므로, 행상하는 아낙네와 나물케는 여자들도 그의 마을에 감히 들어오지 못했다.

일찍이 관동지방을 순찰하다가 원주(原州)의 흥원창(興原倉)에 이르렀는데, 공관(公館)이 병화(兵火)에 재가 되어 호장(戶長)의 집에서 자게 되었는데, - 세속에서 말하기를 마을(邑)의 우두머리를 호장(戶長)이라 했는데 - 호장에게 딸이 하나 있었는데 송 판서가 눈독을 들이고 곁눈질을 하였으나 응낙해 주지 않았다.

그날 밤 공(公)이 그 모녀가 누운 곳에 살폈더니, 젊은 딸이 똑똑한지라, 공(公)이 눈독 들이는 뜻을 알아차리고 제 어미와 자리를 바꾸어 누웠다.

야심한 밤에 이르러 공(公)이 옷을 걷어 올리고 들어가서 그 어미를 덮치니, 어미는 도둑이라고 소리를 지르려 했다.

공(公)이 그 입을 막으면서

"나는 방백(方白)이지, 도둑이 아니오." 말했다.

그 어미는 방백의 위세에 겁을 먹고 그의 요구에 응해 주었다. 그런 일이 있은 후, 호장이 이웃 사람과 싸움을 하게 되었는데, 그 이웃사람은 꾸짖어 말하기를, "너의 하는 일이 이와 같으니 네 마누라가 방백에게 겁탈을 당해도 마땅하도다."

하니, 호장이 하는 말

"나의 처는 예쁘기 때문에 방백이 가까이 했었지만, 만약 너의 마누라처럼 추악했더라면 방백은 반드시 그녀에게 침을 뱉었을 것이다"

하니, 듣던 사람들이 박장대소(拍掌大笑) 하더라.

흥원창(興原倉) : 세금으로 곡식을 걷는 구역(수곡구역)이 영월 평창 정선.

방백(方白) : '관찰사' 또는 '도지사'를 예스럽게 이르는 말.

공산(公山) : 대구에 위치한 팔공산의 별칭이다.

음양사(陰陽事) : 남녀관계(=sex)를 뜻함.

양물(陽物) : 남자의 상징.

매혹(魅惑) : 남의 마음을 사로잡아 흘림.

변사(辯士) : 말솜씨가 아주 능란한 사람.

늙은 기생이 판결하다
🌸 老妓判決

내가 일찍이 공산(公山)에 나그네로 있었을 때, 어떤 갑(甲)과 을(乙)이라는 두 사람이 음양사(陰陽事)에 대한 일로 서로 논쟁을 벌이고 있었다.

갑(甲)이 말하기를,

"남자의 양물(陽物)이 크면 여자는 반드시 매혹(魅惑)하게 된다오."

을(乙)은 말하기를

"그렇지 않소, 여자가 매혹되는 바는 오직 그 일을 잘하는 데 있지, 그것의 크고 작음에 있는 것이 아니요."

을(乙)은 진실로 변사(辯士)인지라 갑(甲)은 반론 할 수가 없었다. 마침내 갑(甲)이 을(乙)을 나한테 데리고 와서 그 일을 말하면서 나에게 일러 가로대,

"바라옵건대, 한마디 말로 잘라서 우리의 주장을 판단해 주십시오."

하기에, 나는 말하기를,

"나는 여자가 아니니 어찌 여자가 매혹되는 바를 알겠느뇨? 그렇지만 나는 당연히 옛사람의 말씀으로 이것을 증명하겠소."

"태사공(太史公) 여불위전(呂不韋傳)에 이르기를, '불위(不韋)가 양물이 큰 사람을 구했는데, 노독(嫪毒)이라는 사람은 그의 양물에 구리로 만든 바퀴를 꿰고 다닌다고 하니, 태후가 이 소문을 듣고 그를 불러 간통을 하고 그를 매우 사랑했다' 했으니 당연히 이로써 판결합니다."

하니 갑(甲)은 기뻐했으나 을(乙)은 더욱더 굽히지 않았다.

때마침 한 늙은 기생이 앞을 지나가기에, 내가 그를 불렀더니 그 기생은 즉시 명령에 의해서 왔다.

내가 말하기를,

"이 두 사람이 지금 시비가 생겼는데, 나에게 판결하기를 요청하고 있다. 이 시비는 남자가 능히 판단할 수 있는 것이 아니나, 너는 평생 매우 많은 사람들을 겪었으니 판결사(判決事)가 되어 곧 갑과 을이 언쟁(言爭)하고 있는 바에 대해서 말해 보아라."

기생(妓生)은 웃으며 말하기를,

"이 문제를 분별하는 데는 미천한 제가 이미 익숙하므로 마땅히 한마디로써 그것을 가리겠습니다."

을(乙)을 돌아보며 하는 말,

태사공(太史公) : 중국의 '사마천'을 달리 이르는 말. 사마천이 태사 벼슬을 한 데서 유래한다.

여불위전(呂不韋傳) : 사마천이 저술한 사기(史記)에 있음.

불위(不韋) = 여불위(呂不韋) : (?~BC 235) 위(衛)나라 하남(河南)의 대상인(大商人)으로, 진(秦)나라에서 정승을 지내다 태후와 간통하여 태자 정(政)을 낳고 태자가 왕위에 올라 진시황(秦始皇)이 되자 자살했다.

판결사(判決事) : ①시비(是非), 선악(善惡)을 판결(判決)하는 일 ②장례원(掌隷院)의 으뜸 벼슬.

육보(六寶) : 여섯 가지 보물.

동(同) : 1동(同)은 주(周)나라에서 사방 백리의 땅을 말하는데, 9,000동 이라함은 어마어마한 넓이를 상징하는 말로 '최고의 가치'를 뜻한다..

반값이다 : 절반의 가격으로 준다.

"건장한 양물이 음호(陰戶)를 가득 메우면, 여자의 정(情)은 이미 뜨거워집니다. 그대는 향규(香閨)의 육보(六寶)란 것을 모르시오?"

이내 외워서 말하기를,
"첫째는 앙(昻), 높이 솟아오름이요,
둘째는 온(溫), 따뜻함이요,
셋째는 두대(頭大), 머리가 큼이요,
넷째는 경장(莖長), 줄기가 긴 것이요,
다섯째는 건작(健作), 힘차게 작동함이요,
여섯째는 지필(遲畢), 더디게 끝나는 것 입니다."

"진실로 머리가 큰 것을 깊이 꽂아서 오래 희롱할 수 있으면, 이는 시쳇말로 소위 9,000동(同)의 땅이 반값이라는 것입니다."

"그대가 내 말을 믿지 못하겠으면 집에 가서 큰 고기를 찾아 먹어보면 그 맛이 뛰어나고 깊을 것이오."
라 하니, 을(乙)은 말문이 막혔다.

기생이 웃으며 하는 말,
"미천한 저를 판결관으로 삼는다면 모름지기 저의 이 말을 후속록(後續錄)에 기록해 주십시오."라 했다.

후속록이란 동국대전(東國大典 : 조선시대의 법률 책) 후편(後篇)인지라, 그 자리에 있던 사람들은 모두 배를 움켜잡고 웃더라.

이것은 정말로 좋은 직책이다

✿ 此誠好職

한 시골 읍의 상번군사(上番軍士)가 종묘(宗廟) 문지기 임무를 맡게 되었는데, 때마침 수문부장은 음관(蔭官)으로, 처음 벼슬을 하는 자였다. 종묘령(宗廟令)도 역시 음관이었다.

종묘의 관원(官員)(=종묘령과 수문부장)은 한가하고 일이 없어, 목침을 높이 베고 누워있거나 도박으로 술이나 음식내기를 하는 게 고작일 따름이어라. 그 군사는 항상 마음속으로 그들을 부러워하고 있었다.

그 군사는 시골 사람이기 때문에 여염(閭閻)집에 붙어살면서 오가며 밥을 먹고 있었는데, 주인집에는 남자가 없고 오직 과부로 사는 여주인이 안채에 있으면서 여종을 시켜 밥을 지어 제공하고 있었다.

하루는 그 군사가 밥 먹고 오겠다고 보고하고 나왔는데, 때가 이미 늦은지라 식사교대가 급해서, 중문에 들어서자 밥을 달라한 즉, 때마침 여자 종은 바깥에 나가버린지라, 군사는 늦게 돌아가 벌을 받을까 두려워, 즉시 중문에 들어 가본즉, 밥상은 이미 차려져 있고 주인집 과부는 마루 위에 자고 있더라. 곁에 아교풀이 담긴 그릇이 있는지라 그 군인은 아교와 물을 가져와 몰래 여주인의 음문에 바르고, 마루 아래로 물러나와 밥을 먹고 있었다. 얼마 아니 되어 여주인이 잠을 깨어본즉, 음문이 젖어 있고, 군인이 앞에 있는지라, 마음속으로 자기가 자고 있는 사이 몰래 간음을 했다고 생각했다.

그 과부는 낮은 목소리로 묻기를,

상번군사(上番軍士) : 수도 방위를 위해 각도의 군사 중 서울로 상경하여 임무를 수행하던 군사.

종묘(宗廟) : 조선시대에, 임금과 왕비의 위패를 모시던 왕실의 사당.

음관(蔭官) : 과거를 치르지 아니하고 조상의 공덕에 의하여 맡은 벼슬. 또는 그런 벼슬아치.

종묘령(宗廟令) : 침묘(寢廟)와 정자각(丁字閣)을 지키던 종묘서(宗廟署)의 우두머리로 종오품 벼슬.

여염집 : 일반 백성의 살림집.

"너는 어찌하여 깊숙이 들어 왔는가?"

하니, 군사가 말하기를,

"때가 늦고 심히 배가 고파서 당돌하게 밥을 먹었으니 용서해 주기 바랍니다."

그 과부가 하는 말,

"흉악한 일이로다. 너는 어찌 그 짓을 했단 말이냐?"

하더니, 드디어 손을 잡고 방으로 들어가서 그 군사를 마음대로 엮고 주물렀다.

이후로부터 그 군사를 접대하는 정성과 음식이 풍요함은 종전의 백배에 이르렀다. 그 군사는 마음속으로 자랑스럽고 기쁜 나머지, 자기의 양물을 어루만지며 입으로 말하기를,

"너의 팔자가 정말로 좋구나! 네가 벼슬을 얻게 된다면, 무슨 벼슬이 마땅할까? 선전관(宣傳官)이라는 화려한 관직을 제수(除授) 받아야 할 것이나 너는 무과(武科)도 하지 못했으며, 또한 눈이 하나뿐인지라, 그것을 받을 수 없다. 한림학사(翰林學士)나 주서(注書)인 깨끗한 벼슬이 있지만 너는 문과(文科)를 안 했으며, 또한 시골 족속이라 감히 바라볼 수 없도다. 내가 보건대, 음직인 종묘의 수문부장과 종묘령이 좋은 봉록(俸祿)을 받으며 좋은 반찬을 먹으며 종일 한가하고 편안하니 이것이 정말로 좋은 직책이니, 가히 너에게 주겠노라!"라 했다.

이어 자기의 양물을 불러 이르기를,

"부장아! 종묘령아!"

라 하거늘, 곁에서 이 말을 몰래 엿들은 자가 있어, 그것을 다른 사람에게 전하니, 이를 들은 사람들이 허리가 부러질 정도로

웃더라.

이런 일이 있은 후부터 수문부장과 종묘령이 된 자들에게 그 친구들이 문득 팔자 좋은 놈이라고 그들을 놀리더라.

계집종의 재치
🌸 點婢鉤情

옛날에 시골에서 여러 명의 부인들이 많이 모여 잔치를 열었다. 젊은 부인들은 한 사람씩 나와 노부인들에게 술을 올렸다.

이 때 남편의 성이 노씨(盧氏)인 한 젊은 부인이 화장을 진하게 하고 사람들에게 옷향기를 풍기며 잔을 받들어 올리니, 이에 한 늙은 부인이 술잔을 받으며 그 향기를 맡고 말하기를,
"노가자(老榎子) 냄새가 풍기네 그려." 했다.

노가자(老榎子)는 옛날 시골에서는 향기가 나는 향나무인 개오동나무의 속명으로 주로 농을 만들었기 때문에, 그 농속에 옷을 오래 넣어 두었다가 꺼내 입으면 옷에 농 향기가 스며 있어 그 냄새가 심하게 났다. 이 냄새를 보통 '노가자 냄새' 라고 말했던 것이다. 그래서 이 늙은 부인도 화장품 냄새와 어울려 더욱 진하게 풍기는 그 향나무 옷장 냄새에 대해 별다른 뜻 없이 노가자 냄새가 많이 난다고 말한 것이었다.
그런데 노가자(老榎子)의 노가(老榎)와 노가(盧哥)는 발음이 같으며, 자(子)는 조(燥)의 발음과 비슷한 관계로 이 젊은 부인이 착

노가자(老榎子) : 개오동나무. 떡갈나무.

조(燥) : 마를 조. 여기서는 남자의 상징인 음경(陰莖) 발음을 의미함. 즉 '좆' 을 이두식으로 표기한 것.

각하여, 늙은 부인이 "노가(盧哥)의 거시기 냄새"로 말하는 것으로 잘못 알아들은 것이다.

젊은 부인은 늙은 부인의 말에 부끄러워 한참동안을 생각하다가, 어른의 말에 답하지 않을 수 없어, 곧 입을 열어 말하기를,

"아침에 몸치장을 하고 나오는데 젊은 낭군이 장난으로 연장을 꺼내 보이고, 한번 만져주고 가라고 시키기에 감히 마지못해 잡아 만져 주고 왔습니다. 그래서 그 냄새가 손에 배어 있었나 봅니다."

하니, 여러 부인들이 정색하며 말하기를,

"부인의 품행은 정결(貞潔)의 귀중함에 있거늘, 이 부인은 외설스럽고 오만하며 무례하니, 더불어 술을 같이 할 수가 없구나."

라고 꾸짖으며 좌중에서 쫓아내려 하는 것이었다.

노씨(盧氏)부인이 크게 부끄러워하며 물러나 돌아가려는데, 그녀의 시비(侍婢)가 말하기를,

"저에게 한 가지 꾀가 있으니, 원컨대 아씨마님! 급하게 돌아가지 마시옵소서.

하고, 마침내 방에 들어가 여러 부인들 앞에 꿇어 앉아 말하기를,

"청컨대, 한 말씀 올리도록 하겠습니다." 했다.

여러 부인들이 하고 싶은 말이 무엇인가 물으니,

"제가 본디 수문(手紋)을 잘 봅니다만, 특히 남자의 연장을 만지셨는지 만지지 않으셨는지, 만지셨으면 몇 번이나 만지셨는지 잘 알아냅니다. 원컨대, 여러 마님들의 수문(手紋)을 차례로 봐

연장 : 양물(陽物)을 은유적으로 표현한 것.

정결(貞潔) : 정조가 굳고 행실이 깨끗함.

시비(侍婢) : 곁에서 시중을 드는 계집종.

수문(手紋) : 손바닥의 살갗에 줄무늬를 이룬 금.(=손금)

드리고 알아맞히도록 할까 합니다."

한즉, 늙은 부인들은 두렵고 괴이하게 생각하며, 손을 소매 속에 깊이 넣고 가슴을 졸이며 아무 소리도 내지 못하다가, 천천히 말하기를,

"좀 전의 말은 농담일 뿐이다. 작은 과실로 너희 아씨를 내쫓는 것은 잘못이니, 의당히 다시 맞아드려라"

하니, 그 여종이 다시금 아씨를 받들어 먼저의 자리로 돌아오더라.

사신(史臣) 가라사대,

"여러 노부인들이 노씨 부인을 꾸짖었는데, 처음 시작은 서기책인(恕己責人)에 있으나, 여종의 속임수에 넘어가 자신들의 행동이 탄로 날까 두려워 아무도 손을 내밀지 못하니, 세상 사람들 중에 숨어서 나쁜 짓 하고 남의 허물을 말하기를 좋아하다 낭패를 당하는 사람과 무엇이 다르겠는가? 가히 경계하지 않을 수 없는 일이로다."

바보 신랑이 구멍을 못 찾다
痴郎失穴

한 어리석은 서생(書生)이 장가를 가게 되어 첫날밤에 어두운 방에서 신부를 맞아 그 몸을 손으로 더듬기 시작했다. 그런데 가슴을 등으로 알고, 두 젖가슴을 등에 난 혹으로 생각하며, 다시 엉덩이 아래로 만져 내려가던 신랑은 구멍이 없다고, 화를 내고

그 밤중으로 신방을 뛰쳐나와 자기 집으로 돌아가고 말았다.

신부의 집에서는 큰 소란이 벌어졌고, 그 까닭을 딸에게 물으니, 딸은 다음과 같이 시(詩)를 지어 말했다.

동방화촉이 꺼지고 향내음 사라지는데 (花房燭滅篆香消)
참 우습네! 바보 신랑이 일하다 도망가네. (堪笑痴郞底事逃)
진정한 경지는 산 앞에서 얻어야 하거늘 (眞境宜從山面得)
헛되이 산등성만 더듬어 심히 고생하더라. (枉尋山背太煩勞)

신부의 집에서는 그 시를 즉시 신랑의 아비에게 보냈다.
그 아비는 이내 아들을 심히 책망하여 가르친 후 돌려보내니, 다시 간 신랑은 제대로 구멍을 찾아서 즐기느라 오랫동안 돌아오지 않았다.

이 이야기를 전해들은 한 이웃이 말했다.
신랑이 처음에는 실혈(失穴)하여 (郞初失穴)
울면서 돌아가는 한밤중이었으나 (號于中夜)
신랑이 다시 득혈(得穴)하더니만 (郞復得穴)
깊이 빠져서 돌아오지 않는구나. (溺而不返)

말을 풀어준 교활한 여인
點女放馬

영남에 사는 한 선비가 과거를 보기 위해 암말을 타고 상경(上

京)하던 중, 한 상민(常民)이 살찐 수말에 젊은 여인을 태우고 가
는데 그 자색(姿色)이 매우 고와 단번에 마음을 두게 되었다.

선비가 사내에게 물어 말했다.
"무슨 일로 어디까지 가는 길인고?"
"소인의 처(妻)가 재상가(宰相家)의 종(婢)이온데, 휴가를 얻어
고향에 왔다가 기한이 차서 다시 서울로 가는 길이옵니다."
"그럼 오늘 저녁은 어디서 유숙(留宿)하겠는가?"
"해가 질 때까지 가다가 거기서 묵으려고 합니다."
"나 또한 서울로 가는 길인데 행색(行色)이 고단(孤單)하니 같
이 가다 한집에서 유숙하는 게 어떻겠는가?"
"그렇게 하시지요."

그리하여 그 날 저녁 이들은 같은 주막에 묵게 되었는데 마구
간엔 그들의 말 외에도 다른 나그네의 말들도 많았다. 일행은 짐
을 풀어 여인은 윗방에 들고 선비는 아랫방에 묵었다.
그 여인은 등잔불을 마주하고 버선을 꿰매었고, 그 남편은 하
인들과 밖에서 말을 돌보고 있었다. 선비가 방안에 아무도 없는
틈을 타서 콩 한줌을 쥐어 여인의 치마폭에 던졌는데, 여인은 돌
아다보지도 않고 바느질을 계속하더니, 얼마 후 그 콩을 선비 앞
으로 다시 던졌다.
선비는 여인의 호감을 확인했으나, 남편과 함께 있으니 어떻게
할 수 없을까 고민하는데, 밤이 깊어지고 그녀의 남편과 다른 사
내들이 깊은 잠에 빠지자, 선비가 몰래 여인의 곁으로 가려 했으
나 뜻을 알아차린 여인이 뒷간에 가는 척하며 마구간으로 가서,
먼저 선비의 암말을 풀어놓은 다음 수말들도 모두 풀어놓아 주

유숙(留宿) : 남의 집에서
묵음.

행색(行色) : 길을 떠나기
위하여 차리고 나선 모양.

고단(孤單) : 단출하고 외
로움.

古今笑叢 고금소총   81

사통(私通) : 부부가 아닌
남녀가 몰래 서로 정을 통
함.

교계(巧計) : 교활(狡猾)한
꾀. (원래는 깜찍한 꾀)

친압(親狎) : 버릇없이 너
무 지나치게 친함. 여기서
는 사통(私通)의 뜻.

고는 다시 방에 들어가 등잔불을 끄고 누웠다.

이어 여러 수말들이 암말을 쫓아 큰 소리를 지르며 내달리기
시작하자 말 주인들이 모두 잠에서 깨어나 말을 잡으러 달려 나
가는 상황이 벌어지고, 멀리까지 쫓아가느라 돌아오지 않았다.
여인은 그 틈을 이용하여 선비의 이불 속으로 들어갔고, 그리하
여 남녀가 열정을 다해 환락의 절정을 맛본 후 새벽이 되어서야
여인은 제 자리로 돌아가 도로 누웠다.

그제야 겨우 말을 붙들어 온 남편은 아내와 선비의 애정행각을
눈치 채지 못하더라.

사신(史臣)이 가라사대,
"그녀가 몰래 말을 풀어주어 남편으로 하여금 멀리까지 쫓아
가게 만들고, 그 틈을 타서 사통(私通)을 하니, 그 교계(巧計)가
심하도다. 여자들이 남자를 사기 치는 것에 주의해야 할 것이니
라." 하였다.

십격선생이 전하는 기술
十格傳術

한 선비가 여종을 친압(親狎)하기를 즐겼는데, 아내에게 한번
발각 된 이후로는 사사건건 들통이 났다.

그래서 한 벗에게,
"여종과 노는 게 재미있는 별미인데 매번 아내에게 발각되니
무슨 수가 없겠는가?"

하고 상의하니 벗이,

"내게 묘법(妙法)이 있으니 그대로 한번 시험해 보게나."

하니, 선비가 말하기를,

"제발 한번만 들려주기 바라오."

한데, 벗이 말하기를,

"여종과 밀통하는 열 가지 요령이 있으니 이를 간비십격(奸婢十格)이라 하는데,

그 첫째는, 굶주린 호랑이가 고기를 탐하듯 하는 기호탐육격(飢虎貪肉格)이니, 그대가 여종을 품어보고자 하는 그 결심하는 단계요,

둘째는 백로가 고기를 엿보듯 하는 백로규어격(白鷺窺魚格)이니, 목을 길게 빼어 품고자 하는 여종이 어디에 있는가를 잘 엿보아 두어야 함을 말함이요,

셋째는 늙은 여우가 얼음 밑으로 흐르는 소리를 듣는 노호청빙격(老狐聽氷格)이니, 아내가 깊은 잠이 들었는지를 엿보고 살핌을 말함이요,

넷째는 매미가 껍질을 벗듯 하는 한선탈각격(寒蟬脫殼格)이니, 몸을 살그머니 이불에서 빼어내는 것이 매미가 허물을 벗듯 하여야 함이요,

다섯째는 고양이가 쥐를 희롱하듯 하는 영묘농서격(靈猫弄鼠格)이니, 여러 가지 기교로 희롱함이요,

여섯째는 매가 꿩을 차듯 하는 창응박치격(蒼鷹搏雉格)이니, 번개처럼 빠르게 눕히는 과단성을 말함이요,

일곱째는 옥토끼가 약방아를 찧듯 하는 옥토도약격(玉兎搗藥格)이니, 약방아를 찧듯 자유자재로 옥문(玉門)을 출입하는 것이요,

오우천월(吳牛喘月) : 오나
라 소가 더위를 두려워한
나머지 밤에 달이 뜨는 것
을 보고도 해인가 하고 헐
떡거린다는 뜻으로, 간이
작아 공연한 일에 미리 겁
부터 내고 허둥거리는 사
람을 놀림조로 이르는 말.
《세설신어》의 〈언어편(言
語篇)〉에서 유래한다.

여덟째는 용이 여의주를 토하듯 하여야 하는 여룡토주격(驪龍
吐珠格)이니, 사정(射精)을 할 때에 마치 용이 여의주를 토해내듯
시원하게 하여야 함이요,

아홉째는 오나라 소들이 달을 보며 숨을 헐떡이는 오우천월격
(吳牛喘月格)이니, 이는 피로로 인한 숨길을 신속하게 안정시켜
야 함이오.

열째는 늙은 말이 집으로 돌아가듯 하는 노마환가격(老馬還家
格)이니, 이는 모든 자취를 감추고 조용히 자기 방으로 들어가
잠드는 것을 말하네.

이렇게만 한다면, 낭패를 당하는 일 없이 모든 것이 잘 될 것이
네."

선비는 친구의 말에 감탄하고, 그를 십격선생(十格先生)이라
불렀다.

어리석은 사람의 사슴판별
蚩氓辨鹿

어떤 마을에 사는 우둔한 사람이 아름다운 여인을 아내로 맞이
하여 그녀에게 깊이 현혹되었다. 하루는 멀리 나가게 되었는데
혹시 그동안에 누가 아내와 간통하지 않을까 염려하여 아내의
음호(陰戶) 부근에 누워있는 사슴의 그림을 그려놓아 그것을 표
식으로 삼고 떠났다.

그런데 그의 이웃에 사는 청년이 그가 멀리 떠난 것을 알고 그

녀와 사통(私通)하고자 하니 그 부인이 말하기를,

"남편이 사슴을 그려놓고 갔으니 곤란하다오."

하니, 이웃집의 청년이 말하기를,

"그것이 무슨 곤란한 일이오? 내가 다시 그리면 되지 않소?"

하고 드디어 즐거움을 나누었다.

그런데 사슴의 그림이 많이 지워져서 다시 그렸는데 누운 사슴이 아니라 서 있는 사슴이 되고 말았다.

마침내 남편이 돌아와서 그림을 보고 노(怒)하여 말하기를,

"나는 누운 사슴을 그렸는데 이 사슴은 서 있으니 어떻게 된 일이오?" 하고 물었다.

그러자 아내가 대답(對答)하기를,

"당신은 물리(物理)를 모르는군요. 사람도 누웠다 일어났다 하거늘 사슴이라고 오랫동안 누워만 있을 수 있겠소!"하였다.

그러나 어리석은 남편은,

"내가 그린 사슴에는 뿔이 누워 있었는데 이 그림은 뿔까지 서 있으니 어떻게 된 일이오?" 하고 다그쳐 물었다.

이에 다시 아내는,

"사슴이 누웠으면 뿔도 누웠을 것이고, 사슴이 서 있으면 뿔도 서 있게 될 거 아니오? 이것은 세상의 상리(常理)입니다."

하고 대답하니, 아내의 이 말을 들은 남편은 그녀의 등을 쓰다듬어 주면서 말하기를,

"과연 내 아내는 세상 이치를 잘 아는 사람이로다." 하고 칭찬하였다더라.

사통(私通) : 부부가 아닌 남녀가 몰래 서로 정을 통함.

상리(常理) : 당연한 이치.

우물(尤物) : 얼굴이 잘생긴 여자. 가장 좋은 물건.

풍수지리(風水地理) : 땅을 살아 있는 생명으로 대하는 전통적 지리과학. 만물이 기(氣)로 이루어졌다고 보아 만물 중의 하나인 땅도 지기(地氣)로 이루어진 것으로 본다. 음향오행설에 바탕을 두고 집터나 무덤 터의 좋고 나쁨을 가리는 설.

나성(羅星) : 수구(水口)에 돌이나 모래가 퇴적하여 생긴 작은 섬. 늘어서 있는 언덕.

수구(水口) : 혈에서 보았을 때 물이 흘러 나가다가 최종적으로 보이지 않는 곳을 수구라고 한다. 파구(破口)라고도 한다. 여기서는 행방(行房)을 비유한 것.

사신(史臣) 가로대,

"심하도다. 어리석은 백성의 어리석음이여! 그려진 사슴이 스스로 일어선다는 것은 올바로 속이는 방법이 아닌데도, 현혹된 감정에 빠져 거꾸로 부인을 이치(理致)를 잘 안다고 칭찬하니. 오호라! 슬프도다! 세상에 우물(尤物)에 혹하여 크게는 나라를 망치고 작게는 일신을 망치면서 끝내 깨우치지 못하는 사람은, 이 어리석은 백성과 무엇이 다르리오."

당신은 무엇을 하려고요
❀ 水口羅星

옛날에 어떤 사람이 스승을 따라다니며 풍수지리(風水地理)를 배웠는데, 어느 날 밤에는 아내의 콧잔등을 어루만지며 말하기를, "여기는 용(龍)이 나오는 곳이요." 하고, 또 아내의 양팔을 더듬으며 말하기를, "이곳은 청룡(靑龍)과 백호(白虎)가 모두 온전히 갖추어졌네." 하였다. 또 허리 아래를 어루만지며 말하기를, "이곳은 금성(金星)이 혈(穴)을 보호하고 있으며." 하고는,

마침내 아내의 몸에 올라타니, 아내가 묻기를, "당신은 무엇을 하려고요?" 하기에, 대답해 말하기를, "형국의 갖춤이 이미 이루어졌으니, 나는 나성(羅星)을 잡고, 수구(水口)를 막으려 하오." 하는데, 그 아버지가 옆방에 있다가, 그 말을 잘못 듣고, 부부가 묘(墓) 자리에 대하여 논의하는 것으로 생각하여,

큰 소리로 말하기를, "세상에 만약 그와 같은 좋은 묏자리가

86

있다면, 내가 앞으로 늙어 가니, 그 가운데 나의 두골(頭骨)을 장사지내라."하니 이 말을 들은 사람들이 배를 움켜잡고 웃더라.

두골(頭骨) : 머리뼈. 의역하면 시신(屍身).

업혀 온 중이 어찌 간단 말이냐
負僧焉往

시골의 한 처녀가 이웃집 사내와 더불어 간통을 하였는데, 그녀는 볏짚 둥우리를 후미진 곳에 두고, 그 사내로 하여금 그 속에 들어가 숨게 하고는, 매일 밤 그녀는 볏짚 인양 짊어지고 와서는 그 사내와 간통하거늘, 어떤 한 중이 그것을 알고,

어느 날 밤, 먼저 볏짚둥우리 속에 들어가 홀로 앉아 있노라니, 그녀가 짊어지고 와서 방 안에 두고, 등잔불을 켜고 본즉 중인지라. 그녀가 크게 놀라 말하기를, "중이로구나." 하니, 중이 큰 소리로 말하기를, "중은 남자가 아니더냐?"하였다.

그녀는 다른 사람이 그 소리를 들을까 두려워, 낮은 목소리로 말하기를, "스님은 속히 나가세요." 하니, 중이 말하기를, "업혀 온 중이 어찌 간단 말이야?" 하며, 그대로 나가지 않거늘, 그녀가 부득이 억지로 중과 살을 섞었으니, 속담에 소위 '업혀 온 중이 어디로 간단 말이냐' 하는 것이 이것을 말한 것이다.

순창(淳昌) : 전라북도 순
창군에 있는 읍. 섬진강
상류, 소백산 기슭의 분지
에 있으며 농산물의 집산
지이다.

교생(校生) : 조선 시대에,
향교에 다니던 생도. 원래
상민(常民)으로, 향교에서
오래 공부하면 유생(儒生)
의 대우를 받았으며, 우수
한 자는 생원 초시와 생원
복시에 응할 자격을 얻었
다.

어미가 어린 딸을 속이다
❋ 母誑稚女

순창(淳昌)에 어떤 교생(校生)이 딸 하나를 두었는데 겨우 다섯 살임에도 매우 총명하였다. 어느 날 밤에 그 부모가 딸이 이미 깊이 잠들었을 것이라 생각하고 바야흐로 즐거움을 교환하는데, 이부자리 속에서 소리가 나거늘 딸이 그것을 듣고 괴이하게 생각하여 그 부모를 불러 말하기를

"무슨 일이 있나요?" 하니

그 아비가 그것이 부끄러워 가만히 잠자리를 옮기는데

때마침 창에 비친 달빛이 희미하게 밝은지라.

딸이 그 아비의 양물(陽物)을 보고서,

다음날 아침에, 그 어미에게 말하기를,

"아버지의 두 다리 사이에 매달린 물건이 있던데, 그게 무슨 물건이오?" 하니,

어미가 손가락으로 그 머리를 두드리면서 웃으며 말하기를,

"그 물건은 곧, 네 아버지의 꼬리란다." 하였다.

딸이 그것을 꼬리로 믿었는데, 훗날에 마구간의 말이 그 양물이 움직여 내려갔다 올라갔다하니 딸이 급히 어미를 부르며 말하기를, "우리 아버지의 꼬리가 어찌 말 다리의 사이에 달려 있어요?" 한즉,

어미가 웃음을 머금고 말하기를,

"저건 말의 꼬리요, 네 아버지의 꼬리가 아니란다. 만약 네 아버지의 꼬리가 저 꼬리처럼 크다면, 내가 어찌 한(恨)스럽겠니." 하더라.

빈터를 팔아 숭어를 사다

❀ 賣空得魚

생선 장수가 한 마리 큰 치어(鯔魚)를 가져와서 마을을 돌며 큰 소리로 외치고 다녔다.

"만약 여인들 가운데 항문 위와 옥문 아래 중간에 있는 빈터를 내 연장 끝과 살짝 닿게만 해주시는 분이 있다면, 원컨대 그 보답으로 이 숭어를 그냥 드리리다."

남편이 권농(勸農) 자리에 있는 한 부인이 그 말을 듣고, 마음 속으로 말하기를, "여기는 빈곳이니 접촉을 허락해도 무방하겠지." 하고, 마침내 부인은 입고 있던 속곳의 그 빈터 위치에 구멍을 내고 생선장수에게 접촉하게 하거늘 상인이 여인을 감아 다리를 벌리고 엉덩이를 높이 세우니, 다리 사이로 옥문이 보이고, (중략)

권농처는 흡족하여 한동안 몸을 가누지 못하다가 마침내 생선장수를 껴안고 등을 어루만지면서 말하기를,
"오늘 장사는 참으로 즐거웠습니다. 그대는 부디 자주 오셔서 교환해 가시기 바랍니다." 하니 상인이 '그러겠다!' 약속하며 물고기를 놓고 가더라.

권농이 귀가하자 부인은 그 물고기를 상에 올리니, 권농이 물어 말하기를 "어찌 이런 것을 마련하였소?" 하니, 처가 이야기하기를 빈터를 팔아서 구했다고 하니 권농은 크게 놀라 말하기를

치어(鯔魚) : 숭어. 바닷물고기로 몸의 길이는 60cm 정도이고 옆으로 납작하다.

권농(勸農) : 조선 시대에, 지방의 방(坊)이나 면(面)에 속하여 농사를 장려하던 직책. 또는 그 사람.

근친(覲親) : ①시집간 딸
이 친정에 가서 어버이를
뵘. ②(속세(俗世)를 떠나
중이 되었거나 따로 살거
나 하는 사람이) 본집에
가서 어버이를 뵘. 같은
말 : 귀녕(歸寧). 원문(原
文)에는 귀녕(歸寧)으로
되어 있다.
음양(陰陽) : 남녀의 성(性)
에 관한 이치.
옥문(玉門)) : 여자의 속살
을 이르는 말.
호행(護行) : 길을 가는 데
따르며 보호(保護)함.
잠방이 : 가랑이가 무릎까
지 내려오도록 짧게 만든
홑바지. 속옷.

"빈터를 팔을 때, 만약 실수로 들어가면 참된 곳이잖소. 어찌 이 생선을 먹으리오. 반드시 상인에게 돌려주시오." 하더라.

사신(史臣) 가라사대,

"생선장수가 빈터를 빌린다는 것은 이미 여인들을 수소문해 본 결과 여인이 팔겠다고 나서리라 계산된 것으로, 반드시 참된 곳에 들어가리라는 걸 알고서 한 것이며, 진정 서로 암시가 되는 바로다. 그러나 권농은 참된 곳을 허락하지 않은 것으로 생각하거늘, 배고픈 호랑이에게 우리를 지키라고 하면, 어찌 물리지 않겠는가? 참으로 어리석음의 극치로다." 하더라.

양물을 가두는 감옥
囚陽之獄

어떤 사람이 그의 첩(妾)을 친정에 근친(覲親)을 보낼 때, 노복(奴僕=사내종) 중에서 어리석어 음양(陰陽)의 일을 모르는 자를 골라서, 물어 말하기를,

"너는 옥문(玉門)을 아느냐?" 했더니,

대답하기를, "모릅니다."하는데, 마침 날아가는 나방이 앞을 지나가자, 노복이 곧 그것을 가리키며 말하기를,

"저것이 옥문입니까?" 하니,

주인이 그것을 기뻐하며, 호행(護行)토록 하였다.

한 냇가에 이르러, 첩과 노복이 더불어 나란히 잠방이를 벗고 함께 건너는데, 노복이 첩의 옥문을 가리키며 말하기를,

"저것이 무슨 물건입니까?' 하니,

첩이 말하기를,

"이게 바로 네 주인의 양물(陽物)을 가두는 감옥이니라." 라고 한즉,

노복이 그 양물이 동하니 신발을 양물의 머리에 걸고, 거짓으로 마치 신발을 찾는 척 하니, 첩이 그의 양물을 가리키며,

"신발이 저 물건의 머리에 있다." 하니,

노복이 말하기를,

"이것은 신발 도둑놈이요. 그러니 원컨대 그 감옥을 빌려 이놈을 가두게 해 주시오." 하니, 그녀가 기뻐하면서 그의 말을 따르더라.

마음을 움직이는 다섯가지 묘리
✿ 五妙動心

오성(鰲城) 이항복(李恒福)이 젊을 때, 도인(道人) 남궁두(南宮斗)를 만났는데, 남궁두는 나이가 여든 살이 넘었으나 얼굴은 젊어 보여 약 40여세로 보이는지라, 오성이 물어 말하기를,

"연세가 아흔에 가까우신데, 정력이 어린아이와 같으시니, 어떤 방도로 그런지 알고 싶습니다." 하니,

남궁두가 하는 말이 "나의 비법은 아주 쉬운데, 단지 색(色)을 멀리하는데 있느니라." 하였다.

오성이 말하기를, "인생살이에서 가장 좋은 것은 여색이거늘 만약 여색을 멀리하라면, 비록 일천세에 이르도록 산들 무슨 소

이항복(李恒福) : (1556년~1618년). 호는 백사, 필운, 동강이고, 시호는 문충이나 이름이나 호보다는 '오성 대감'으로 널리 알려졌다. 특히 죽마고우인 한음 이덕형과 많은 일화를 남겨 '오성과 한음'이라는 이야기로 전해진다.

남궁두(南宮斗) : 1526(중종 21)~1620(광해군 12). 조선 중기 단학파(丹學派)의 한 사람. 전라도 함열 출신.

색(色) : 색정(色情)이나 여색(女色), 색사(色事) 따위를 뜻하는 말.

용이 무슨 소용이 있겠습니까?" 하였다.

　남궁두가 말하기를, "그대의 말이 지나침이 있구나." 하니, 오성이 농담으로 말하기를, "만약 그 얼굴이 꽃처럼 아름답고, 아름다운 자태와 뛰어난 자질은 농염하며, 맑은 노랫소리와 기묘한 춤이 구름이 떠가고 눈이 휘날리는 것 같고, 사랑스런 말과 아름다운 언어가 옥구슬이 구르는 듯 하고, 연지와 분으로 풍기는 향내는 사람의 코를 자극해 마음을 감동시키는 터, 그 아름다운 밤의 비단 자리에 요염한 자태 드러낼 때를 생각해 보십시오. 이 중에 한 가지만 가진 여인이라도 사람의 마음을 끌어당기거늘, 하물며 이 다섯 가지 묘한 아름다움을 모두 갖춘 여인이 있다면, 비록 넓고 평평한 철석 심장일지라도 어찌 그 마음이 움직이지 않겠는지요." 하였다.

　남궁두가 말하기를, "그 다섯 가지 묘한 아름다움이란 것이, 바로 염라대왕의 사자라는 사실을 왜 깨닫지 못하는고?" 하니, 오성이 웃으며 말하기를, "염라대왕의 궁궐에는 어찌 한 사람의 여자도 없단 말입니까?" 하니, 남궁두는 웃음을 머금은 채 더 이상 대답하지 않더라.

촌담해이

거시기에 때가 묻어 있다 (陽物有垢)

의원이라 속이고 고름을 빼다 (稱醫取膿)

코가 양물보다 낫다 (鼻勝於陽)

무 아버지와 독이 든 과일 (菁父毒果)

어리석은 종에게 첩을 호위시키다 (癡奴護妾)

쥐가 그 구멍에 들어가다 (鼠入其穴)

주지의 목을 매달다 (繫頸住持)

기생 모란이 재산을 빼았다 (牧丹奪財)

《촌담해이(村談解頤)》
조선 성종 때의 문장가 강희맹(姜希孟 : 1424~1483)이 한문으로 쓴 패관(稗官)문학서이다. 음담
패설과 설화를 모아 엮은 일종의 기담총서(奇談叢書)로, 저자가 시골에서 한가롭게 있을 시기에
그곳 사람들의 이야기 가운데 특히 흥미가 있는 것을 모아서 기록한 것이다.
그는 소화가 비록 호색적인 음담패설의 성격을 많이 띠고 있지만 그 속에 인간의 본성이 적나라하
게 드러남을 이해하였고 또 이야기 자체가 흥미 있어 오락적인 효과가 있으며, 더 나아가 스스로 깨
우치는 교훈적인 면도 얻을 수 있음을 터득했기 때문에 이런 종류의 저술을 의도했다 할 수 있다.

거시기에 때가 묻어 있다

※ 陽物有垢

제주도에 사는 어떤 어부가 많은 돈을 가지고 서울에 와서 여관에 투숙하였다. 그 여관 주인 부부는 원래 성품이 간악하여 간계를 써서 그 돈을 빼앗고자 하여 그 처에게 나그네가 깊이 잠든 사이에 살짝 나그네가 자고 있는 방으로 들어가 곁에 눕도록 하였다.

남자 주인은 나그네가 잠이 깰 때를 기다렸다가 짐짓 노발대발하며 큰 소리로,

"너는 남의 아내를 유인하여 객실로 끌어다 간통을 하였으니, 세상에 이런 사악한 나그네가 어디에 있는가!"

하며 팔을 잡아당기고 때리며 관가에 고소하겠다고 으름장을 놓는 한편 짐짓 자기 처를 때리니 그 처가 울며불며 말하기를,

"나그네가 나를 꾀어 방으로 끌고 가 강제로 겁간(劫姦)을 하였소."라고 하였다.

나그네는 깊은 밤에 생각지도 않은 봉변을 당하게 된 셈이나, 유구무언(有口無言)이라, 어찌 할 바를 모르니 나그네의 결백을 누가 변명을 하여 줄 것이며, 누가 증인으로 나서 주겠는가.

드디어 주인 남자가 관가에 가서 고소하려는데, 어떤 사람이 들어와서 나그네에게 말하기를,

"관가에 고소당하게 되면 돈을 잃고도 망신을 당하게 되니, 돈으로써 사과하고 서로 화해하는 것이 어떻소?"

하였는데 이는 필시 여관 주인 남자가 시켜서 하는 일이었다.

겁간(劫姦) : 힘으로 억눌러 강제(强制)로 간음(姦淫)함.

유구무언(有口無言) : 입은 있으나 말이 없다는 뜻으로, 변명(辨明)할 말이 없음.

방사(房事) : 남녀가 성적
(性的)으로 관계를 맺는
일.

양경(陽莖) : 음경(陰莖).
남자 성기의 길게 나온 부
분.

무고(誣告) : 사실이 아닌
일을 거짓으로 꾸미어 해
당 기관에 고소하거나 고
발하는 일.

부랑(浮浪) : 일정하게 사
는 곳과 하는 일 없이 이
리저리 떠돌아다님.

혼기(婚期) : 혼인하기에
알맞은 나이.

음양(陰陽) : 남녀의 성(性)
에 관한 이치.

나그네는 억울하기 막심하지만 돈을 내놓고 사과하기도 어려운 까닭에 그대로 방치하고 있었더니, 잠시 후 관가에 소환을 당하게 되었는데 변명할 말이 없던 중 문득 생각나는 것이 있어,

"방사(房事)를 한 양경(陽莖)에 때(垢)가 끼어 있겠사옵니까?"

하고 묻자 사또가 가로대,

"어찌 때가 묻어 있을 수가 있겠는고? 절대로 때는 묻어 있지 않다." 하고 대답 하였다.

이에 나그네가,

"그러면 저의 양경(陽莖)을 검사하여 주옵소서."

하고 자신의 양경(陽莖)을 꺼내어 보이는데 자세히 보니 때가 잔뜩 끼어 있고 썩는 냄새까지 나는지라.

사또가 그 애매함을 알고, 오히려 여관 주인 부부를 심문하니 나그네의 돈을 탐내어 무고(誣告)를 한 것이라 자백하더라.

의원이라 속이고 고름을 빼다
❀ 稱醫取膿

서울의 어떤 부랑(浮浪)청년이 두메산골을 지나려니 갈증을 느껴 길가에 있는 한 농가에 들어가서 물 한 그릇을 청하고 나서, 집안을 둘러보니 그 집에는 혼기(婚期)가 됨직한 낭자(娘子)가 있는데, 자색(姿色)이 아름다우며 낭자 외에 다른 사람은 없었다. 원래 그 낭자는 음양(陰陽)의 일을 알지 못하며 천성(天性)이 순진(純眞)하였다.

청년은 우선 물을 마신 후에 낭자를 향해 말하기를,

"낭자의 안색(顔色)이 어찌 그리도 이상하오. 반드시 심각한 병이 있을 것이오."

라고 말을 하였으나, 낭자는,

"별다른 병은 없습니다."

라고 하였으나, 청년은,

"낭자는 병이 없다고 하지만, 나는 이상한 병의 증세가 있음을 아오. 진맥(診脈)을 하여 보는 것이 좋겠소."

하고, 자신이 의원이라고 속이면서 낭자의 손을 잡고 말하니,

"낭자의 몸속에는 고름이 차 있어 뱃속에 가득하니 치료하지 않으면 반드시 생명이 위험할 것이오."라고 하였다.

그러자 낭자는 놀라고 두려워 말하기를,

"그렇다면 속히 치료하여 나를 구해 주시지요."하였다.

청년은 감언이설(甘言利說)로 낭자를 유혹하여 운우지락(雲雨之樂)이 무르익은 후에 이윽고 그 정액(精液)을 접시에 받아내어 낭자에게 보이며 말하기를,

"이렇게 고름이 낭자의 뱃속에 차 있었으니 조금만 늦었더라면 크게 위험하였을 것이오."하고, 그 집을 나와 떠나갔다.

날이 저물어 낭자의 부모가 돌아오니, 낭자는 반기며 접시에 담긴 고름을 보이며 지나간 이야기를 하자 그 부모가 자세히 보니 남자의 정액인지라, 낭자를 크게 책망(責望)하며 접시를 뜰 아래로 던져버렸다.

마침 이웃 노파가 놀러 왔다가 그 접시를 주워보고서,

감언이설(甘言利說) : 귀가 솔깃하도록 남의 비위를 맞추거나 이로운 조건을 내세워 꾀는 말. '달콤한 말', '꾐 말'로 순화.

운우지락(雲雨之樂) : 남녀가 육체적으로 관계하는 즐거움. 중국 초나라 혜왕(惠王)이 운몽(雲夢)에 있는 고당에 갔을 때 꿈속에서 무산(巫山)의 신녀(神女)를 만나 즐겼다는 고사에서 유래한다.

농립(農笠) : 여름에 농사
일을 할 때 쓰는 밀짚모
자.

초초(草草) : 갖출 것을 다
갖추지 못하여 초라함.

감언이설(甘言利說) : 귀가
솔깃하도록 남의 비위를
맞추거나 이로운 조건을
내세워 꾀는 말. '달콤한
말', '꾐 말'로 순화.

산해진수(山海珍羞) : 산과
바다에서 나는 온갖 진귀
한 음식.=산해진미(山海
珍味)

혼절(昏絶) : 정신이 아찔
하여 까무러침.

"아깝구나. 아까워. 미음 그릇을 어찌하여 뜰 아래로 버렸단
말인가?" 하더라.

코가 양물보다 낫다
鼻勝於陽

어떤 여자가 몹시 음탕하여 남자의 양물(陽物)이 큰 사람을 찾
고 있었다. 속담에 말하기를 '코가 큰 사람은 양물도 크다' 하여
코가 큰 사람을 찾고 있었는데, 하루는 마침 앞마을이 장날이라
자세히 오가는 사람들을 보았으나 별로 코가 큰 사람이 보이지
않아 실망하고 있었다.

저녁 무렵이 되어 갈 때 마침 농립(農笠)을 쓰고 오는 시골사람
이 행색은 초초(草草)하였으나 술에 몹시 취해 장터를 지나가는
데, 그의 코를 보니 보통 사람의 배나 되어 크고 높은지라. 여인
은 몹시 기뻐하여 이 사람이야말로 반드시 양물이 크리라 생각
하고 감언이설(甘言利說)로 자기 집으로 유인하여 산해진수(山
海珍羞)를 차려놓고 저녁을 대접하여 환대(歡待)한 후에 밤이 되
기를 기다렸다가 방사(房事)를 한즉, 이상하도다. 그 사람의 양
물이 의외로 작아 어린 아이의 것과 같아 쾌감을 느낄 수가 없어
분함을 참지 못하여,
"양물이 코보다 못하구나!"
하고 책망하면서 몸을 돌려 그 남자의 얼굴 위에 엎드려 높은
코에다 들이밀어 보니 코가 오히려 양물보다 좋아서 자유자재로
잠깐씩 진퇴(進退)하니 그 남자는 숨을 쉴 수가 없어 거의 혼절

(昏絕)할 지경이었다.

집집마다 닭이 울고 동녘 하늘이 훤히 밝기 시작하자 여인은 일어나서 그 남자를 쫓아내었다. 그 남자는 허둥지둥 문을 나서 자기 집으로 돌아가고자 하는데 길가에서 사람들이 서로 그 남자의 얼굴을 보면서,

"미음(米飮)이 어찌 온 얼굴에 가득하오? 당신은 미음을 입으로 먹지 않고 코로 마셨소?"하더라.

미음(米飮) : 입쌀이나 좁쌀에 물을 충분히 붓고 푹 끓여 체에 걸러 낸 허여멀건 한 음식.

무 아버지와 독이 든 과일
菁父毒果

충주에 있는 한 야산에 있는 절의 주지승이 탐욕스럽고 인색하기가 비할 데 없었다. 한 사미승(沙彌)를 길렀으나 먹고 남는 음식도 주지 않았다. 그리고 산사에서는 시간을 알지 못한다는 핑계로 닭 몇 마리를 기르면서 달걀을 가져다 삶아 놓고는 사미승이 잠이 깊이 든 뒤에 혼자서 먹는 것이었다.

사미승은 거짓으로 모르는 척하며 묻기를,
"스님께서 잡수시는 물건이 무엇입니까?"
한즉, 주지승이 대답하기를,

출타(出他) : 집에 있지 아
니하고 다른 곳에 나감.

다년(茶碾) : 차(茶)를 끓일
때 사용하는 도구.

"무 뿌리란다." 하고 답하였다.

어느 날 주지승이 잠을 깨어 사미승을 불러 말하기를,
"밤이 어떻게 되었어?" 하고 물었다.
때마침 새벽닭이 홰를 치면서 〈꼬끼오〉하고는 우는 것이었다.
사미승은 하품과 기지개를 하며 답하기를,
"밤이 이미 깊어서 무 뿌리 아버지가 울었답니다." 하고 대답하
였다.

또 과수원에 감이 무르익었는데, 주지승은 감을 따서 싸리광주
리에 간직하여 대들보 위에 숨겨 두고 목이 마를 때마다 그것을
핥아먹곤 하는 것이었다.

사미승은 그게 무슨 물건이냐고 물으니, 주지승 가로대,
"이건 독(毒)이 있는 과실(果實)인데, 아이들이 먹으면 혀가 타
서 죽는단다." 하였다.

어느 날 일이 있어서 출타(出他)할 제, 사미승으로 하여금 방장
실(方丈室)을 지키게 하였는데, 사미승은 대나무 막대기로 대들
보 위의 광주리를 낚아 내려서 멋대로 먹고는 다년(茶碾)으로써
꿀단지를 두들겨 깨친 뒤에 나무 위에 올라가 주지승이 돌아오
기를 기다렸다. 주지승이 돌아와 보니 꿀물이 방에 가득하고 감
광주리는 땅에 버려져 있었다.

주지승은 대노(大怒)하여 지팡이를 들고 나무 밑에 이르러서,
"빨리 내려 오거라, 빨리 내려 오거라."

하고 소리를 지르니, 사미승이 말하기를,

"소자가 불민(不敏)하여 마침 다년을 옮기다가 잘못하여 꿀단지를 깨뜨리고는 황공하여 죽기를 결심하여 목을 매달려니 노끈이 없고, 목을 찌르려니 칼이 없으므로 광주리에 있는 독과를 다 삼켰으나, 모진 목숨이 끊어지지를 않기에 이 나무 위로 올라 죽기를 기다리는 것입니다." 하는 것이었다.

주지승은 웃으면서 그를 놓아 주었다.

어리석은 종에게 첩을 호위시키다
痴奴護妾

어떤 선비가 아름다운 첩(妾)을 두고 있었는데, 하루는 첩이 근친(覲親)을 청하니, 선비는 음사(淫事)를 모르는 자를 구하여 첩의 여행을 호송케 하고자, 여러 하인을 불러 묻기를

"너희들은 옥문(玉門)이 어디에 있는지 알고 있느냐?"

하고 물으니, 여러 하인들이 웃기만 하면서 대답을 하지 않는데, 한 어리석은 하인이 – 겉으로는 순박하지만 속으로는 엉큼한데 – 갑자기 대답하기를,

"바로 양미간(兩眉間)에 있지요." 하였다.

선비는 그 무식함에 기뻐하며 즉시 호행(護行)을 하게 하였다.

첩과 하인이 어느 냇가에 당도하였을 때에, 첩은 어리석은 하인에게 말안장을 풀고 잠깐 쉬도록 하였는데, 어리석은 하인이 벌거벗고 개울에서 미역을 감거늘, 첩이 그의 양물(陽物)의 건장함을 보고 희롱조로 말하기를,

"너의 다리 사이에 고기로 된 몽둥이 같은 것이 대체 무엇이냐?" 하고 물었다.

이에 하인은,

"태어날 때는 혹 같더니 차차 볼록(凸)해지더니, 오늘날에는 이렇게 되었습니다."

하고 대답하자, 첩이 가로대,

"나도 태어날 때부터 다리 사이에 작은 구멍(凹)이 있더니 차차 커져서 깊은 구멍이 되었으니, 요철(凹凸)을 서로 물리면 또한 즐겁지 않겠는가?"

하며, 마침내 그와 더불어 사통(私通)을 하게 되었다.

선비는 어리석은 종에게 첩의 호행을 맡겼으나, 의심스런 마음이 없지 않아 몰래 뒤를 밟아 산꼭대기에 이르러 그들을 훔쳐보자니 첩과 하인이 풀숲에 가리어 운우지락(雲雨之樂)이 무르익어 가는지라, 선비는 화가 나서 소리를 지르며 내려와서 가로대

"지금 무슨 일을 하느냐?"

하니, 하인은 속여 넘기기 어려워지자, 능청맞게 주머니 속을 더듬어 송곳과 노끈을 꺼내 내렸다 올렸다 하면서 깁고 꿰매는 시늉을 하는데, 선비가 묻기를,

"이게 무슨 일이냐?" 했다.

그러자 하인이 울며 아뢰기를,

"아씨께서 다리가 끊어져 개울을 건너시지 못하기에, 소인이 온 몸을 정성껏 살펴보니 아무데도 상처가 난 곳이 없는데, 오직 배꼽 아래 몇 치 되는 곳에 한 치 정도 찢어져 있어서, 풍독(風毒)을 입을까 두려워, 지금 그것을 깁고 꿰매려고 하는 중입니다."

운운하니, 선비는 기뻐하면서 가로대,

"정말로 너는 어리석구나. 본래부터 있는 수혈(竪穴)이니 삼가 번거롭게 하지 말라."하더라.

태사공 가로대,

"사람을 알아보는 것이 가장 어려운 일이다. '가장 간사한 것은 충성스러워 보이고, 크게 속이는 것은 믿음직스럽게 보이는 것'처럼, 이 어리석은 하인을 말함이라. 항상 일을 시켜본 선비라면, 집안을 올바로 다스려 간사함을 일찍 판단했을 터인데, 어리석은 하인에게 당한 것은 반드시 가르치지 않음이라. 집안에서만 자라서 아랫사람을 업신여기는 사람은 경계해야 할 것을 알지 못하느니라."하였다.

쥐가 그 구멍에 들어가다
鼠入其穴

어느 시골에 중년 과부가 살았는데, 화용설부(花容雪膚)가 가히 남자들로 하여금 유혹당하기 쉬워서 문득 한번 그녀를 바라봄에 남자들로 하여금 심신이 가히 표탕(飄蕩)케 하는지라. 생계는 어렵지 않았으나 자녀를 하나도 두지 못했으며, 다만 머슴으로 떠꺼머리총각 한 명을 데리고 있었다. 그 총각은 천생이 우둔하여 숙맥(菽麥)인 까닭으로 이 과붓집에 농사머슴으로는 가장 적격이었다.

어느 날 과부가 바라본즉, 자기의 침실 한 모퉁이에 조그만 구

수혈(竪穴) : 세로 구멍. 곧 아래로 파 내려간 구멍.

화용설부(花容雪膚) : 꽃 같은 용모에 눈같이 흰 피부.

표탕(飄蕩) : ①홍수(洪水)로 재산(財産)을 떠내려 보냄 ②정처 없이 흩어져 떠돎. 표박(漂迫).

숙맥(菽麥) : = 숙맥불변(菽麥不辨). 콩인지 보리인지 구분하지 못한다는 뜻으로, 어리석고 못난 사람을 일컬음.

단속곳 : 옛날 여자의 속옷. 여자들이 한복 차림에서 치마 속에 입는 통이 넓은 바지 모양의 속옷이다. 현재의 속치마와 같은 구실을 했다. 여자들은 치마 밑에 다리속곳·속속곳·바지·단속곳을 순서대로 입었다.

돌입(突入) : 세찬 기세로 갑자기 뛰어듦.

지리(支離) : '지루'의 잘못된 표현. 같은 상태가 너무 오래 계속되어 넌더리가 나고 따분함.

진퇴유곡(進退維谷) : 나아갈 수도 뒤로 물러날 수도 없는 곤란한 처지를 나타낸 말이다. 매우 곤란한 처지. 사면초가(四面楚歌). 진퇴양난(進退兩難).

멍이 하나 있는데 쥐 한마리가 수시로 들락날락하거늘, 이튿날 밤에 과부가 그 쥐를 잡고자 하여, 단속곳만 입고 쥐구멍 위에 앉아서 끓는 뜨거운 물을 쥐구멍에 쏟아 부으니, 쥐가 그 뜨거움을 견딜 수 없어 갑자기 뛰쳐나오다 과부의 옥문(玉門)으로 돌입(突入)하였다.

쥐가 과부의 옥문(玉門)속으로 뛰어 들어가니, 구멍이 심히 좁고 어두워서 동서의 방향을 가릴 수 없으므로, 더욱 깊은 구멍을 찾느라 머리를 들고 돌아다니니, 과부가 처음에는 쾌감을 느껴 미친 듯 또한 취한 듯한데, 너무 지리(支離)하여 그 쥐를 내어몰고자 하나 어찌 할 수가 없는지라.

이로써 고민하다가 급히 총각을 부르니, 총각은 깊은 밤중에 어떤 긴급한 일인지 알지 못하고, 겨우 깨어나 졸음에 지친 눈을 비비며 안방으로 들어간즉, 주인 과부가 단속곳 차림으로 침상에 앉아 가만히 추파를 보내고, 애교스런 말과 아리따운 웃음으로 손잡고 옷을 벗겨 함께 이불 속으로 들어가니, 총각은 처음 당하는 일인지라 두려움을 이기지 못하고 또 음양의 일을 모르는지라, 과부가 몸을 끌어안고 누우니, 운우지락(雲雨之樂)이 바야흐로 무르익는데, 쥐란 놈이 그 속에서 가만히 바라보니, 막대기 같은 것이 들락날락하면서 자기를 때리려고 하는지라. 생각해 보고 또 생각해 보아도 진퇴유곡(進退維谷)이라, 거의 죽을 지경에 이른지라 발악하여 힘을 다해 그 대가리를 깨물어버리니, 총각이 크게 놀라 외마디 소리를 지르고 그 아픔을 이기지 못하여 품속에서 빠져 나가니, 쥐도 또한 놀라고 두려워서 그 구멍으로부터 뛰쳐나왔다.

이후로 총각이 이야기하기를,

"여자의 뱃속에는 반드시 깨무는 쥐가 있더라."

하고, 평생을 감히 여색을 가까이 하지 못하였다고 하더라.

주지의 목을 매달다
繫頸住持

견훤(甄萱)의 옛 도읍지(都邑地 – 지금의 전북 김제군)에 있는 금산사(金山寺)에 연화(烟花)라 불리는 계집종이 있었는데, 아주 음탕하고도 간교하기 짝이 없어서 여러 차례 사람들을 미혹시켰다.

주지(住持)인 혜능(慧能)이 이에 분개하여 말하기를,

"우리가 계율을 엄격히 지킨다면 어찌 한 아녀자에게 더럽혀지겠는가."

하며, 연화를 내쫓고 곧 여러 중들에게 경계할 것을 타일러서, 단지 남승(男僧)들만이 공양(供養)을 하게하고 옷을 빨도록 하여 도량(道場)이 정숙하게 되었다.

어느 날 혜능이 사문(寺門)을 나섰는데, 마침 속세에 살고 있는 연화의 집에 들르게 되었다.

연화가 울타리 틈으로 그를 보고는 이내 말하기를,

"이 중놈을 밤사냥 하기는 아주 쉬울 것이다."

하니, 여러 중들이 말하기를,

"네가 능히 이 주지스님을 낚는다면 마땅히 전토(田土–논과 밭) 전부를 너에게 주련다." 하였다.

견훤(甄萱) : (867년~936년) 후백제를 세우고 한때 후삼국 중 가장 강력한 국가로 발전시켰으나, 고창싸움 뒤 세력을 잃어 결국 고려의 왕건에게 항복했다.

금산사(金山寺) : 전라북도 김제시 금산면 금산리 모악산(母岳山)에 있는 절. 대한불교조계종 제17교구의 본사이다. 1635년에 기록된 〈금산사사적 金山寺事蹟〉에 의하면 600년(백제 법왕 2)에 창건되었다고 전한다.

주지(住持) : 안주하여 법을 보존(保存)한다는 뜻으로, 한 절을 책임(責任)지고 맡아보는 중.

공양(供養) : 불(佛), 법(法), 승(僧)의 삼보(三寶)나 죽은 이의 영혼에게 음식, 꽃 따위를 바치는 일. 또는 그 음식.

도량(道場) : 불교나 도교에서 경전을 외거나 절을 올리는 장소.

사문(寺門) : 절(절의 대문). 원문에는 사문(沙門–출가(出家)하여 수행하는 사람을)으로 되어 있으나, 여기서는 절을 뜻하는 사문(寺門)이 맞다.

변발(辮髮) : 머리카락을 길게 땋아서 묶은 남자의 머리 형태.

효경(孝經) : 유교 경전의 하나. 공자(孔子)와 증자(曾子)가 효도에 관하여 문답한 것을 기록한 책으로 13경(十三經) 중의 하나이다.

폐학(廢學) : 학업을 중도에서 그만둠.

유숙(留宿) : 머물러 자게 함. 원뜻은 〈남의 집에서 묵음〉.

참어(讖語) : 앞일의 길흉화복에 대하여 예언하는 말.

천지생물지심(天地生物之心) : 주역에서 천지는 만물을 생(生)하는 것으로서 그 마음을 삼고, 만물을 생하는 마음이 천지의 큰 덕이라는 것이다. 여기서는 단순하게 하늘의 섭리나 본능으로 보아도 무방함.

아난(阿難) : 아난다(Ānanda). 석가모니의 십대 제자 가운데 한 사람(?~?). 십육 나한의 한 사람으로, 석가모니 열반 후에 경전 결집에 중심이 되었으며, 여인 출가의 길을 열었다.

마등(摩登) : 마등가녀(摩登伽女). 〈능엄경(楞嚴經)〉에 나오는 여인으로, 아난존자를 보고 반하여 유혹하려 부처님에게 가르침을 받고 깨달음을 얻는다.

연화는,

"그러지요. 내일 내가 의당히 이 중놈의 목을 절 앞 커다란 나무 밑에 매어달 것이니, 그대들은 와서 기다려보라."

하고는 곧장 변발(辮髮)하여 남장을 하고는,

〈효경(孝經)〉을 옆에 끼고 혜능에게 찾아갔다. 혜능은 그의 얼굴이 예쁜 것을 보고,

"자넨 어느 집 아들인고?"하고 물었다.

연화는 말하기를,

"저는 아무 곳에 살고 있는 선비의 아들입니다만, 전임 주지께 글을 배웠더니 폐학(廢學)한 지 이미 오래 된 까닭으로, 감히 와서 뵙는 것이랍니다."하는 것이었다.

혜능은 연화로 하여금 그의 앞에서 글을 읽게 하여본즉, 경문의 구두 떼는 것이 분명하고 목청이 낭랑하여 들을 만하더라.

혜능은 기뻐하여 말하기를,

"가히 가르칠 수 있구나."

하고는 이내 유숙(留宿)을 시켰다.

연화가 거짓으로 참어(讖語)를 짓기에, 혜능이 그 낌새를 채고 안으로 들여 눕도록 하고 보니, 곧 아리따운 한 여인인지라. 혜능이 놀라 가로대,

"이게 어찌 된 일이냐?"

하니, 그제야 연화는,

"저는 연화입니다. 남녀간(男女間)의 정욕(情欲)은 곧 천지생물지심(天地生物之心)이므로, 옛날 아난(阿難)은 마등(摩登)에게

미혹(迷惑)하였고, 나한(羅漢)은 운간(雲間)에 떨어졌거늘, 하물며 스님은 그 두 분에게 미치지 못하겠습니까?"하고 말하였다.

그의 말을 들은 혜능이 말하기를,
"원통하고 원통하구나. 이제 나의 계체(戒體)를 헐게 되었구나."
하고는, 마침내 그녀와 더불어 얽히고 또 얽히니(사통을 하니), 연화는 거짓으로 복통(腹痛)을 가장하여 울부짖는 소리가 문 밖으로 나는 것이었다. 혜능은 남들이 알까 두려워하여 다만 제 입으로써 연화의 입에다 맞추어 소리를 감추어 방호(防護)하니, 연화가 이야기하기를,

"지금 병이 심하니, 가히 밤이 어둡거든 나를 업어서 절 문 밖 큰 나무 밑에다 내려놓으면, 하늘이 밝아지면 마땅히 기어서라도 집으로 돌아가겠습니다."하였다.

혜능은 연화를 업고 연화로 하여금 두 손을 끌어내어 그의 목덜미를 껴안게 하고 방장(方丈)을 나오는데, 두 손의 힘이 풀어지고 땅 위에 떨어지니, 아픔을 호소하며 말하기를
"배가 부풀어 죽을 듯이 아파서, 손으로 잡기가 정말 어려우니 허리띠를 풀러 스님 목덜미 앞에다 두르고 두 손으로 잡는다면 떨어지지 아니할 듯합니다."하였다.

혜능이 그녀의 말하는 대로 하여 나무 밑에 이르니, 여러 중들이 이미 앉아서 대기하고 있는 것이었다. 혜능이 당황하는 순간에 연화가 벌떡 일어서서 목을 매어 중들 앞으로 끌고 다가서면

나한(羅漢) : 아라한의 줄임말. ①수행의 완성자. 공양을 받기에 적합한 사람. 존경해야 할 수행자. 소승불교에서 수행의 최고 단계에 도달한 성자. 모든 번뇌를 끊어 열반에 든 최고 단계에 있는 사람. ② 부처님의 열 가지 호칭 중의 하나. 원래는 부처님의 호칭이었으나 나중에 불제자가 도달하는 최고의 단계로서 구분되었다.

운간(雲間) : 구름 사이.

계체(戒體) : 잘못된 일을 막고 나쁜 짓을 그치게 하는 힘을 지닌 계(戒)의 본체를 이른다.

방호(防護) : 막아 내어 보호(保護)함.

방장(方丈) : ①화상, 국사(國師), 주실 등 높은 중의 처소(處所) ②한 절을 통솔하는 중. 여기서는 방장실(方丈室)을 말함.

서 외치기를,

"이것이 이 중놈의 목을 매어단 것이 아니요?"하였다.

중들이 그것을 보고 크게 놀라서, 모든 전토(田土)를 그녀에게 넘겨주었다더라.

기생 모란이 재산을 빼앗다
牧丹奪財

기성(箕城)에 모란(牧丹)이라는 기생이 있었는데, 재주와 미모가 출중하여 서울로 뽑혀왔다. 또 한 시골에서 이씨(李氏) 성을 가진 생원(生員)이 정부(政府)의 지인(知印)으로 취임을 하였는데, 처가(妻家)에서 살림살이를 해주어서 관사(館舍)에서 살게 되었다.

마침 기생이 사는 곳과 서로 가까워 기생이 그의 복물(卜物)을 보고는 그것을 낚아채고자 하여, 생원의 처소를 방문하기에 이르러 거짓으로 놀란체하며 말하기를,

"존귀하신 분께서 사시는 곳인 줄 몰라 뵈었습니다."

하고는, 즉시 돌아가니 생원은 몰래 그녀를 사모하게 되었다.

어느 날 저녁은 기생이 생원 홀로 앉아 있는 것을 엿보고는 술과 음식을 차려서 생원을 위로하며 말하기를,

"한창 나이에 이처럼 나그네살이를 하시자니 적적하지는 않으신지요? 소첩의 지아비도 멀리 수자리를 갔으나 해가 지나도 돌아오지 않았지요. 속담에도 '홀아비 심정은 과부(寡婦)가 안다'

기성(箕城) : 평양(平壤)의 옛 이름.

생원(生員) : ①조선 시대에, 소과(小科)인 생원과에 합격한 사람. ②예전에, 나이 많은 선비를 대접하여 이르던 말.

지인(知印) : 고려 시대에, 중서문하성과 도평의사사에 속한 구실아치. =통인(通引).

관사(館舍) : 객지에서 기거하는 집. 딴 곳에서 온 관원을 대접하여 묵게 하는 집.

수자리 : [戌자리] 국경을 지키던 일. 또는 그런 병사.

하였으니 괴이하게 생각지는 마십시오."

거듭 교태스런 말로 유혹하여 그를 유혹하니, 드디어 두 남녀
는 사통(私通)을 하게 되었다. 그리곤 생원은 짐 보따리를 모두
기생의 거처로 옮겼는데, 기생은 매일 아침 여종을 불러 귀에 대
고 이르기를,

"식사대접을 극진히 풍성하게 차려라."

하니, 생원은 아름다운 짝을 얻었노라고 기뻐하며 건약(鍵鑰)
을 모두 넘겨주었다.

건약(鍵鑰) : 열쇠와 자물
쇠. 즉 갖고 있는 모든 살
림살이와 재물을 말함.

하루는 기생이 갑자기 근심스런 모양으로 즐거워하지 않는 기
색이라, 생원이 위로하여 말하기를,

"정(情)이 점차 식어 가느냐? 아니면 옷과 밥이 네 마음에 들지
않아서 그러는 것이냐?"

하니, 기생이 말하기를,

"아무개 관리가 아무개 기생을 총애하는데 금비녀와 비단옷을
사주었답니다. 아무개 관리야 말로 기생의 남편이지요."

뒤주 : 쌀·콩·팥 따위의
곡식을 담아 두는 세간의
하나이다. 두꺼운 나무로
궤짝처럼 짜는데, 네 기둥
에는 짧은 발이 달려 있
다. 뚜껑은 절반을 젖혀서
열게 되어 있다.

한즉, 생원이 가로대,

"이는 어려운 일도 아니다. 내 마땅히 네 원대로 해주마." 하
였다.

기생이 말하기를

"당신과 함께 사는데 어찌 헛된 곳에 비용을 써서 근심하고 괴
로워하겠습니까?"

하니, 생원 이씨가 노하여 말했다.

"재물은 나의 것인데 쓰던 버리던 무슨 상관이냐?"

하고는 곧 그녀가 원하는 것을 사주었다.

또 한 장사꾼이 와서 아름다운 구름무늬 비단을 팔기에, 생원
이 남은 재산을 모두 털어 사주려하자, 기생은 거짓으로 말리는
체 하며 말하였다.

"아름답기는 아름답네요! 그렇지만 급한 일이 생기면 어떻게
하나요?"

하니, 생원이 기생을 꾸짖어 말하기를,

"내가 있는데 무슨 걱정이냐?"

하며 사주었는데, 기생과 여종이 더불어 비단을 가지고 야반도
주(夜半逃走)하였다.

생원은 등불을 켜고 홀로 앉아 누워서 이리저리 뒤척이다가 새
벽이 되고 해가 높이 솟아도 아직 돌아오지 않는지라. 생원이 스
스로 밥을 짓고자 뒤주와 전대(錢臺)를 찾아보니, 한 푼의 돈도
남아있지를 않은지라. 생원은 분기충천(憤氣衝天)하여 목숨을
끊으려 하는데, 이웃집 할미가 와서 말하기를,

"이런 일은 기생집에서 늘 일어나는 작태라오. 그대는 진실로

깨닫지 못하셨소? 매일 아침 여종에게 귓속말을 하였던 것은 재물을 몰래 옮기자고 하는 것이었고, 다른 사람을 칭찬하고 자랑하였던 것은 낭군을 격분시켜 그 사람을 본받게 하려는 것이었소. 마지막에 와서 비단을 판 사내는 기생의 기둥서방으로 나머지 재물을 털어가려 한 것이오."하였다.

생원은 매우 분해서 가로대,

"만약 그 요귀(妖鬼)를 발견하면, 단 몽둥이로 때려죽이겠소."

하며, 옷과 버선을 벗어젖히고 마침내 교방의 길가에서 엿보고 있는데, 기생이 동료 수십 명을 거느리고 시끄럽게 지껄이며 지나가더라. 생원이 몽둥이를 가지고 뛰어나가 말하기를,

"요귀야! 요귀야! 네가 비록 창녀이지만 어찌 참 이럴 수가 있느냐? 빨리 내 금비녀와 비단을 내놓아라!"

하니, 기생이 박장대소(拍掌大笑)하며 말하기를,

"여러 기생들아, 와서 이 어리석은 놈을 보아라! 어느 누가 기생집에 선물한 것을 되돌려달라고 하더냐?"

하니, 여러 기생들이 다투듯이 모여들어 그 꼴을 보려고 하더라.

생원이 부끄러워 얼굴을 돌리고 군중 속으로 피하였다. 생원은 이때부터 의지할 데가 없어 걸식(乞食)을 하며 비로소 처가에 도착한즉, 장모가 노하여 문을 닫고 몰아냈다. 생원은 스스로 살아갈 수가 없어, 여염집으로 걸식을 다니니, 사람들이 다 그를 손가락질한 후 비웃음을 그치지 않더라.

태사공(太史公) 가라사대,

"심하도다! 우물(尤物)이라고 할 수 있는 사람들아! 요염한 자

박장대소(拍掌大笑) : 손뼉을 치며 크게 웃음.

걸식(乞食) : ①음식 따위를 빌어먹음 ②먹을 것을 빎.

우물(尤物) : 뛰어난 물건이나 사람. 얼굴이 잘생긴 여자.

종당(終當) : 마지막, 끝.

태와 요사스런 말솜씨로 처음에는 여우처럼 교태를 부리고 재물을 아끼는 척하더니, 중간에는 정말로 사랑하는 척하고 계교를 부려 재물을 털어가더니, 생원으로 하여금 믿어 의심치 않게 한 후에 종당(終當)에는 패망(敗亡)에 이르게 하는구나.

오호라! 처음부터 거절하여 멀리해야 할 것을 분별하지 못하는 사람들은, 능히 구렁텅이에 빠지지 않는 사람이 드물 것이니 가히 신중하고 조심할지니라." 하더라.

월야밀회(月夜密會) _ 혜원(蕙園) 신윤복(申潤福)

명 엽 지 해

《명엽지해(蓂葉志諧)》

명엽지해는 홍만종(洪萬宗 : 1643-1725)이 항간에 떠도는 우스운 이야기를 기록 편찬한 순수 소화집(笑話集)이다. 고금소총에 수록되어 전해진다. '명엽(蓂葉)'은 원래 중국 요대(堯代)의 상서로운 풀로 후대에 달력의 의미로 쓰이게 되었다. 자서(自序)에서 자신이 병으로 서호(西湖)에 누워 있을 때 촌로(村老)들이 찾아와 우스운 이야기를 들려주었는데 이를 달력풀 뒤에 기록하고 날짜대로 맞추어 놓으니 한 편의 책이 되었다고 하여 책 제목의 유래를 알 수 있게 했다. '지해(志諧)'는 우스운 이야기를 의미한다. 총 76편이 전해져오며, 51편까지는 편자의 논평이 들어있고 52편부터는 논평이 없다.

신부의 다리가 없음을 의심하다
疑婦無脚

어떤 신랑이 첫날밤에 신부와 더불어 즐거움을 누리려 이불 속에서 손으로 어루만지니 신부의 두 다리가 없었다.

이에 크게 놀란 신랑이,

"내 다리 없는 처(妻)를 얻었으니 무엇에 쓰겠는가?" 하고 급히 장인을 불러 그 연유를 물었더니 장인이 괴이하게 여겨 딸에게 힐문(詰問)하니 신부가 말하기를,

"낭군께서 행사(行事)하려 하기에 제가 미리 알아서 먼저 두 다리를 천정을 향하여 번쩍 쳐들고 있었더니 그 야단이지 뭡니까?" 하더라.

몸을 뒤치어라, 뒤치어라
翻身翻身

어떤 마을에 시어머니가 며느리를 데리고 들에 나가 김을 매는데, 갑자기 소나기가 크게 내리고 계곡물이 넘치게 되어 물을 건너지 못하고 물가에서 오랫동안 서 있었다.

이때 한 젊은이가 홀연히 나타나 말하기를

"날은 저물고 물이 깊어서 여자 스스로 건너기가 어려우니 청하건대 업혀서 건너시면 어떨는지요?" 하니

시어머니가 답하기를

"다행입니다. 원한건대 며느리부터 건네주시고, 후에 나를 건

정송강(鄭松江) : 정철(鄭澈 1536~1593). 조선 명종·선조 때의 문신·시인. 자는 계함(季涵). 호는 송강(松江). 가사 문학의 대가로 국문학사상 중요한 〈관동별곡〉, 〈사미인곡〉 등의 가사 작품과 시조 작품을 남겼다.

유서애(柳西崖) : 유성룡(柳成龍 1542~1607). 자는 이견(而見). 호는 서애(西厓). 이황의 문인으로, 대사헌·경상도 관찰사 등을 거쳐 영의정을 지냈다. 이순신, 권율 등 명장을 등용하였던 문신 겸 학자. 화기 제조, 성곽 수축 등 군비 확충에 노력하였으며 군대양성을 역설하였다.

이백사(李白沙) : 이항복(李恒福, 1556~1618). 조선 중기의 문신·학자. 이덕형과 돈독한 우정으로 오성과 한음의 일화가 오랫동안 전해오게 되었다. 좌의정, 영의정을 지냈고, 오성부원군에 진봉되었다. 임진왜란 시 선조의 신임을 받았으며, 전란 후에는 수습책에 힘썼다.

심일송(沈一松) : 심희수(沈喜壽 1548~1622). 조선 중기의 문신. 1592년 임진왜란 때 의주로 왕을 호종, 중국 사신을 만나 능통한 중국어로 명장 이여송을 맞았다. 1606년 좌의정, 1608년 광해군 때의 권신 이이첨의 정권에서 우의정을 지냈다.

네주시오" 하더라.

이에 젊은이가 며느리를 업고 먼저 건너가서 언덕위에 오르니 그녀를 끌어안더라.

시어머니가 바라보면서 큰 소리로 말하기를
"며늘애야, 며늘애야, 몸을 뒤치어라, 뒤치어라" 하더라.

잠깐 있다가 또 시어머니를 업고 건너와서 역시 그녀를 누르니, 며느리가 입술을 삐죽이며,
"아까 저에게 몸을 뒤치라고 하셨으니 어머님은 능히 뒤칠 수 있어요" 하더라.

가인 (佳人)이 치마끈 푸는 소리
佳人解裙聲

정송강(鄭松江)과 유서애(柳西崖)가 교외로 나갔다가 마침 이백사(李白沙)을 비롯한 심일송(沈一松), 이월사(李月沙) 등과 같이 자리를 하게 되었다.

술이 거나해지자 모두들 '소리(聲)'에 대한 풍류의 격(格)을 논하기 시작하였다.

먼저 송강이,
"맑은 밤, 밝은 달빛에 누각 위로 구름이 지나가는 소리가 제

일 좋겠지."

라고 하자, 일송이,

"온 산 가득 붉은 단풍과 바람에 스치는 원숭이 휘파람 소리가 절호(絕好)로다." 라고 하였다.

그러자 서애가,

"새벽 창가 졸음이 밀리는데 작은 통에 술 거르는 소리가 제일이다."

라고 하자, 월사가,

"산간초당(山間草堂)에 도련님의 시(詩) 읊은 소리가 아름답지." 라고 하였다.

백사가 웃으면서,

"여러분이 여러가지 소리를 칭찬하는 말이 모두 좋기는 하지만 사람으로 하여금 듣기 좋기로는 동방화촉(洞房華燭) 좋은 밤에 가인(佳人=미인)의 치마끈 푸는 소리가 어떻소?"

라고 하자, 모두 소리 내어 크게 웃었다.

이월사(李月沙) : 이정구 (李廷龜 1564~1635). 조선 중기의 문신. 명나라 요청으로 《경서》를 강의했다. 정묘호란 때 왕을 호종, 강화에 피난하여 화의에 반대했다. 우의정, 좌의정 등을 지냈다. 한문학의 대가로서 글씨에 뛰어났고 조선 중기 4대 문장가로 일컬어진다.

동방화촉(洞房華燭) : 동방에 비치는 환한 촛불이라는 뜻으로, 혼례를 치르고 나서 첫날밤에 신랑이 신부 방에서 자는 의식을 이르는 말.

백사(白沙) : 조선 선조 때
의 재상인 오성 이항복의
호.

도원수(都元帥) : 고려, 조
선 시대의 임시 관직으로
정2품이며, 대규모 군대
를 이끌 때 임시로 임명한
다.

권율(權慄) : 조선 선조 때
의 장군으로 행주대첩을
이끌었다.

알몸의 여종을 숨기기 어렵구나
✿ 難匿赤婢

재상 백사(白沙)가 도원수 권율(權慄) 장군의 집에 데릴사위로
들어갔었는데, 신혼 초기 한 가닥머리 종년에게 눈독을 드리고
있었다.

권율에게 청하기를
"원컨대 조용한 곳을 얻어 독서에 전념하고 싶습니다."
하니, 권율이 그의 요청을 허락하여 백사는 비로소 계책을 이
루어 매번 종년과 사통을 하다가, 하루는 곤하게 잠이 들어 늦게
일어났다.

권율이 이것을 알고 손님을 데리고 그의 방에 들이닥치니 백사
가 다급한 나머지 그 계집종을 이불로 덮어 한 구석에 두었는데,
갑자기 손님들이 연이어 들어 왔다.

권율이 하는 말,
"방이 좁으니 그 이불을 시렁 위에 올리면 좋겠다."고 하며
사람을 시켜 이불을 들었더니 계집종이 이불 속에서 떨어져 나
왔다.

백사가 빙그레 웃으면서 하는 말, "벌거벗은 몸의 그 계집종을
감추기가 과연 어렵구나!"
라고 하니 좌중에 있던 모두가 웃더라.

며느리가 옛 이야기를 하다
婦說古談

이모(里母) : 마을의 나이 많은 여자. 또는 이모(姨母)의 잘못인 듯함.

한 노파의 아들이 새색시를 맞이했다.

하루는 그 며느리에게 고담(古談=옛이야기)을 하도록 시켰더니,

며느리 하는 말,

"근년(近年)의 일도 고담(古談)이 될 수 있는지요?"

라고 하니, 시어미 하는 말,

"그렇다."했다.

며느리 하는 말,

"제가 집에 있을 때 물을 길으러 우물로 나갔더니 이웃 집 김 총각이 나를 끌고 삼밭에 들어간 뒤에 나의 양 다리를 들어 올리고 일어났다 엎드리기를 여러 차례 한 즉, 자신도 모르게 두 눈이 점점 가늘어지고, 팔 다리의 마디가 풀리는 것 같았는데, 이것도 가히 고담(古談)이라 할 수 있습니까?"

하니, 시어미가 얼굴색을 지으면서 말하기를,

"그랬다면 너의 몸은 불결하니 빨리 너의 친정으로 가고 이곳에 머물지 말거라"하였다.

며느리가 가는 길에, 이모(里母)가 사는 마을을 지나가다가 그 일을 말하고 사죄하니, 이모가 하는 말,

"네가 갈 곳이 있단 말이냐? 내가 너에게 말할 것이 있다. 너의 시어미는 본래 자기 자신이 올바를 수 없는데, 어찌 너를 바르게 할 수 있으랴? 네 시어미는 일찍이 북쪽 암자의 중과 사통(私通)

들에게 벌로 지고 다니게
했던 맷돌.

관이전(貫耳箭) : 전쟁터에
서 규율을 어긴 군사에게
내렸던 극형으로 처형할
때 사형수의 두 귀를 꿰어
사람들에게 보이던 화살
또는 그 형벌을 말한다.

노소(老少) : 늙은이와 어
린아이. 즉, 모두를 일컬
음.

유호인(俞好仁) : 조선 성
종 때의 문신·시인(1445
~ 1494). 자는 극기(克
己). 호는 임계(林溪). 《동
국여지승람》 편찬에 참여
하였으며, 시·문장·서예
에 뛰어나 삼절(三絶)로
꼽혔다.

교리(校理) : 조선 시대에,
집현전, 홍문관, 교서관,
승문원 따위에 속하여 문
한(文翰)의 일을 맡아보던
문관 벼슬. 정오품 또는
종오품이었다.

걸군(乞郡) : 조선 시대에,
문과에 합격한 사람이 부
모를 공양하기 위하여 고
향의 수령 자리를 청하던
일.

산음현(山陰縣) : 지금의
경상남도 산청군(山淸郡).

하다가 그 일이 발각되어 큰북을 등에 지고 부마(負磨)를 머리에
이고 관이전(貫耳箭)을 귀에 뚫어서 꿰고 동네를 돌아서 그 마을
노소(老少)가 모르는 사람이 없다."라고 했다.

며느리는 이 말을 듣고 크게 기뻐하며 시댁으로 돌아오니, 시
어미 하는 말,

"나는 너를 이미 쫓아냈거늘, 너는 어찌 다시 돌아왔느냐?"

하니, 며느리 하는 말,

"제가 어떤 곳에서 대략 들은 소문인데, 시어머님의 행실도 저
보다 나은 것이 없더군요."

하며, 이어서 상세하게 그것을 말하니 시어미가 놀라 하는 말,

"이 말을 어디에서 얻어 들었느냐? 전하는 사람이 지나치도다.
내가 짊어진 북은 작은 북이었지 큰 북이 아니며, 머리에 인 맷돌
은 손 맷돌이지 부마(負磨)가 아니었다. 귀에 꿰맨 관이전 같은 것
은 군문(軍門)의 기물인데 촌집에서 어찌 그러한 것을 얻을 수 있
겠느냐? 단지 봉시(蓬矢=쑥대화살)를 귀에 꽂았을 뿐이다. 그러
니 지금부터 쓸데없는 이야기를 다시는 입에 담지 마라."하더라.

번거로움과 간략함이 모두 멀었다
✿ 煩簡俱迁

뇌계(檑溪) 유호인(俞好仁)은 천성이 순박하고 근실했으며, 문
장이 능한 까닭으로 성종은 그를 가장 아꼈다. 유(俞)는 교리(校
理)로 있다가 걸군(乞郡)하여 산음현(山陰縣)을 다스리러 나갔다.

관리로서 행정에는 미숙하여 항상 문서와 장부를 뒤적이다 결재를 하지 못했다.

어떤 백성이 솥을 잃어버린 까닭으로 입지(立旨)를 얻기를 원했는데, 유(兪)는 종일토록 제사(題辭)를 쓰지 못했다.

백성이 오래 기다리다 이에 하소연을 하며 말하기를,

"제사(題辭)를 내려 주는 것은 감히 바랄 수 없고 오직 본장(本狀=제출한 원서)이나 돌려받기를 원합니다."

하니, 유(兪)는 한참동안 고심하다 제사(題辭)를 적기를,

"무릇 솥이라는 것은 하루도 없어서는 안 되는 것이다. 밥이나 죽이나 힘입어 생겨나는 것이니, 도둑이여! 도둑이여! 어찌 주인에게 돌려주지 않는가?"라고 했다.

어떤 사람이 유(兪)에게 일러 말하기를,

"무릇 모든 공문(公文)은 번거롭고 복잡해서는 안 되고 마땅히 간략함이 요구됩니다."

하니, 유(兪)는 말하기를,

"그렇게 하겠다."라고 했다.

그 뒤 어떤 백성이 소장(訴狀)을 제출하여 서로 고소(告訴)를 하는 자가 있으니, 그 송사를 중지시키고자 제사(題辭)에 '무(毋)' 한 글자를 써서 주었다. 그런데 아전(衙前)이 그 사람의 어머니(母)를 잡아왔다고 아뢰니,

유(兪)가 하는 말,

"무(毋)라는 것은 금지한다는 말인데, 너는 어찌 글자의 뜻도 모르고 그 어머니를 잡아왔느냐."라고 하더라.

입지(立旨) : 관(官)에서 개인이 청원한 사실이나 분실을 증명해주던 문서.

제사(題辭) : 관부에서 백성이 제출한 소장(訴狀)이나 원서(願書)에 쓰던 관부의 판결이나 지령.

비로소 기는 것을 배우다
✿ 始學匍匐

묵재(默齋) 홍언필(洪彦弼)과 인재(忍齋) 홍섬(洪暹) 부자는 다
같이 귀인(貴人)으로 한때 사람들이 그들을 기렸지만, 인재가 여
종들을 친압(親狎)하기 좋아했다. 어느 여름날 밤에 여러 여종들
이 대청과 방에 흩어져 자고 있었다.

인재는 자기의 내자(內子)가 깊이 잠든 틈을 타서 알몸으로 몰
래 나와 종년들 가운데를 살금살금 기어 다니면서, 눈도장을 찍
어 두었던 여종을 찾는데, 아버지인 묵재가 때마침 잠에서 깨어
방안에서 그 광경을 보고 자기 부인에게 하는 말,

"나는 섬(暹)이가 이미 장성한 줄 알았더니, 이제 막 기어가는
것을 배우기 시작한 모양이오."

하니, 인재가 이 말을 듣고 놀라서 부끄러워 달아났다.

남편과 아내가 거울 때문에 송사하다
夫妻訟鏡

산골의 한 여자가, 서울의 저자에는 소위 청동경(靑銅鏡)이라는 것이 있는데, 둥글기가 보름달 그림자 같다는 말을 듣고, 항상 한 번 볼 수 있기를 원했으나, 기회가 없었는데, 그 남편이 마침 상경하는데, 때는 적당하게 달이 보름달이었다.

여자는 거울 이름을 잊어버려서 남편에게 말하기를, "서울 저자에 저 달 같은 물건이 있다고 하니, 당신은 꼭 사가지고 와서, 내가 한 번 볼 수 있도록 하세요." 하였는데, 남편이 서울에 도착했더니, 달이 이미 반달이더라.

반달을 우러러 쳐다보고, 그와 닮은 것을 저자에서 구하니, 오직 여자의 빗이 그것과 같은 고로, 마누라가 사오기를 청한 것이 이거구나 생각하고, 드디어 나무빗을 사가지고 돌아오니, 달이 또 보름달이 되었다.

남편이 빗을 꺼내 마누라에게 주면서 말하기를, "서울 저자거리에 달과 같은 것은 이 물건뿐이라, 고로 곱절 값으로 사가지고 왔노라."하니, 그 아내는 남편이 사온 것이 자신이 구하던 것이 아니어서, 달을 가리키며 남편을 꾸짖어 가로되, "이 물건이 과연 저 물건과 서로 같단 말이요?"하니,

남편이 말하기를, "서울 하늘의 달은, 이 물건과 같은데, 고향 하늘의 달은 같지 않으니, 참으로 괴상하군."하면서 마침내 다시

청동경(靑銅鏡) : 청동으로 제작한 거울. 동경(銅鏡)이라고도 한다. 동경은 구리에 주석, 아연 등을 섞은 합금으로 만든 거울이다.

사고자, 달이 보름달일 무렵에 서울에 도착하여, 밝은 달을 우러러 본즉, 둥글고 가득함이 거울과 같은지라,

  곧 거울을 샀으나 얼굴을 비추는 것임을 알지 못하고, 집에 이르러 그것을 꺼내서, 그 아내로 하여금 그것을 보게 하여, 아내가 비추어 보니, 그 남편의 곁에 어떤 여자가 앉아 있거늘, 평생에 일찍이 스스로 자기의 얼굴 보지 못했던 까닭에, 그 자신의 모습이 남편 곁에 있음을 알지 못하고,

  그 남편이 새 사람을 사가지고 왔다고 생각하고, 크게 노하여 질투를 하기에, 남편이 이상히 여기고 놀라서 말하기를, "그러면 내가 또한 그것을 시험하여 보겠소."하고, 곧 거울 표면을 살펴보았더니 그 아내 곁에 어떤 남자가 앉아 있거늘, 남편 역시 일찍이 스스로 그 자신의 얼굴을 본 적이 없는 고로, 그 자신의 영상이 아내 곁에 있는 것임을 알지 못하고,

  그 아내가 자신을 속이고, 다른 사나이를 얻었다고 생각하고, 역시 크게 화가 나서 서로 싸우면서 으르렁거리다가, 부부가 거울을 가지고 관가로 가서 서로 호소하기를, 아내가 말하기를 남편이 새 아내를 얻었다고 하고, 남편도 말하기를 아내가 다른 남편을 얻었다하니, 사또가 가로대, "제발 그 거울을 올려라." 하였다.

  마침내 그것을 올린 뒤에, 사또가 책상 위에서 거울을 열어보았으나 사또 역시 거울이란 것을 일찍이 보지 못하여, 자신의 그 면모를 알지 못했는데, 위엄 있는 의용과 관복이, 자기와 똑같은 자가 자리에 있는지라,

고로 신관 사또가 와서 도착한 것으로 생각하여, 급히 방자(房子)를 불러 말하기를, "교대할 사또가 이미 왔으니, 속히 봉인(封印)을 하라."하고 마침내 관청 일을 마치더라.

야사씨(野史氏) 가라사대,

옛날에 우매한 사람이 있어 그림자가 따라오는 것을 알지 못하고, 그림자를 피해 급히 도망가다가 그늘 속에 들어가니 그림자가 없어져 안심했다고 한다.

이 이야기에서의 부부(夫婦)도 거울 속에 비친 모습인지도 모르고, 관아에 송사를 하였으며, 관아의 사또도 거울속의 모습을 신임사또가 온 것으로 잘못 알고, 재판을 하지도 않고 물러났으니, 그 역시 그늘에서는 그림자가 쫓아오지 않는다는 것을 모르는 것과 마찬가지라. 가히 삼절치(三絶痴)라 하겠노라. "하였다.

개수를 고쳐서 아내를 감싸다
改數庇婦

한 시골 노인이 어리석은 사위를 얻었는데, 하루는 그 딸로 하여금 떡을 만들어 사위에게 대접하게 하였더니, 딸이 떡 다섯 덩어리를 아버지 앞에 올리고, 일곱 덩어리는 남편 앞에 놓았다. 남편이 말하기를, "이 떡은 매우 맛있군요. 청컨대 장인의 것과 그 다소(多少)를 비교해 보아도 괜찮은지요?"하였다.

곧바로 그 떡을 들어 그것을 세어 보고 말하기를, "장인의 떡은 다섯 덩어리이고, 내 떡은 일곱 덩이임이 꼭 맞네." 하니, 딸

매상(昧爽) : 날이 새려고
막 먼동이 틀 무렵.

해주(海洲) : 황해도 남서
쪽에 있는 시. 예로부터
중국과의 교통 요충지이
며, 수산물·공산물이 주
로 난다. 명승지로 부용
당, 신광사, 탁열정(濯熱
亭), 수양산성지 따위가
있다. 황해도의 도청 소재
지이다. 면적은 14.52㎢.

수양매월(首陽梅月) : 조선
최고의 먹으로 중국에까
지 널리 알려져 있었다.
수양매월은 소나무를 태
워 가장 높이 올라가는 그
을음인 초연(超煙)을 모아
만든다.

이 마음속으로 그것이 부끄러웠으나 감히 말을 못했다가, 밤이
되자 가만히 그 남편을 책망하여 말하기를, "내가 당신과 친하고
당신을 사랑하는 마음으로, 비록 떡의 개수를 더했는데, 당신이
어찌 수량을 비교하여, 나의 잘못을 드러나게 한단 말이오." 하
였다.

남편이 말하기를, "그대의 말이 참으로 옳소, 내가 이제 그대
를 위하여 그것을 밝혀 알리겠소." 하고, 매상(昧爽)이 되자, 곧
장 장인의 침소에 이르러, 급히 말하기를, "어제 나에게 대접한
떡은 다섯 덩어리가 맞습니다." 하더라.

야사씨(野史氏) 가라사대,
"문왕(文王)의 후비(后妃)가 시집을 간 후에도 효도하여 친정부
모를 배신하지 않은 고로, 주남의 시에서 그 덕을 칭송하고 있다.
이 이야기의 여인은 남편에게는 후하게 대접할 줄만 알고, 그
아비에게는 야박한 것을 깨닫지 못하니, 오호 통재라! 그 남편은
도리어 그 단점을 덮어주고, 잘못을 숨겨주려 하는구나. 진정 그
남편에 그 부인이로다." 하였다.

숙모를 속여서 먹을 취하다
誑嬸取墨

우리나라 먹의 산지가 한 곳이 아니나, 해주(海洲)의 수양매월
(首陽梅月)이 최고품이었다. 예전에 한 재상이 해주감사에서 바
뀌어 돌아오니, 그의 조카 중에 먹을 구하는 자가 있었으나, 재

상이 없다고 사절하니, 조카가 한스러워하였다.

후에 그 숙부가 출타함을 기다려, 그 숙모에게 말하기를, "저의 숙부가 방백(方伯)이 된 뒤로, 두 명의 기생(妓生)에게 친하게 매혹되셨는데, 하나는 수양(首陽)이라 하고, 하나는 매월(梅月)이라 하는데, 이에 그 기생 이름을, 먹의 표면에 찍어 돌아오셨는데, 숙모님께서는 그것을 알지 못하세요? 만약 나를 불신하신다면, 그 먹을 확인해보세요." 하니, 부인이 곧 궤짝을 열어 그것을 본즉, 궤에 가득 찬 먹이, 모두 수양매월이더라.

노기가 발끈 일어나서, 궤짝을 들어 던지니, 그 먹이 땅에 흩어지거늘, 조카가 곧 나아가서 주워 소매에 가득 채워 가지고 돌아갔다. 저녁에 이르러 재상이 밖에서 들어오다가, 먹 궤를 땅에 버린 것을 발견하고, 크게 놀라서 물어 말하기를, "어찌된 까닭인가?" 하니, 부인이 꾸짖어 말하기를, "사랑하는 기생 이름을, 어찌 손바닥에 새기지 않고, 먹에 새겼소?" 하니, 재상이 그 조카의 짓인 줄 알고, 부인에게 말하기를,

"해주부의 진산(鎭山)을 수양(首陽)이라 하는데, 그 산의 매화 꽃과 달로, 그 먹 이름으로 한 것이 오랜 일이요." 라고 설명하였으나, 부인이 오히려 그것을 믿지 않고, 꾸짖음이 입에서 끊이지 않으니, 재상이 그 괴로움을 이기지 못했다고 한다. 이 이야기가 한 때 널리 웃음을 전하였다.

야사씨(野史氏) 가라사대,
"공자께서 말씀하시기를 '옛날 주공(周公) 같이 훌륭한 인품과

방백(方伯) : 관찰사. 조선시대의 지방장관. 종2품의 문관직으로서 도(道)마다 1명씩 두었다.

진산(鎭山) : 도읍지나 각 고을에서 난리(亂離)를 평정(平定)하거나, 또는 난리(亂離)가 나지 못하게 지키는 주산(主山)으로 정하여 제사하던 산. 조선시대에는 한양을 중심으로 동쪽의 금강산, 남쪽의 지리산, 서쪽의 묘향산, 북쪽의 백두산, 중심의 삼각산을 오악(五嶽)이라고 하여 주산으로 삼았다.

경사(京師) : 서울. 경궐(京闕), 경도(京都), 경락(京洛), 경련(京輦), 경부(京府), 경읍(京邑), 경조(京兆), 도부(都府), 도읍(都邑).

절차탁마(切磋琢磨) : 옥이나 돌 따위를 갈고 닦아서 빛을 낸다는 뜻으로, 부지런히 학문과 덕행을 닦음을 이르는 말. 《시경》의 〈위풍(衛風)〉〈기오편(淇澳篇)〉과 《논어》의 〈학이편(學而篇)〉에 나오는 말이다.

입신양명(立身揚名) : ①사회적(社會的)으로 인정(認定)을 받고 출세(出世)하여 이름을 세상(世上)에 드날림 ②후세(後世)에 이름을 떨쳐 부모(父母)를 영광(榮光)되게 해 드리는 것.

권문(權門) : 권문세가(權門勢家). 벼슬이 높고 권세가 있는 집안.

재능을 가진 사람일지라도 교만하고 인색한 행동을 한다면, 그 나머지는 더 이상 볼 필요가 없느니', 범인(凡人)이야 말해 무엇하리오. 재상이 해주에서 가져온 먹을 몇 개 나눠주지 않아서 궤짝째 잃어버리는 지경이 되었으니, 이는 인색한 행동의 결과가 아니면 무엇이랴. 항우(項羽)가 천하를 사람들과 나누는 아량이 없어 끝내는 망하고 말았으니, 역시 인색함이라는 실수가 아니겠는가?" 하였다.

선비가 처음의 약속을 어기다
✿ 士負前約

옛날에 갑(甲)과 을(乙)이라는 두 선비가 교분(交分)이 매우 친밀하여, 책 보따리를 짊어지고 공부하러 경사(京師)로 와서, 매일 서로에게 말하기를, "우리들은 마땅히 학업에 매진하여, 절차탁마(切磋琢磨)의 공을 더욱 쌓아서, 입신양명(立身揚名)의 지위를 만들어야 할 것이며, 이런 지조를 버리고 권문(權門)에 발자취를 더럽히는 것은 삼갑시다." 하고 마침내 서로에게 맹세를 하였다.

두 선비가 수차례 급제하지 못하고 세월만 덧없이 흐르자, 갑(甲)이 홀연히 스스로 생각하여 말하기를, "나이는 들어가는데 명성을 얻지는 못하니, 남에게 큰소리를 치기보다는 남몰래 권문에 청탁하여 실리를 챙기는 것이 낫겠다." 하였다.

하루는 새벽을 틈타서 몰래 권세가(權勢家)의 집에 간즉, 대문이 처음 열리자, 추종(騶從)들이 모여들기 시작하고, 뇌물을 갖고 엿보면서 기다리는 자들이 매우 많았다. 마침내 몸을 이끌고 여러 개의 중문(重門)을 지나서 멀리 대청 위를 본즉, 촛불 그림자가 희미한데, 주인 영감이 마침 관아(官衙)로 행차하려 하거늘,

곧 쪽문 앞에서 창두(蒼頭)에게 성명을 알리니, 창두가 말하기를, "주인 대감께서 아직 일어나지 않으셨으니, 잠시 조금만 기다리시오." 하며, 이어 객실을 가리켜 보이므로, 갑(甲)이 드디어 문을 열고 들어간즉, 을(乙)이 먼저 이미 와서 앉아 있더라.

두 사람이 서로 돌아다보고 깜짝 놀라며, 크게 부끄러워하여 떠나더라. 이 말을 들은 사람들이 배를 움켜잡고 웃더라.

야사씨(野史氏) 가라사대,
"두 선비의 처음 약속이 진실로 선비들의 본심인즉, 처음부터 어찌 관직을 구하려는 뜻을 가졌으리요. 그러나 이욕(利慾)에 빠지다 보니 지조(志操)가 약해지고, 스스로를 속이면서 몰래 비난받을 행동을 하였다. 하늘이 알고 귀신이 아는 경계(警戒)를 알지 못하고, 이런 방법을 꾸민다면 어찌 이루지 못할 것이 있으리오. 오호 통재라! 세상에 큰 소리로 떠드는 사람들아! 여기 갑을(甲乙) 두 선비의 부류가 아니라고 말하기 어려우니 슬픈 일이로다." 하였다.

추종(騶從) : 윗사람을 따라다니는 종. 추복(騶僕).

중문(重門) : 출입을 금지하는 의미의 문. 일반적으로는 중문(中門)과 같은 의미이다.

창두(蒼頭) : 노복(奴僕) = 사내 종.

이욕(利慾) : 사사로운 이익을 탐내는 욕심.

추로(秋露) : 직역하자면
'가을 이슬' 이지만, 옛날
에 '술' 을 격식을 차려 말
하던 단어.

배동(陪童) : 윗사람을 수
행하는 어린 종.

부고(訃告) : 죽음을 알리
는 통지.

중이 압송하는 아전과 바꾸다
❀ 僧換押吏

옛날에 한 중이 죄를 지어 원배(遠配)를 가는데, 아전이 압송해
가다가 중도에 이르러, 중이 추로(秋露 : 술을 달리 부르는 말)를
사서, 압송하는 아전에게 마시게 하니, 아전이 몹시 취하여 거꾸
러졌다.

중은 아전이 술 취한 틈을 타서 아전의 수염을 깎고, 고깔을 벗
어 그에게 씌우고, 장삼을 풀어 그에게 입힌 뒤에, 중이 곧 아전
의 관복을 입고서, 압송하는 아전으로 자칭하여, 술 취한 아전을
감독하면서 가는데, 아전이 술이 깬 뒤에, 그 자신의 몸을 둘러
돌아보면서 말하기를,
"중은 여기 있는데, 내 몸은 어디로 갔는가?"하며, 중을 대신
하여 가는 경우더라.

이 말을 들은 사람들이 입을 가리고 웃더라.

있지도 않은 누이의 부고에 곡을 하다
❀ 無妹哭訃

한 어리석은 원님이 동헌에 앉아 있고, 형리가 앞에 있었는데,
한 배동(陪童)이 형리에게 말하기를, "나의 누님이 죽었습니다."
하니, 원님이 자기 누이의 부고(訃告)인줄 잘못 알고, 정신없이
큰 소리로 한바탕 곡을 하였다.

곡을 마치자, 물어 말하기를, "속광(屬纊)은 어느 날 했으며, 운명(殞命)은 무슨 병으로 인한 것인가?" 하니, 배동이 나아가 대답하기를, "흉한 부고는 영감께 고하는 것이 아니라, 곧 형리에게 알리는 것입니다." 한즉,

원님이 눈물을 거두고 천천히 말하기를, "다시 생각해 보니, 나에게는 과연 누이가 없구나." 하거늘, 여러 아전들이 입을 가리고 웃더라.

야사씨(野史氏) 가라사대,
"백성을 다스려야 할 관장(官長)은 진실로 신중해야 하거늘, 예로부터 권세가가 아니면 사사로운 청탁으로 줄을 이었다. 고로 이와 같은 어리석은 무리가 낙하산식으로 임명되니, 조정을 가벼이 여기는 빌미를 만들고, 민생을 해치는 도다. 세상의 이치가 이러하니 실로 개탄을 금치 못하노라." 하였다.

한식에 세배하다
🏵 寒食歲拜

한 고을 아전이 장차 관청 문으로 들어가려는데, 그 동료 아전을 거리 가운데서 만났는데, 그에게 물어 말하기를, "자네는 어디로부터 오는가?" 하니, 그가 말하기를, "오늘은 곧 단오인 까닭에, 향청(鄕廳)에 가서 세배(歲拜)하고 돌아오네." 하였다.

아전이 웃으며 말하기를, "세배는 추석의 예법이거늘, 단오에

속광(屬纊) : 옛날 중국에서 사람이 죽어갈 무렵에 고운 솜을 코나 입에 대어 호흡의 기운을 검사했던 데서 유래하여 '임종(臨終)'을 달리 이르는 말.

운명(殞命) : 사람의 목숨이 끊어짐.

향청(鄕廳) : 고려 말(末)에 생긴 수령(守令)의 자문기관인 지방자치기관(機關).

세배(歲拜) : 섣달그믐이나 정초(正初)에 웃어른께 인사(人事)로 하는 절.

청명(淸明) : 이십사절기의
하나. 춘분(春分)과 곡우
(穀雨)의 사이에 들며, 4
월 5일 무렵이다.

상사(上巳) : 1년 중(中) 첫
번째의 사일(巳日). 즉 정
월(正月) 첫 번째의 뱀날
을 말하는 데, 이날 머리
를 빗으면 그해 집안에 뱀
이 들어온다고 하여 남녀
(男女) 모두 이 날은 머리
를 빗지 않았음. 음력 3월
3일. 삼짇날, · 중삼(重
三), · 원사(元巳), · 상제
(上除)라고도 한다. 3이 3
번 겹친 길일로 여기며 봄
이 본격적으로 돌아온 절
기이다. 이날은 강남 갔던
제비가 다시 돌아온다는
날이다.

좌수(座首) : 조선 시대에,
지방의 자치 기구인 향청
(鄕廳)의 우두머리.

행하는 것이 어찌된 일인가?"하였다. 아전이 원님 앞에 이르러 엎드리다가, 갑자기 웃음을 터트리니, 원님이 노해서 말하기를, "너는 아래 아전으로서, 어찌 감히 관장(官長)의 면전에서 웃음을 발하는가?"하면서, 그를 아래로 끌어내려 장차 볼기를 치려 하니, 아전이 사실로써 고하여 말하기를, "동료 아전인 모가, 추석에 세배의 법이 있는 것을 알지 못하고, 오늘 단오에 세배를 잘못 행하니, 이로써 웃음을 참지 못하였으니, 죽을죄를 지었습니다." 하였다.

원님이 책상에 몸을 기대고 손뼉을 치면서 말하기를, "너희들은 모두 어리석은지라, 세배의 예법이 한식에 있는 걸 일찍이 몰랐구나."하더라.

야사씨(野史氏) 가라사대,
"잘 알지 못하는 것을 아는 체하는 것은 군자의 도리가 아니거늘 이 원님의 경우는 말해 무엇 하겠는가? 다른 날 다시 어리석은 사람들의 문답이 있다면 청명(淸明)이나 상사(上巳)에 어떤 예절이 있다고 할지 모를 일이로다." 하였다.

배를 그려서 성을 기록하다
畵梨記姓

한 원님이 혼미하고 어리석으며 잊기를 잘해서, 배(裵)라는 성의 좌수(座首)가 매번 들어와 뵈오면, 원님이 반드시 그 성(姓)을 묻는지라, 좌수가 그것이 괴로워서 원님에게 말하기를, "성주께서 매번 저의 성을 물으시고, 또 주무시고 나면 그것을 잊으시니, 먹는 배(梨)의 풀이 음(音)이, 제 성과 같은 음이므로, 만약 벽 위에 배를 그려 놓으시고, 항상 눈을 거기에 둔다면, 결코 잊지 않으실 겁니다."하니,

원님이 기뻐하며 말하기를, "그렇게 하겠다."하고, 즉시 벽 위에 배(梨)를 그렸는데, 그 꼭지가 조금 길었다. 이튿날 좌수가 들어오니, 원님이 벽 그림을 쳐다보고 말하기를, "자네는 몽동 좌수가 아닌가?" 하니,

좌수가 일어나 절을 하면서 말하기를, "제 성은 곧 배요, 몽동이 아닙니다. 원님께서는, 앞의 그림의 뜻을 깨닫지 못하십니까?"하니, 원님이 부끄러운 낯빛으로 곧 말하기를, "내가 몽동으로 잘못 안 것은, 그 자루의 길이가 서로 비슷한 까닭으로 이처럼 되었느니라."하니,

좌수가 꿇어앉아 청하여 말하기를, "원하옵건대 원님께서는 그 자루를 조금 짧게 하소서."하니, 원님이 곧 벽 그림으로 나아가서, 칼로써 그 자루를 자르면서 말하기를, "비록 이 자루가 없지만, 본체는 오히려 있으니, 어찌 다시 배(梨)라는 성을 잊어버리겠는가."하더라.

야사씨(野史氏) 가라사대,
"좌수가 원님의 건망증이 민망하여 그림을 고치기를 요청하여 그 자루를 없애기에 이르러 단지 둥그런 모양만 남았을 뿐이라. 다른 날에 성을 기억하고자 또 둥그런 모양과 비슷한 수박이나

몽동 : 몽동이란 둥근 쇠에 긴 자루가 달린 것으로 돌을 다루는 데에 사용하는 것이다. - 원문(原文)의 주(註).

노복(奴僕) : 사내 종.

야사씨(野史氏) : 정사(正史)가 아닌 야사(野史)를 쓰는 민간역사학자.

규방(閨房) : 부녀자가 거처하는 방. 안방.

음양지사(陰陽之事) : 남녀 간의 정사.

운우(雲雨)의 즐거움 : 운우지락(雲雨之樂) -남녀가 육체적으로 관계하는 즐거움. 중국 초나라 혜왕(惠王)이 운몽(雲夢)에 있는 고당에 갔을 때에 꿈속에서 무산(巫山)의 신녀(神女)를 만나 즐겼다는 고사에서 유래한다.

오리알 혹은 계란으로 잘못 생각지나 않을지 모를 일이로다."

신랑의 숙달된 솜씨
✽ 贊郞熟手

한 처녀가, 결혼 이튿날 신랑 집 노복(奴僕)이, 그녀에게 인사를 올리자, 그녀가 물어 말하기를, "너의 집 낭군은 첩이 있느냐?" 하니, 노복이 말하기를, "없습니다." 하였다.

그녀가 말하기를, "너는 어찌 나에게 감추느냐? 만약 과연 첩이 없다면, 나를 조종하는 수법이 어찌 그리 익숙하더냐?" 하였다.

야사씨(野史氏)가 말하기를,
"깊은 규방(閨房)의 여자는, 본래 음양지사(陰陽之事)에 관하여 잘 모르거늘, 운우(雲雨)의 즐거움을 한번 겪고 나서, 문득 그 수단의 익숙함을 아니, 이 또한 마땅히 성인이라야 능히 성인을 알 수 있는 것과 같아서 그런가?" 하더라.

폭포 그림을 베로 알다
✽ 掛瀑認布

어떤 사람이 그림을 알지도 못하면서, 도화서(圖畵署)의 별제(別提) 벼슬을 하고 싶어 그림을 잘 그린다고 자칭하고, 또한 그림을 잘 안다고 자랑하므로, 도화서의 제조(提調)를 만나 뵙게 되었다. 제조가 그를 시험해 보고자, 한 장의 그림을 꺼내어 보여주니, 바로 여산폭포도(廬山瀑布圖)였다.

그 사람은 실제로는 그림이 어떤 모양인지도 모르니, 다만 그림이 말할 수 없이 빼어나고 훌륭하다고 칭찬하였다. 제조는 그가 참으로 아는 자라고 생각하고, 별제 벼슬을 주고자 생각하였다.

그 사람은 그런 눈치를 보고서, 마음속으로 이를 기뻐하며, 가만히 생각하기를 '만약 새로운 말로 극찬한다면, 저 사람은 반드시 기뻐할 것이며, 내가 벼슬을 얻는데 가히 완전할 것이리라' 하여, 마침내 그림 가운데 걸려 있는 폭포를 손으로 가리키면서 말하기를, "이 베를 빨아서 볕에 말리는 모양이, 더욱 극히 빼어나고 훌륭합니다." 하였다.

대개 폭포의 모양이 베를 백련(白練)하는 것과 같은 까닭에, 이 사람이 볕에 쬐어 말리는 베로 잘못 안 것이었다. 제조가 웃으면서 그를 내쫓았다. 이 말을 들은 사람들이 크게 웃더라.

야사씨(野史氏) 가라사대,
"아는 것은 안다고 하고, 알지 못하는 것은 알지 못한다(知之爲知之 不知爲不知)고 해야 하거늘, 세상 사람들이 알지 못하는 것을 안다고 우기면, 반드시 식자(識者)들의 비난을 면하지 못할 것이로다. 이 이야기처럼 폭포를 가리켜 베라고 하는 것이 경계가 될 것이라." 하였다.

여산폭포도(廬山瀑布圖) : 조선 후기의 화가인 겸재 정선(鄭歚 1676-1759)의 그림으로 이백의 《망여산폭포(望廬山瀑布)》라는 시의 내용을 그린 것이다. 여산(廬山)은 중국 강서성 구강시 서남쪽에 있는 유명한 산이다.

백련(白練) : 하얗게 빨아서 부들부들하게 다듬는 것.

知之爲知之 不知爲不知 : 논어(論語)의 위정(爲政) 편에서 공자(孔子)가 유(由)에게 아는 것에 대해 설명하는 장면에 나온다.

장기(將棋) : 두 편이 각각
(各各) 16짝씩 모두 32짝
의 말을, 가로 10줄, 세로
9줄의 직선(直線)이 수직
(垂直)으로 만나게 그려진
판 위에 벌여 놓고, 말을
번갈아 가며 한 번씩 두어
서 승부(勝負)를 가리는
민속(民俗)놀이.

대국(對局) : 바둑이나 장
기를 마주 대하여 둠.

부주(父主) : 한문 투의 편
지에서, '아버님'의 뜻으
로 쓰는 말.

완적(阮籍) : 중국 삼국시
대 위(魏)나라 사람으로
죽림7현의 한 사람. 사상
가 · 문학자 · 시 인
(210~263). 자는 사종(嗣
宗).

명교(名敎) : 사람이 마땅
히 지켜야 할 바를 가르
침. 또는 그런 가르침.
'유학'을 종교적인 관점
에서 이르는 말. 여기서는
'유교의 가르침'으로 해
석.

장기와 바둑에 빠지다
✿ 博奕傷心

어떤 한 사람이, 성품이 장기(將棋)를 좋아하여, 이웃집에 가서, 바야흐로 대국(對局)을 하느라 재미가 한창인데, 여자 종이 급하게 달려와 고하여 말하기를, "집에 불이 났습니다."하니, 그 사람이 손을 두드리며 느릿느릿한 목소리로 말하기를, "불이라고? 그것이 어찌 난 불인고?" 하더라.

또 어떤 사람이, 바야흐로 손님과 마주 앉아 바둑을 두는데, 노복(奴僕=남자 종)이 와서 고하기를, "노영감님께서 돌아가셨습니다." 하니, 그 사람이 천천히 손을 들어, 바둑알을 놓고자 하면서 말하기를, "부주(父主)께서 과연 돌아가셨다고? 참으로 애통하군."하니, 들은 사람들이 배를 안고 웃더라.

야사씨(野史氏) 가라사대,

"심하도다. 바둑과 장기에 빠진 사람들이여! 집이 불타고 있어도 구할 줄도 모르고, 부친상을 당해도 즉시 달려갈 줄 모르니, 집에 불이 난거야 그렇다 해도, 부친상을 당하고도 계속 바둑을 두는 것은 인륜을 저버리는 것이라. 예전에 완적(阮籍)이 손님과 바둑을 두다가 모친상을 당하야 몇 됫박의 피를 토했다고 하는데, 결국은 그 일로 명교(名敎)에 죄를 지은 것이다. 하물며 완적에게도 미치지 못하는 사람들이여!" 하였다.

제삿날을 잊어 사촌동생에게 부끄러워 하다
忘祥愧從

어떤 사람이 그 숙부(叔父)의 대상(大祥)을 맞이하여, 시골에서
서울로 하루 종일 길을 가는데, 날이 캄캄하게 어두워서야 숭례
문(崇禮門)에 이르니, 문이 이미 닫혔던 까닭에, 마침내 연지(蓮
池) 주변의 장사꾼의 가가(假家)에 들어가, 발을 포개고 앉아서,
그 파루(罷漏)를 기다렸다가, 곧바로 상가(喪家)를 향한즉, 요요
(寥寥)하여 제사를 지내는 거동이 없으며, 그 종형(從兄)을 보니
무릎을 펴고서 곤히 자고 있거늘, 마음속으로 생각하기를, '하늘
이 점차 밝아오니 필시 제사를 이미 끝냈는가보다' 짐작하고, 종
형을 불러 일으켜 말하기를, "시골살이의 인사(人事)가 뜻대로
되지 않는 게 많고, 타고 오는 말이 또한 힘이 부쳐 미처 입성하
지 못하여, 어젯밤에 길가에서 잠시 자다가 이제 겨우 들어왔으
니, 모두가 저의 불민(不敏)함이니 죄송하기 만만(萬萬)입니다."
하였다.

종형이 말하기를, "무슨 죄를 지었기에, 사죄함이 이리도 심하
며, 어떤 큰 일이 있었기에, 그렇게 이르지 못했음을 한스러워하
는가?" 하였다.

그 사람이 말하기를, "어찌 다른 일이 있겠습니까, 나의 성의
(誠意)가 천박(淺薄)하여, 금일 숙부님의 제사에 와서, 미처 참례
(參禮)하지 못했으니, 실로 자식의 도리가 오히려 아니니 어찌 마
음에 편안하겠습니까?" 하자, 종형(從兄)은 깜짝 놀라면서 말하
기를, "금일이 과연 대상일(大祥日)인데, 내 집에서는 깜빡 잊었
군, 깜빡 잊어버렸군." 하더라.

숙부(叔父) : 아버지의 아우. 작은아버지.

대상(大祥) : 사람이 죽은 지 두 돌 만에 지내는 제사.

연지(蓮池) : 연꽃을 심은 연못. 조선시대 한성부에는 동. 서. 남쪽에 연못이 있었는데 동지(東池)는 숭례문(崇禮門)밖에 있다고 하였다.

가가(假家) : ①'가게(店)'의 원말 ②임시(臨時)로 허름하게 지은 집 ③조선(朝鮮) 시대(時代) 때의 가게의 하나. 그 규모(規模)가 방(房) 보다는 작고 재가(在家)보다는 큼.

파루(罷漏) : 오경삼점(五更三點-새벽 5시)에 큰 쇠북을 삼십삼천(三十三天)의 뜻으로 서른 세 번 치던 일. 서울 도성(都城) 안에서 통행금지의 시작을 알리기 위해 치는 종 이후(以後) 야행(夜行)을 금(禁)하였다가 파루를 치면 풀리었음.

요요(寥寥) : 고요하고 쓸쓸함.

종형(從兄) : 사촌 형.

인사(人事) : 살림살이를 뜻함.

불민(不敏) : ①둔하고 재빠르지 못함 ②슬기롭고 민첩(敏捷)하지 못함.

만만(萬萬) : 느낌의 정도가 헤아릴 수 없을 만큼 큼.

천박(淺薄) : 학문(學問)이나 생각이 얕음.

참례(參禮) : 예식(禮式)에 참여(參與)함.

3년 상 : 부모의 상을 당한 후 3년 동안 거상(居喪)하는 의식. 삼국시대에 이미 3년상이 있었으며 고려시대에는 부모의 복을 100일로 정했다고 한다.

호곡(號哭) : 소리를 내어 슬피 옮. 또는 그런 울음.

애모(哀慕) : 돌아간 어버이를 슬퍼하며 사모(思慕)함.

박순(朴淳) : 조선 선조 때의 문신(1523~1589). 자는 화숙(和叔). 호는 사암(思菴). 명종 8년(1553)에 문과에 장원, 벼슬이 우의정, 영의정에 이르렀다. 율곡과 퇴계를 변론하여 서인으로 지목받고 탄핵당하여 영평(永平) 백운산에 은거하였다.

친압(親狎) : 버릇없이 너무 지나치게 친하다. 여기서는 수청 받는 것을 뜻함.

행랑방(行廊房) : 주택 공간 중 가장 외부에 속하는 방으로 대문과의 일직선상에 위치한다. 행랑은 중류 이상의 주택이 아니면 볼 수 없는 방으로, 마루나 온돌로 되어 있으며 노비를 비롯한 일꾼들이 거처했다.

야사씨(野史氏) 가라사대,

"어버이에 대한 자식의 효(孝)는 한평생 받드는 것이요, 50년을 받들어 추모해야 하거늘, 하물며 3년 상(喪)은 천하의 공통인 상법(喪法)이라. 그러므로 3년 상이 지날 때까지는 날마다 호곡(號哭)과 애모(哀慕)함이 끊이지 않아야 하거늘, 그 사람은 대상일을 잊었다니 어찌 가히 사람의 도리를 따지겠는가?" 하였다.

예기와 경서에 글이 있다
✿ 文以禮經

사암(思庵) 박순(朴淳)은 용모가 잘 생기고 밝았으며 성품 또한 청렴결백하였다. 그러나 계집종을 친압(親狎)하기를 심히 좋아하여, 밤이면 행랑방(行廊房)을 두루 돌아다녔다. 이름이 옥(玉)이라는 한 계집종이 있었는데, 용모가 매우 추한 까닭에, 다른 사람들은 돌아보는 자가 없었으나, 공(公)만이 오직 그녀를 가까이 하였다.

어떤 사람이 그를 헐뜯었더니, 공이 웃으며 말하기를, "그녀는 실로 가련하니, 내가 아니면 누가 다시 그녀를 가까이 하겠는가." 하였다.

또 그 처갓집이 재산을 나누는 날이 되었는데, 공(公)이 그 부인을 보내지 않고, 또한 문서도 받지 않았는데, 그 사실을 친구가 듣고 희롱하여 말하기를, "공(公)은 재산에 대하여 그처럼 청렴하면서도, 굳이 옥이라는 계집종을 머물게 하는 것은 무슨 까닭이요?"하였다. 원래 옥(玉)이라는 계집종은 공(公)의 처가로부터 온 사람이었기 때문이었다.

공(公)이 엄한 목소리로 말하기를, "그대는 아직 예기(禮記)를 읽지 않았는가? '군자옥불거신(君子玉不去身)'이라 하였으니, 고로 그녀를 머물게 하는 까닭이요." 하니, 자리에 있던 모든 사람들이 입을 가리고 한바탕 웃더라.

이마를 어루만지는 것이 암호이다
✿ 對答撫顙

한 고을 원님이 성품이 인색(吝嗇)하여, 놀러오는 손님이 많아지자, 아전들에게 미리 약속하여 말하기를,

"손님이 도착하거든 너희들은 내가 어루만지는 곳을 보아라. 내가 이마를 어루만지면 상객(上客)이고, 코를 어루만지면 중객(中客)이며, 수염을 어루만지면 하객(下客)이니, 음식 대접의 풍성함과 인색함을, 이로써 높고 낮음을 알지니라." 하였다.

손님 중에 그것을 아는 자가 있어, 들어와 원님을 보고, 날씨가 춥다거나 따듯하거니 하는 인사를 마치자, 원님의 이마 위를 자세히 본 뒤에, 낮은 목소리로 일러 말하기를,

"원님 이마 위에 벌레가 있습니다." 하니,

원님이 곧 손으로 이마를 어루만지니, 아전들이 상객이라 짐작하여, 당연히 음식을 풍성하게 차려 그를 대접하였다.

야사씨(野史氏) 가라사대,

군자옥불거신(君子玉不去身) : 예기(禮記) <옥조(玉藻) 第十三> 및 논어(論語) 향당편에 '君子無故, 玉不去身'이라 되어 있으며, '군자는 이유가 없이 옥을 몸에서 떼어놓지 않는다.' 라는 뜻이다.

인색(吝嗇) : ①재물을 아끼는 태도가 몹시 지나침. ②어떤 일을 하는 데 대하여 지나치게 박함.

상객(上客) : 자기보다 지위가 높은 손님. 또는 상좌에 모실 만큼 중요하고 지위가 높은 손님. 여기서는 단순히 상중하를 구별하는 의미이다.

"내가 술수(術數)를 써서 사람을 대접하면, 상대방도 지혜로써 그렇게 할 것이로다. 사람을 대접하는 도리는 정성과 믿음으로 근본을 삼아야 하느니라." 하였다.

월하정인(月下情人) _ 혜원(蕙園) 신윤복(申潤福)

파수록

《파수록(破睡錄)》

편자·편찬연대 미상의 한문소화집으로 편자는 '부묵자'(副默子), 편찬연대는 '세임술양월초길'(歲壬戌陽月初吉)로 되어 있다. 부묵자가 누군지는 알 수 없으나 임술년은 1742년(영조 18년)으로 추정된다. 고금소총의 〈파수록〉에는 총 63편의 설화가 실려 있으며, 각 편은 제목 없이 'ㅇ'표로 시작된다. 〈고금소총〉에 실려 있기는 하지만 음담패설은 거의 보이지 않고, 제목의 풀이처럼 '잠을 깨우는 이야기'로, 주로 몰락한 선비의 일화가 실려 있다. 재미보다는 타산지석(他山之石)의 의미로 졸릴 때 보면서 잠을 쫓으라는 내용이다. 편자(編者)는 이야기 말미(末尾)에서는 항상 '부묵자(副墨子) 왈' 하여 교훈적인 이야기를 하고 있다.

도로 아미타불의 유래
還爲阿彌陀佛

나귀를 끌고 얇게 얼은 빙판 위를 지나는 사람이 있었는데, 전전긍긍(戰戰兢兢)하여 아미타불(阿彌陀佛)과 관세음보살(觀世音菩薩)을 연달아 부르면서, 마침내 건너가기를 거의 다 하자, 반대로 아미타불을 욕하였다.

한걸음에 뛰어 언덕에 올라 머리를 돌려보니, 나귀는 아직 저쪽 언덕에 있고, 그는 단지 고삐만 끌고 온 것이었다.

이에 다시 아미타불을 기원하며 건너가니, 속세에서 말하는 "도로 아미타불이 되었다."라는 것이 이것이라.

부묵자(副墨子) 왈,
"『시경(詩經)』에 이르기를, '처음에는 곧잘 하다가도 끝까지 잘하는 것은 드물다(靡不有初 鮮克有終)'라고 했다. 옛말에도 '백리 길을 가는 사람이 거반(居半) 구십 리를 가서도 아직도 길이 험난하구나!'라고 말하듯이 어찌 신중하지 않으면 끝맺음이 있으리오."하더라.

중이 주막에 들어가다
一僧入店

한 중이 주막에 들어가서 술집여자의 얼굴이 아름다운 것을 보

전전긍긍(戰戰兢兢) : 전전(戰戰)은 겁을 먹고 벌벌 떠는 것. 긍긍(兢兢)은 조심해 몸을 움츠리는 것으로 어떤 위기감에 떠는 심정을 비유한 말.

아미타불(阿彌陀佛) : 산스크리트로 '한량없는 빛'이라는 뜻으로 불교의 정토종에서 숭배하는 구원불(救援佛)이다.

관세음보살(觀世音菩薩) : 자비로 중생의 괴로움을 구제하는 불교의 보살이다. 관자재(觀自在)·광세음(光世音)·관세자재(觀世自在)·관음자재(觀音自在)·관음(觀音) 등 여러 가지 이름으로 불린다.

부묵자(副墨子) : 파수록의 저자로 연대미상 (대략 숙종 때).

시경(詩經) : 유학(儒學)에서, 오경(五經)의 하나. 중국 최고(最古)의 시집으로 공자가 편찬하였다고 전하여지나 미상이다.

미불유초 선극유종(靡不有初 鮮克有終) : 시경(詩經) 대아(大雅) 탕지습(蕩之什)에 나오는 말.

게 되자, 욕화(慾火)가 끓어올라 실로 안주(安住)하기 어려운지
라. 마침내 밤이 되어 그녀가 홀로 자는 것을 엿보았으나, 역시
감히 두려워 들어가지 못하고, 옷과 장삼을 모두 벗어 바랑에 넣
고 창밖에 걸어두었다.

안주(安住) : ①자리를 잡
아 편안하게 지냄 ②현재
의 상태에 만족하고 있음.

도망가는 방법을 미리 연습하고, 나체로 방에 들어가 급히 바
랑을 집어 들기를 여러 차례 시험하여 성공한 연후에, 바로 방으
로 들어가니, 여자가 깨어나 물어 가로대,

바랑 : 중이 등에 지고 다
니는 자루 모양의 큰 주머
니.

"누구야?"
하니, 중이 놀라고 겁이나 바랑을 집어 들고 일사(一舍)를 도망
하여, 숨을 안정시키고 자세히 살펴본즉, 들고 온 것이 바랑이
아니라 닭이 계란을 낳는 짚둥우리였다.

일사(一舍) : 군사가 하루
에 삼십 리를 걷고 하룻밤
을 묵는다는 뜻으로, 삼십
리를 이르는 말.

이로 말미암아
'음호(陰戶)도 구경 못하고, 헛되이 옷과 바랑만 잃어버렸다'
는 속담이 생겼다더라.

천정(天庭) : 관상에서, 두
눈썹의 사이 또는 이마의
복판을 이르는 말.

관상쟁이에게 물어보다
❀ 問於相士

어떤 사람이 관상쟁이에게 물어보기를,
"들어보건대, 그대가 관상을 잘 본다고 하니, 나의 관상을 좀
보아 주시구려."
하니, 관상쟁이가 자세히 살펴보고 말하여 가로대,
"그대 얼굴의 관상을 보니, 복(福)기운이 천정(天庭)에 차고 넘

치니 늙어 누워 있어도 반드시 부귀(富貴)하리라."

하니, 그 사람이 듣고 크게 기뻐하였다.

집에 돌아가 오랫동안 집안에 누워서 전념하기를 아무 일도 하지 않는 것이라. 사람들이 혹시 물으면, 대답하여 가로대,

"나는 마땅히 누워있어도 부귀할 것이라는데, 관상쟁이가 어찌 나를 속일 리요."

하더니, 마침내 굶주려 죽게 되자, 한탄하면서 아내에게 말하기를,

"나는 관상쟁이에게 속아서 이렇게 되었다오."하더라.

부묵자(副墨子) 가라사대,

"애통하다, 사농공상(士農工商)은 각자가 그 직업에 충실한 후에야 천명(天命)을 기다릴 수 있거늘, 어찌 술사(術士)의 말을 맹신(盲信)하여 직업을 소홀히 하니, 위태롭기가 수주대토(守株待兔) 같구나. 전해오는 격언에 의하면, '백성이 사는 것은 부지런함에 있으니, 부지런하면 궁핍하지 않을 것이다.' 하였으며, 서경(書經)에서 말하기를 '만약에 농부가 농사일에 힘을 쏟으면, 당연히 가을에 추수할 것이라' 했다. 천하만사(天下萬事)가 부지런하면 얻을 것이요, 부지런하지 못하면 잃을 것이니, 씨 뿌리지 않고서 곡식을 거둔다는 것은 들어본 적이 없느라."하였다.

사농공상(士農工商) : 선비(士)·농부(農夫)·공장(工匠)·상인(商人) 등(等) 네 가지 신분(身分)을 아울러 이르는 말. 봉건(封建) 시대(時代)의 계급 관념을 순서대로 일컫는 말.

수주대토(守株待兔) : 한 가지 일에만 얽매여 발전을 모르는 어리석은 사람을 비유적으로 이르는 말. 중국 송나라의 한 농부가 우연히 나무 그루터기에 토끼가 부딪쳐 죽은 것을 잡은 후, 또 그와 같이 토끼를 잡을까 하여 일도 하지 않고 그루터기만 지키고 있었다는 데서 유래한다. 《한비자》의 에 나오는 말이다.

서경(書經) : 유학(儒學)에서, 오경(五經)의 하나로 공자가 요임금과 순임금 때부터 주나라에 이르기까지의 정사(政事)에 관한 문서를 수집하여 편찬한 책이다. 중국에서 가장 오래된 경전으로 20권 58편으로 되어 있다.

천하만사(天下萬事) : 세상의 모든 일.

방사(房事) : 남녀가 성적
(性的)으로 관계를 맺는
일.

다닷 : 5 × 5 = 25

닷 되, 닷 되, 다닷 되
✿ 五升五升五五升

화창한 봄날에 부부가 안방에서 방사(房事)를 치르고 있었는데
운우(雲雨)가 바야흐로 무르익을 즈음 계집종이 창 밖에 이르러
묻기를

"저녁밥에는 쌀을 몇 되나 쓸까요?"

하니, 마님이 창졸간에 답하기를,

"닷 되, 닷 되, 다닷 되…….(五升五升五五升)" 하였다.

이에 계집종은 서 말 닷 되로 밥을 지었다.

이를 본 마님이 밥을 많이 했다고 책망하자 계집종이 대꾸하였다.

"닷 되, 닷 되는 한 말이 아닙니까? 그리고 다닷 되는 두말 닷
되가 아닙니까?"

이에 마님이 어처구니없어 웃으면서 말하였다.

"너는 어찌 말귀를 잘 짐작하여 듣지 못하는 것이냐? 내가 그
때는 어찌 세상일을 알 수 있었겠느냐?" 하더라.

부묵자(副墨子) 가라사대,

"남녀의 정욕(情慾)이란 누구에겐들 없을까만, 정욕만을 쫓아다니고, 예도(禮度)로서 절제하지 않으면, 금수(禽獸)와 다르지 않을 것이니라."하였다.

어떤 과부의 아들
❀ 一寡婦之子

한 과부의 아들이 지나친 사랑 속에서 장성(長成)하여, 어리석고 미련한데, 하루는 완악(頑惡)한 남자 종과 추노(推奴)를 하게 되어 대구(大邱)로 향하던 길에, 종에게 물어 말하기를,

"대구(大邱)까지의 거리가 얼마나 되느냐?"

하니, 대답하기를,

"대구(大口)의 윗니가 열여섯이요, 아랫니가 열여섯이니, 합하여 서른둘 입니다."하였다.

또 주막에 들어가는데 그 아들이 말하기를,

"방에 자리가 있을까(有席子)?"

하니, 종이 말하기를,

"잘 사람이 없으면(無宿者) 나와 함께 자는 것도 좋겠지요."하였다.

아들이 또 물어 말하기를,

"방에 깨무는 것은 없을까?"

하니, 종일 말하기를,

"깨물 것이 없으면 내 신(腎)을 물면 됩니다."

정욕(情慾) : 이성의 육체에 대하여 느끼는 성적 욕망.

금수(禽獸) : 날짐승과 길짐승이라는 뜻으로, 모든 짐승을 이르는 말.

장성(長成) : 자라서 어른이 됨.

완악(頑惡) : 성질이 모지락스럽고 악독함.

추노(推奴) : ①도망한 노비를 붙잡아 본래의 주인이나 본래의 고장으로 돌려보내던 일. ②외거노비(外居奴婢)에게 신역(身役) 대신에 삼베나 무명, 모시, 쌀, 돈 따위를 징수하던 일.

대구(大口) : 생선의 한 종류이나, 여기서는 대구(大邱)와 발음이 같음을 이용해 주인을 놀림.

무숙자(無宿者) : 유석자(有席子)를 무숙자(無宿者)로 잘못들은 척하여 놀리는 것임.

깨물 것이 없으면 : 주인아들은 벼룩 같은 물 것이 있으면 걱정이다라고 한 것인데, 종은 입에 넣고 깨무는 것으로 해석하여 놀리는 것임.

신(腎) : 양물(陽物).

곤욕(困辱) : 심한 모욕. 또
는 참기 힘든 일.

징치(懲治) : 징계하여 다
스림.

愛之 能勿勞乎 忠焉 能勿誨
乎 : 논어(論語) 제14편
헌문 8장에 나옴.

금수(禽獸) : 개나 고양이
같은 애완동물을 의미함.

하거늘, 아들이 노하여 말하기를,

"네 볼기를 때리면 좋겠다."

하니, 종이 말하기를,

"굳이 때려서 쪼개지 않아도 원래 두 쪽입니다."하였다.

그 아들이 곤욕(困辱)을 견디지 못하여 중도에서 귀환(歸還)하
여 어머니에게 아뢰니, 그 어머니가 종을 포박하고 징치(懲治)하
려 한즉, 종이 말하기를,

"소인이 과연 그런 말을 하였으나, 말할 때는 단지 도련님과
소인만이 있었는데, 그 사이에서 마루 밑에서 일러바친 놈이 정
말 쥐새끼 입니다."하였다.

그 아들이 바지에 손을 넣고 배회하다가 그 말을 듣고는 말하
기를,

"나는 말하지 않았어."라고 하더라.

부묵자(副墨子) 가라사대,

"애석하구나, 공자(孔子)께서 말씀하시기를 '사랑한다고 일을
시키지 않을 수 있으며, 충성한다고 가르치지 않을 수 있겠느냐?
(愛之 能勿勞乎 忠焉 能勿誨乎)' 하셨다. 옛 성현들이 해석하기
를, '사랑하는데 일을 시키지 않으면 금수(禽獸)를 사랑하는 것
이요, 충성하는데 가르치지 않으면 곧 부녀자 같은 충성이라.' 고
하였다. 여기서의 이야기도 사람을 믿고 사랑하기만 했지, 일을
시키지 않아서 망친 결과인 것이다."하였다.

얼룩소가 밭을 더 잘 간다

犁牛善耕

길을 가던 나그네가 두 마리의 소를 가지고 밭을 갈고 있는 사람을 보고 물어 말하기를,

"어느 소가 밭을 더 잘 가는지요?"

하니, 농부는 답하기를

"오직 당신은 길만 가지 아니하고, 나의 일을 더디게 하는 것이오?"

하고,

"이랴! 이랴!"

하면서 밭 갈기만 하고 돌아보지도 않았다.

나그네는 그 농부가 말하지 않는 것을 괴이하게 여기며 수십 보를 걸어가는데, 그 사람이 밭갈이를 거두어 치우고 나그네를 쫓아와서 귀에다 입을 대고 말하기를,

"얼룩소가 밭을 더 잘 갑니다."라 했다.

나그네가 웃으며 말하기를

"이것을 어찌 은근한 말로 하오? 물었을 때는 아무 말도 아니하고, 이곳까지 와서 귓속말로 하오?"

하니 농부는 대답하기를,

"소는 비록 가축이기는 하나 만약 제 단점을 들으면 능히 원망함이 없겠소?"

하니, 나그네는 사죄하고 돌아가더라.

장저(長沮)와 걸익(桀溺) :
춘추시대 초나라의 은자
(隱者)들. 논어(論語) 제18
장 미자(微子)편 06절에
나오는 인물들로 공자(孔
子)가 지나갈 때 밭갈이를
하다가 문답을 하는데, 공
자처럼 사람을 피하는 사
람을 따르지 말고, 자신들
처럼 세상을 피하는 사람
을 따르라고 함.

교객(嬌客) : 자기 사위를
이르는 말. 여서(女壻).

문궤(文軌) : 글의 법도(法
度). 또는 글의 뜻.

부묵자(副墨子) 가라사대,

"아아!, 이 농부는 장저(長沮)와 걸익(桀溺)같은 부류의 사람이구나."하더라.

장인이 속임을 당하다
❀ 丈人見欺

한 사람이 새 사위를 얻어 물어 말하기를,

"교객(嬌客)은 글을 아는가?"

하니, 사위가 하는 말,

"아닙니다."

라 하니, 장인은 이 말을 듣고 개탄하여 하는 말,"오늘날 무릇 북방 오랑캐들이 언어는 분명치 못하여 듣기 어렵고, 의복을 다르게 만들어 입어도, 갑자기 그들을 만날지라도 능히 그 정(情)을 통할 수 있는 것은 문궤(文軌)가 같기 때문이다. 사람이 글을 모르면 가서 부딪치는 곳이 담벼락이니 어찌 사물에 통할 수 있겠는가?"

계속해서 말하기를,

"자네는 소나무와 잣나무가 오랫동안 푸르른 이유를 알고 있는가? 학이 잘 우는 까닭을 알고 있는가? 가로수가 높고 그늘이 많음을 아는가?"

하였더니, 사위가 하는 말,

"모두 다 모릅니다."하였다.

그 장인은 즉시 또 풀이해서 깨우쳐주며 하는 말,

"소나무와 잣나무가 항상 푸름은 중심이 단단하기 때문이요,"

"학이 잘 우는 것은 목이 길기 때문이요,"

"가로수가 앙장(仰藏)함은 사람을 많이 겪었기 때문이니라."

"자네가 만약 글에 능하다면, 스스로 응당히 그것을 해석하겠지만, 단지 글에 노둔함이 한스럽구나." 했다.

이에 사위가 대꾸하기를,

"대나무나 푸르고 푸른 것이 가운데가 단단하기 때문이요, 개구리가 잘 우는 것도 목이 길기 때문이요, 장모님이 앙장함도 역시 사람을 많이 겪었기 때문인지요?"

하니, 장인이 속은 줄을 알고 얼굴이 붉어지며 말이 없더라.

오쟁이를 지다
試負空石

어리석은 남편에게 음탕한 부인이 있었는데, 부인은 이웃 남자와 몰래 정을 통한 지 이미 오래였다.

하루는 이 어리석은 남편과 간사한 처(妻)가 함께 산에 있는 밭에서 김을 매고 있는데, 이웃집 남자가 오쟁이를 지고 밭두둑에 서서 그 남자에게 말하기를,

"비록 그대의 부인이기는 하나 어찌 감히 밭고랑 사이에서 방사(房事)를 벌이는가?"

하고 나무라니, 그 어리석은 남자가 깜짝 놀라며,

"나는 본래부터 그런 일을 한 바가 없는데, 그대는 어째서 그

앙장(仰藏) : 하고 싶으나 하지 못한다는 뜻이나, 여기서는 '크지 못함'을 뜻함.

노둔함 : 둔하고 어리석어 미련함.

오쟁이 : 짚으로 엮어 만든 작은 가마니(섬).

방사(房事) : 남녀가 성적(性的)으로 관계를 맺는 일.

삼인행칙손일인(三人行則損
一人) 일인행칙득기우(一人
行則得其友) : 세 사람이
가면 의심이 생겨 곧 한사
람을 덜고, 한사람이 가면
벗을 얻어 협력할 수 있
다. 즉, 세 사람이 가면 한
사람을 덜고 혼자 가면 벗
을 얻는다는 것은, 천하에
는 둘로 이루어지지 않음
이 없으니, 둘이 하나 됨
을 말하는 것이다. 일음일
양(一陰一陽)이 어찌 둘일
수가 있겠는가? 그러므로
셋이면 마땅히 하나를 덜
어내야 하는 것이니 오로
지 하나 되기에 지극히 함
을 말하는 것이다. (주역
산택손(山澤損) 육삼(六
三)의 괘.

인면수심(人面獸心) : 사람
의 얼굴을 하고 있으나 마
음은 짐승과 같다는 뜻으
로, 마음이나 행동이 몹시
흉악함을 이르는 말.

런 말을 하는가?"

하자, 이웃집 사내가 하는 말,

"당신이 내 말을 믿지 못한다면 내가 당신을 대신하여 밭을 매
겠으니, 시험 삼아 오쟁이를 지고 이곳에 서서 밭고랑을 보라.
과연 그렇지 않은지."

어리석은 남편이 그의 말에 따라 오쟁이를 지고 서 있으니, 이
웃 남자는 진짜로 그의 처와 간통하고, 어리석은 남자는 웃으며
말하기를,

"그대의 말이 틀리지 않구나" 하였다.

이것으로 말미암아 아내가 다른 사람과 사통(私通)하는 것을
두고, '오쟁이를 지다 ' 라는 속담이 생겨나게 되었다.

부묵자(副墨子) 가라사대,

"아, 슬프도다. 주역(周易)에서 이르기를 '세 사람이 길을 가면
한 사람이 손해를 보고, 한 사람이 길을 가면 친구를 얻는다(三
人行則損一人 一人行則得其友)' 라고 하였는데, 공자(孔子)는 말
하기를 '오로지 하나 되기에 지극히 함을 말하는 것' 이라 하였
다. 이 여인이 오직 하나만을 불러오는 것이로다. 남편은 아내에
게 하늘이거늘, 남편이 비록 어리석으나 어찌 하늘을 속일 수 있
단 말인가? 더구나 어리석은 본 남편을 속이고, 밝은 대낮에 밭
에서 하늘같은 남편이 있는 여인과 간통을 하는 이 남자도 그 죄
가 마찬가지이니, 이 여인과 이 남자는 인면수심(人面獸心)이로
다."하였다.

봄꿈은 실로 헛된 것이로다
春夢誠虛事

속곳 : 여자들이 입던 아
랫도리 속옷.

번뇌(煩惱) : 마음이 시달
려서 괴로움. 또는 그런
괴로움.

분기(憤氣) : 분한 마음이
일어남.

기생(妓生)과 한 집에서 동거(同居)하는 사내가 있었는데, 밤이
깊어 취침할 즈음에, 관가(官家)에서 기생을 부르니, 그 남편이
희롱조로 말하기를,

"깊은 밤에 관가에 들어가니, 필히 남편을 하나 얻겠네."

하니, 기생이 가로대,

"관가에 들어가는 매번마다 남편을 얻는다면, 장차 모든 사람
이 남편일 것이오."

하더니, 속곳을 입어 보이며 말하기를,

"이것이 그것을 방지하는 수단이랍니다."

한즉, 남편이 웃으며 응낙하였으나 끝내는 의심스런 생각이 없
지 않아서 몰래 그 뒤를 밟은즉, 기생이 관가의 문에 도착하자
속곳을 벗어 접고는 기와 밑에 두고 들어가거늘, 남편이 분한 마
음에 속곳을 빼내어 돌아와 방 가운데 앉아 촛불을 밝히고 그녀
가 돌아오길 기다리다, 기나긴 밤에 번뇌(煩惱)하다 쓰러져 누운
채 잠이 들었다.

새벽녘에 기생이 나와 속곳을 찾았으나, 있지 않은지라. 이미
그 남편의 소행인 줄 알고 집으로 돌아와 창밖에 다다르니, 문
여는 소리가 날까 두려워 문을 살며시 들어 올려 가볍게 열었더
니, 과연 남편이 속곳을 쥐고 잠이 깊이 들었더라.

그의 모자를 대신 손에 쥐어주고 속곳을 빼내어 도로 입은 후
에, 발로 차서 남편을 일어나게 하니, 남편이 분기(憤氣)하여

힐책(詰責) : 잘못을 따져
서 꾸짖음.
수중(手中) : ①손 안. 손아
귀 ②자기 세력이나 권력
을 부릴 수 있는 범위 안.
교언미소(巧言媚笑) : 말을
교묘하게 꾸며대며 아양
을 떠는 웃음.
춘몽(春夢) : ①봄의 짧은
밤에 꾸는 꿈 ②덧없는 세
상일.
객사(客舍) : 나그네를 치
거나 묵게 하는 집.
파파량사(番番良士) : 머리
가 희끗희끗한 어진 신하
들. 『서경(書經)』 제32편
진서(秦誓)에 나온다.
규규무부(赳赳武夫) : 용맹
스러운 무인(武人). 헌걸
찬 무부(武夫)들. 씩씩한
장수들. 『시경(詩經)』주남
(周南) 토저(兎罝)라는 시
(詩)에 나오는 구절이다.

힐책(詰責)하여 말하기를,

"너의 속곳이 내 수중(手中)에 있는데, 네가 서방질한 책임을
면하고자 나를 속이겠느냐?"

하니, 기생이 교언미소(巧言媚笑)하여 말하기를,

"밤의 빛이 비록 어둡다지만 어찌 속곳과 모자를 분별하지 못
합니까?"

한다. 남편이 그 말을 듣고 다시 살펴본즉, 과연 모자인지라,
상심하여 말하기를,

"춘몽(春夢)은 정말 헛된 것이로구나."

하더니, 화를 삭이고 그녀를 품에 안으며 자더라.

부묵자(副墨子) 가라사대,

"슬프도다. 창기(娼妓)는 미천한 부류(部類)려니, 어찌 사람의
도리로 책망하려는가? 그녀의 팔은 객사(客舍)의 베개와 마찬가
지이고, 그녀의 입술은 주막의 술잔과 같도다. 여우같이 아양떨
고 사람을 현혹하여 재물을 탐내고 인정(人情)을 망각하니, 현명
함과 어리석음을 어찌 알 것인가? 자고로 파파량사(番番良士)와
규규무부(赳赳武夫) 역시 모두 이들의 계교로 미혹의 진(陣)에 빠
져들어, 지조를 지키지 못하는 사람들이 셀 수 없을 정도이니,
그 미혹됨이 가히 심하도다."하였다.

아내에게 기생 일을 배우게 하다
一善戱謔者

한 희롱(戱弄)을 잘하는 자가, 의원을 업(業)으로 하는 자를 모

욕(侮辱)하고자, 의원에게 옛날이야기를 하여 말하기를,

"옛날에 명부(冥府)에서, 기생(妓生), 도둑놈, 의생(醫生)을 골라잡아다가, 염왕(閻王)이 기생에게 묻기를, '너는 세상에 있을 때, 직업(職業)으로 한 것이 어떤 일이냐?' 하니,

기생이 대답하기를, '소인은 예쁘게 단장한 얼굴과 아름다운 옷으로, 호탕하게 놀며 의기가 풍부한 공자(公子)와 왕손(王孫)들을, 앞으로는 맞이하고 뒤로는 보내면서, 요염(妖艶)한 태도를 한껏 갖추어, 돈을 받아서 생업을 삼았나이다.' 하니,

염왕이 말하기를, '해롭지 않다. 사람을 즐겁게 한 일은, 마땅히 극락세계(極樂世界)에 환생(還生)하게 하리라.' 하고, 또 도둑에게 묻기를, '너는 직업이 무엇이었느냐?' 하니, 도둑이 대답하기를, '소인은 부호(富豪)의 집에서 개처럼 훔치고 쥐처럼 도둑질하여, 제 자신이 쓰고 남음이 있으면, 더러 다른 사람들의 가난함과 옹색함을 구제하였습니다.' 하니,

염라대왕이 말하기를, '너 역시 해롭지 않구나. 평등(平等)의 도리(道理)를 실천했으니, 마땅히 극락세계에 다시 태어나게 하리라.' 하고, 또 의생(醫生)에게 묻기를, '너는 직업이 무엇이었느냐?' 하니, 의원이 대답하기를, '소인은 소 오줌과 말똥과 헌 북의 가죽을 모아서, 함께 쌓아두었다가, 널리 만병(萬病)을 구제(救濟)하여 그것으로 생업(生業)을 삼았나이다.' 하니,

염라대왕이 벌컥 크게 노해서 말하기를, '근래(近來)에 체포령을 발하여도, 번번이 거역(拒逆)함이 많은 까닭에, 내가 진실로

명부(冥府) : 저승. 죽어서 심판(審判)을 받는다는 곳.

염왕(閻王) : 염라대왕(閻羅大王).

환생(還生) : 사람이 죽어 저승에 갔다가 이승에 다시 사람으로 태어나는 일. =인도환생(人道還生).

우수마발(牛溲馬勃) : '소 오줌과 말 똥'이란 뜻으로, 아무 데도 쓰지 못할 하찮은 것을 일컬음.

그것을 의심하였더니, 과연 이 늙은 놈이 종용(慫慂)하고 있었
군.' 하면서, 명령을 재촉하기를 족쇄와 수갑을 채워, 풍도옥(酆
都獄)으로 압송하여 회부토록 하니,

의생이 기생과 도둑놈을 향하여 돌아다보며 말하기를, '나의
집에 돌아가서, 이후로는 내 아내로 하여금 기생 일을 배우게 하
고, 내 아들로 하여금 도둑질을 배우게 하여, 지옥의 괴로움을
면하게 기약(期約)해 주었으면 좋겠다.' 하더라."하였다더라.

종용(慫慂) : 잘 설득하고 달래어 권함.

풍도옥(酆都獄) : 도가(道家)에서, '지옥'을 이르는 말.

향군(鄉軍) : 조선 시대에, 지방에서 뽑아 올리던 군병(軍兵).

순라(巡邏) : 순라군이 도둑·화재 따위를 경계하느라고 도성 안을 돌아다니던 일.

한 향군이 순라를 돌다
🏵 一鄉軍巡邏

한 향군(鄉軍)이 추운 밤에 순라(巡邏)를 돌다가, 깊은 골목에
긴 사랑채를 보니, 등불이 이글거리는데 때마침 남녀가 희롱하
는 소리가 들리더라. 이에 숨을 죽이고 가슴을 졸이면서, 바람벽
에 뚫린 구멍으로 몰래 엿본즉, 나이가 젊은 미남자가, 젊고 어
여쁜 계집과 방사(房事)를 하는데, 여러가지 음식을 차려 놓은 앞
에서, 여자는 암말이 되고, 남자는 수망아지가 되어, 히히힝 말
우는 소리를 내며, 구름이 피어오르고 비가 올 듯 함이 운우지정
(雲雨之情)이라. 때론 맛나는 음식을 먹으며, 혹은 서로 장난으
로 차기도 하는데, 촛불이 환히 비추니, 눈 같은 살결이 풍만하
였다.

그 사람은 매우 부러워하고 사모하여, 마음속으로 중얼거리기를,
"나도 내 집으로 돌아가서, 역시 마땅히 이렇게 하리라."
하고, 마침내 집에 돌아와서 방문을 열어보니 낮은 등잔대였으

며, 차려 놓은 것은 볶은 콩이었다. 그러고 나서 아내로 하여금 옷을 벌거벗게 한즉, 온 여름동안 호미로 김을 맨 나머지, 피부색이 거칠고 검으며, 배꼽에 소금 꽃이 피었으니, 어찌 얼굴을 예쁘게 단장하고 음탕함을 가르치는 여인과 같으리오. 그 피부를 일견(一見)하니, 욕정이 열에 아홉은 사라져 버렸으나 기왕 시작한 일이라, 중지하기 어려운지라, 아내에게 말울음을 가르치고, 장난으로 차면서 아양 떠는 것을 가르쳐서 방사를 하니, 그아내가 감탕(甘湯)한 마음이 동하여, 정신없이 사납게 남편을 걸어차거늘, 남편이 크게 화가 나서 주먹으로 쥐어박으면서 말하기를,

"내가 굳이 그것을 싫어하면서도 쓸데없이 이런 일을 하였군." 하더라.

부묵자(副墨子) 가라사대,

"애석하도다! 예기(禮記)에 따르면 '형벌은 대부에게 미치지 않고(刑不上大夫), 예법은 서인에게까지 내려가지 않는다(禮不下庶人)' 했으니, 어찌 이들에게 예절이 없다고 탓하리요. 남녀의 일은 천지간의 커다란 대의(大義)에 따르는 일이나, 사람이 금수(禽獸)와 다른 점은 윤리가 있기 때문이라. 사람이 도리어 소나 말의 행위를 배운다면 어찌 패륜(悖倫)이 아니겠는가?"하였다.

음모가 턱에 붙었다.
❀ 陰毛附頤

어떤 사람이 오랜 친구를 찾아 갔더니 부재(不在)중이라, 아이

형불상대부(刑不上大夫) 예불하서인(禮不下庶人) : 형은 위로 대부에게 적용되지 않으며 예는 아래로 서인에게까지 적용되지 않는다는 것이 고대로부터 내려오는 법의 적용을 대상에 따라서 달리 한다는 뜻.

동갑(同甲) : 육십갑자(六
十甲子)가 같다는 뜻으로,
같은 나이를 이르는 말.
또는 나이가 같은 사람.

교사(狡詐) : 교활하게 남
을 속임. 간사한 꾀로 남
을 속임.

에게 물어 가로되, "너의 아버님께서 어디에 가셨니?" 하니,
　대답하여 말하기를, "간 곳에 갔습니다." 하니,

그 사람은 아이의 행동이 버릇없다고 생각하면서
묻기를, "네 나이가 어찌되는고?" 하니,
대답해 말하기를, "건너 마을의 석례와 동갑(同甲)입니다." 한즉,
묻기를, "석례 나이는 몇이냐?"
대답하기를, "나와 동갑입니다." 하였다.

그 사람이 말하기를,
"너는 어찌 그리 교사(狡詐)스럽냐? 내가 마땅히 너의 거시기
를 베어 먹겠다." 하니,

아이가 말하기를,
"어른의 거시기도 역시 가히 베어 먹을 수 있습니까? 없습니
까?" 하니,
그 사람이 말하기를, "어찌 불가능이 있겠느냐?" 한데,

아이가 말하기를,
"생각건대 분명히 많이 먹었나 봐요, 내가 보기에 거시기의 음
모(陰毛)가 턱에 붙어 있는 것을 보니." 하더라.

158

어수신화

너희들도 성묘 행차냐? (省墓之行)
버선이 작아서 신기 어렵네 (襪小難着)
말 위에서 움직이는 송이버섯 (馬上松茸動)
닭을 어찌 애석해하리오 (鷄何可惜)
아내의 요(凹)도 역시 커지다 (妻凹亦大)
내 집 문짝도 장차 넘어지겠다 (吾扉將顚)
처음부터 서로 구하지도 않았다 (初不相求)
요강이 없더이다 (溺江必無)
숫돌을 위하여 칼을 갈다 (爲礪磨刀)
어찌 도둑놈이라고 부르는가 (何呼盜漢)

《어수신화(禦睡新話)》
조선 후기의 화가 장한종(張漢宗 : 1768~?)이 지은 소화집(笑話集)으로 130편의 재미있는 이야기
가 실렸다. 서(序)에 의하면 저자가 수원목사로 있을 때 1812년(순조 12)에 재종숙인 이원보로 하
여금 부르는 것을 받아쓰게 하여 이 책을 지었다고 했다. 저자가 비록 사대부이지만 민간에 떠도는
재미있는 이야기의 거칠음을 따지지 않고 모두 모아 실었다. 각 편에는 넉자의 제목이 붙어 있다.
130편 가운데 가장 비중을 많이 차지하는 것은 외설성이 짙으면서 웃음을 동반한 외설담이다.

너희들도 성묘 행차냐?

省墓之行

성묘(省墓) : 조상의 산소
를 찾아가서 돌봄.

교합(交合) : 남녀가 성기
(性器)를 결합하여 육체적
관계를 맺음. = 성행위

어떤 양반이 성묫길 계획을 세우고 계집종을 불러,

"내가 성묘(省墓)를 가려 하니 너는 새벽밥을 지어라." 하고 분
부하고 그날 밤 안방에서 잠을 잤다.

계집종은 날이 밝기 전에 밥을 지어놓고 상전이 일어나기를 기
다리는데 동쪽이 점점 밝아져도 기침할 낌새가 없기에 창밖에서
가만히 들어보니 지금 한창 방사(房事)를 즐기고 있는 소리가 들
려왔다.

이에 감히 소리도 내지 못하고 물러나와 잠도 못자고 일찍 일
어나 홀로 앉아 있음을 한탄하는데 이미 하늘빛이 밝아오고 닭
들이 뜰아래서 암수가 교합(交合)을 하고 있었다.

이에 여종이 입술을 삐죽이며 닭들을 보고 큰 소리로,

"이놈들아 너희들도 성묘 행차를 떠나려 하느냐!"

하니, 상전내외가 서로를 바라보며 부끄러워 아무 말 못하더라.

버선이 작아서 신기 어렵네
襪小難着

어떤 사람의 아내가 버선을 만들어 남편에게 주었더니 남편이 그 버선을 신으려고 아무리 애를 써도 버선이 작아서 발이 들어가지 않았다.

남편은 버선을 내던지며 크게 책망하기를,
"당신의 재주는 참으로 기괴하구려. 마땅히 좁아야 할 건 너무 넓어서 쓸모가 없고, 마땅히 커야 할 건 좁아서 발에 맞지 않는구려!"
하니, 아내가 대꾸하기를,
"당신의 물건은 좋은 줄 아시오? 길고 굵어야 할 건 작아서 쓸모가 없고, 마땅히 작아야 할 발은 크기만 하네요!"
하니, 듣는 사람이 모두 포복졸도 하더라.

말 위에서 움직이는 송이버섯
馬上松茸動

어떤 선비가 말을 타고 길을 가는데, 냇가에 다다라 건너려 할 때에 시냇가에 빨래하고 있는 시골 아낙네들이 많았다.

마침 스님 한 분을 만나게 되어 장난스레 말하기를,
"스님은 글을 아시오? 아신다면 시 한수를 지어보시지요."
하자, 스님이,

"소승은 무식하여 시를 지을 수 없습니다."

하고 말하는데, 선비가 먼저 냇가의 빨래하는 여인들을 바라보며,

"시냇가에 홍합이 입을 열고 있네! (溪邊紅蛤開)"

하면서 시구를 읊고는 스님에게 다음 시구를 재촉하였다.

스님이,

"생원님의 시는 육물(肉物)을 대상으로 하였으나 소승은 산사람이라 같은 육물로는 대구(對句)하지 못하겠습니다. 엎드려 빌건대, 대신 채소반찬으로라도 대구(對句)를 하면 혹시 용서할 수 있는지요?"

하고 물으니 선비가,

"어찌 거리끼겠는가?"

라고 대답하자, 스님은 옷을 걷고 먼저 건너편으로 건너가서 읊어 대는데,

"말안장 위에는 송이버섯이 꿈틀거리네! (馬上松茸動)"

하였으니 실로 절묘한 대구(對句)였다.

선비와 스님의 시구를 합하면

시냇가의 홍합이 입을 열고 있으니 (溪邊紅蛤開)

말안장 위의 송이버섯이 꿈틀대는구나(馬上松茸動).

이니, 냇가에서 빨래하는 여인들을 바라보며 선비가 말 위에서 음심(淫心)이 발동한 것을 풍자한 시라 하겠다.

홍합 : 여인의 상징을 비유하는 은어.

산사람 : 절이 주로 산에 있으므로 중의 채식을 의미.

송이버섯 : 남자의 상징을 비유미하는 은어.

계수(計數) : 수를 계산함. 또는 그런 결과로 얻은 값.

닭을 어찌 애석해하리오
鷄何可惜

한 시골 남자가 밤에 아내와 희롱을 하면서 하는 말, "오늘 밤에 그 일을 반드시 수십 차례 할 것 같으면 그대는 어떤 물건으로 나의 수고로움을 보답하려오?"

하니, 아내가 하는 말,

"만약 그렇게만 하면, 나는 세목 한 필이 있는데 간직한 지 오래되니 오는 봄에 17행 누비바지 옷을 지어 사례를 할 것이오."
라 했다.

남편이 하는 말,

"만약에 언약을 그르치지 않는다면 당연히 열일곱 번 할 것이오."

여자가 하는 말,

"좋소!"

하니, 남편은 즉각 일을 시작하면서 한번 나아가고 한번 물러나는 것을 계수(計數)해서 말하기를,

"1차, 2차"라 하였다.

아내가 하는 말,

"이것이 어찌 '한 번' '두 번'이 되오? 그렇게 한다면, 쥐가 파먹은 무명천 홑바지도 오히려 아깝기만 할 것이오."

하니, 남편이 하는 말,

"그렇다면 어떻게 해야 한 번으로 치려오?"하였다.

아내가 말하기를,

"처음엔 천천히 진퇴하다가 거시기를 음호(陰戶) 속에 깊이 넣고 난 후, 위로 문지르고 아래로 갈고, 좌충우돌(左衝右突)하면

서, 아홉 번 나아가고 아홉 번 물러나며, 화심(花心)에 깊이 들어 가게 해야 한다. 이와 같이 수백 번 반복한 후, 두 사람의 마음이 부드러워지며 팔다리는 나른해지고, 소리가 목구멍에 있으나 내기가 어렵고, 눈은 보고 싶으나 뜨지를 못할 지경을 바야흐로 가히 '한 번'이라 말할 수 있을 것이오."

화심(花心) : 음호(陰戶)의 가운데 부분을 말함.

금오랑(金吾郎) : 의금부도 사(義禁府都事)의 별칭(別稱)임.(의금부도사 :조선 시대 왕명을 받들어 죄인을 추국(推鞠)하던 의금부 의 5~6품 관리.)

"피차가 깨끗이 씻은 후에 다시 또 시작하는 것이 두 번째가 되는 것이오."

이렇게 서로 말하며 다투고 있을 때, 이웃에 사는 닭 도둑이 남녀의 수작을 엿 듣다가 오래 계속되니까 급하게 큰 소리로 말하기를,

"옳도다. 형수씨의 말이여! 네가 말하는 '한 번'이라는 것은 틀린 말이고, 형수가 말한 것이 옳소. 나는 이웃에 사는 아무개인데, 몇몇 친구가 닭을 사서 밤 회식의 술안주로 삼고자 하니, 당신네 몇 마리의 닭을 빌려 준다면 후일에 반드시 후한 값으로 갚을 것이오."

하니, 그 남편이 미처 대답하기도 전에 그의 아내 가라사대,

"명관의 판결이 이처럼 지극히 공평하거늘, 하찮은 몇 마리 닭을 어찌 애석해하리오. 값 또한 갚지 않아도 좋소." 하였더란다.

아내의 요(凹)도 역시 커지다
✿ 妻凹亦大

한 금오랑(金吾郎)이 재상으로 승진하였을 때 하객이 문 앞에

가득했다.

부인이 이것을 기뻐하고 남편이 안으로 들어오기를 기다렸다가 몰래 남편에게 말했다.

"관직이 높고 커진즉 신체도 역시 따라 그만큼 커지는 모양입니다!"

재상은 아내의 말을 듣는 둥 마는 둥 하는 말,

"속담에 이르기를 '재상은 몸이 무겁다'고 하였으니 어찌 그렇지 않겠는가?"

하니, 그의 아내는 기쁨을 이기지 못했다.

그 후 재상이 안방에 들어가서 부인과 더불어 동침하여 바야흐로 거사를 하려는데,

그 아내가 발끈하고 대노하여 말하기를,

"상공이 얼마 전에 말씀하기를, 관직이 높고 커지면 신체도 역시 커진다고 운운(云云)했었는데, 오늘 밤에 그것을 시험해 보았으나 작아서 조금도 커졌음이 없는 것은 어찌 된 때문이요?"

하니, 재상이 대답하여 말하기를,

"내 신체의 크기는 나의 친구가 알고 있으며, 내 물건의 크고 작음은 천한 첩들이 잘 알고 있다오."고 했다.

부인이 하는 말,

"내가 아직 모르고 있는데 첩들이 어찌 알고 있지요!"

재상 하는 말,

"부인의 말은 틀렸소. 아내도 남편의 직위에 따른다는 것은 법에 의해 정해지는 일이오. 나의 관직이 이미 높아졌으니 부인의 직위도 역시 따라 커지는 것이오."

"내 철(凸)이 이미 커졌으면 부인의 요(凹) 또한 커졌을 것이

오!"

"천한 첩들은 그 남편의 관직이 없으므로 그 구멍 또한 따라 커지지 않소. 그런고로 나의 아래 물건은 천첩만이 몸통이 커진 것을 알 수 있다오."

고 하니, 부인은 크게 낙담하면서 더 이상 다른 말을 하지 못하더라.

원님(倅) : 고을의 장관, 수령.

운운(云云) : ①글이나 말을 인용하거나 생략할 때에, 이러이러하다고 말함의 뜻으로 쓰는 말. ②여러 가지의 말.

내 집 문짝도 장차 넘어지겠다
❀ 吾扉將顚

어떤 원님(倅)이 남편의 얼굴에 상처를 입힌 여인을 잡아와서, 곤장(棍杖)을 치면서 그 연유를 물은 즉, 그 여자가 아뢰는 말 가운데,

"그 지아비가 정실부인을 돌보지 않고 기생첩에 혹하여 가업을 파산한 고로, 소녀가 분하고 원망스러움을 참을 수 없어 설왕설래하며 서로 다투게 되었을 때, 실수로 남편의 얼굴에 상처를 입혔습니다." 운운(云云) 하였다.

원님이 화를 내어 꾸짖어 말하기를,

"음(陰)이 양(陽)에 항거 할 수 없는데, 너는 어떤 까닭으로 감히 이와 같이 법을 능멸(凌蔑)하였는가?"하며, 곧 엄한 형벌을 명령하였다.

그녀의 남편이 이를 보고 도리어 그녀를 매우 불쌍히 여긴 고로, 동헌의 뜰아래 나아가 엎드려 아뢰기를,

"소인의 얼굴 상처는 소인의 집 문짝이 넘어져서 상처가 나게

가장(家長) : 여기서는 수
령(首領, 守令)의 의미.

뇌성벽력(雷聲霹靂) : 천둥
소리와 벼락을 아울러 이
르는 말.

자색(姿色) : 여자의 고운
얼굴이나 모습.

된 것이지, 처(妻)에게 얻어맞은 것이 아닙니다.”

라고 하였는데, 원님의 부인이 마침 창틈으로 이 이야기를 듣
고서 하는 말, “그 남편이 기생첩에게 홀려서 옛 아내를 버렸으
니, 그 아내가 남편을 구타한 것 또한 이상한 일이 아니거늘, 소
위 가장(家長)이 이같이 잘못 판결을 하니 통탄하고 한탄스럽구
나!”

하고 울분을 이기지 못하여, 자신도 모르게 목소리가 바깥으로
나갔다.

원님이 그 소리를 듣고는, 즉각 형리에게 명하여 두 사람을 쫓
아 내보내면서 하는 말,

“만약 이 송사를 듣고 여인을 엄중히 다스린다면, 내 집 문짝
도 역시 장차 넘어질까 가히 두렵구나!” 하더라.

처음부터 서로 구하지도 않았다
⁕ 初不相求

뇌성벽력(雷聲霹靂)이 치던 어느 날, 길 가던 사람들이 이리 뛰
고 저리 뛰면서 비를 피하기에 정신이 없다가 마침 길가에 한 집
이 있어, 여러 명의 길손이 비를 피해 마당 안의 처마 밑에 몰려
들었다.

비를 피하던 행인들이 집안을 살펴보니, 부인의 자색(姿色)이
매우 뛰어나서 사람들의 눈길을 끌었는데, 그 옆에는 젊은 남자
가 좋은 옷을 입고 앉아 있었다.

또다시 뇌성벽력이 울리자, 비를 피해 들어온 사람들 중 농담

을 좋아하는 한 사람이 말하기를,

"이렇게 벼락이 치는데, 좋은 물건을 지니고 있으면서 혼자만 즐기고 남에게는 빌려 주지 않는 사람에게 뇌성벽력이 내려와서 때려주면 속이 시원하겠다."

하니, 모두가 유쾌하게 웃더라.

이 말에 부인이 손님들을 한번 힐끗 쳐다보고는,

"이보시오. 손님! 그 물건을 빌려달라고 했는데도 빌려주지 않는 사람에게는 뇌성벽력이 내려쳐도 좋겠지요. 그러나 처음부터 나누어달라는 말은 한 마디도 않은 채 빌려주지 않는다고 공갈 협박부터 해대는 사람은 어찌 될까요? 아마도 뇌성벽력이 알아서 그 사람부터 내려치겠지요?"

하니, 길손들은 박장대소를 하더라.

요강이 없더이다
溺江必無

어떤 부잣집에 젊은 과부가 살았는데 언제나 유모와 함께 밤을 지냈다. 그런데 하루는 유모가 병고(病苦)로 인하여 자기 집으로 갔다.

그러자 과부가 이웃집 할미에게

"유모가 출타하여 혼자서 자기가 무서우니 아주머니 댁의 어린 하인 고도쇠(高道釗)를 보내주시면 저녁을 잘 대접하겠으니 수직(守直)하게 해 주십시오." 라고 청하였다.

이웃집 할미는 그것을 허락하여 곧 고도쇠를 보냈다. 고도쇠는

병고(病苦) : 병으로 인(因)한 고통(苦痛).

수직(守直) : 건물이나 물건 등을 맡아서 지킴.

요강 : 방에 두고 오줌을
누는 그릇. 놋쇠나 양은,
사기 따위로 작은 단지처
럼 만든다. 한자를 빌려
溺釭, 溺江으로 적기도 한
다.

신두(腎頭) : 남자 성기인
귀두(龜頭)를 완곡하게 이
르는 말.

그때 나이 열여덟이었으나 우둔하고 지각이 없었다.

그는 과부 집에 가서 저녁 대접을 잘 받고 당상(堂上)에서 잤는
데, 코를 고는 소리가 마치 천둥소리와 같았다. 그리고 아직 여
체(女體)를 경험하지 못한지라 순수한 양물(陽物)이 뻣뻣이 일어
나서 잠방이 속을 뚫고 밖으로 나와 뻗치고 섰거늘, 밤도 깊고
적막한데 젊은 과부는 그것을 보자 갑자기 음심(淫心)이 발동하
여 조용히 고도쇠의 바지를 벗기고 자기 음호(陰戶)로 그것을 덮
어씌운 다음 꽂아 넣어 진퇴(進退)를 계속하여 그 흥이 극도에 달
하여 음액(陰液)을 흠뻑 배설하고는 고도쇠의 바지를 도로 입히
고 자기 방으로 돌아가 잠을 청하고 다음날 아침에 하인을 돌려
보냈다.

이튿날 저녁이 되어도 유모가 오지를 않으니, 과부가 다시 고
도쇠를 보내 주기를 청하자 그 이웃집 할미는 즉시 고도쇠를 불
러 말하기를,

"뒷집 아씨 댁에는 그릇도 많고, 음식도 많으며, 옷가지도 많
으니 네가 오늘 밤 또 그 집에 갔다 오는 것이 좋겠다."

라고 하자, 고도쇠는

"그릇은 많이 있지만 요강이 없더이다." 하고 대답하였다.

그러자 할미는

"그 부잣집에 요강이 없다니 그게 무슨 소리냐?" 하고 책망하
였다.

그러자 고도쇠가

"요강이 없기 때문에 어제 밤에 아씨가 손수 저의 바지를 벗기
고 저의 신두(腎頭)에다 대고 방뇨(放尿)를 하였습니다."

하고 대답하니, 이웃집 할미가 그 말을 듣고는 스스로 부끄러워서 고도쇠더러 감히 다시 가보라는 말을 하지 못하더라.

노역(勞役) : 몹시 괴롭고 힘든 노동.

숫돌을 위하여 칼을 갈다
爲礪磨刀

한 나그네가 주막에서 묵고 있었는데, 주막 주인 부부가 곁방에서 어울려 누워있는데,

남편이 아내에게 희롱하여 말하기를,

"내가 하루 종일 노역(勞役)을 하고나서, 허리의 아픔을 돌보지 않고, 이 일을 하는 것은, 나 자신이 좋아서 욕심을 부리는 게 아니라 그대를 위해 이리 하는 것이오." 하니,

아내가 대답하여 가로대,

"숫돌에 칼을 가는 사람이, 반대로 숫돌을 위하여 간다고 말함이 옳소?" 하니,

남편이 말하기를,

"귀이개를 사용하여 귓속을 긁는 것은, 귓속의 가려움을 구하려는 것이오. 어찌 귀이개를 위하여 귓속을 긁는다고 가히 말할 수 있소?" 하니, 가히 더불어 적당한 대꾸가 되도다.

어찌 도둑놈이라고 부르는가
何呼盜漢

도둑이 남의 집에 들어와, 마루 밑에 몰래 엎드려 있는데, 주인

이 이미 그것을 알고, 지팡이로 도둑을 찌른즉,

도둑이 말하기를,
"장난이 지나치구나, 내 귀와 눈을 다칠까 두렵도다." 하니,

주인이 말하기를,
"내가 어찌 도둑놈과 더불어 장난을 한단 말이냐?" 하였다.

도둑놈이 나와서 성을 내며 말하기를,
"나는 양반의 씨족인데, 너는 어찌 나를 도적양반이라고 일컫지 않고, 감히 도둑놈이라 부르는고? 나는 처음부터 너의 물건을 취하지 않았은즉, 아무 죄가 없다. 너는 마땅히 상놈으로써, 양반을 모욕한 법에 해당된다." 하더라.

진담록

《진담록(陳談錄)》
진담록의 편찬자와 연대는 알려지지 않았으나, 조선 후기에 편집된 것으로 추측된다. 내용은 외설적이기 보다는 재치와 해학적인 이야기들이 대부분이다. 1958년 발행된 고금소총 영인본에는 49편의 설화가 실려 있다.

외눈박이가 놀라 겁을 먹었네
✿ 一目驚怯

행방(行房) : 남녀가 성적
으로 관계를 맺음.

사경(四更) : 하룻밤을 오
경(五更)으로 나눈 넷째
부분. 새벽 1시에서 3시
사이이다.

어떤 주막의 부인이 행방(行房) 때마다 농담으로 남편에게,

"당장 외눈박이를 죽입시다."

하였는데 눈이 하나밖에 없는 외눈박이라 함은 대개 남자의 양
물(陽物)을 말함이다.

하루는 밤이 삼경이 되어 남편이 아내에게,

"이제 외눈박이를 죽이는 것이 어떻겠소?"

하니 아내가,

"윗방의 손님들이 아직 깊이 잠들지 않았으니 사경(四更) 쯤
되면 틈을 봐서 죽이는 것이 좋겠습니다."라고 대답하였다.

그 때 윗방에 있는 손님 중 마침 눈이 하나밖에 없는 자가 있어
그가 이 말을 듣고 크게 놀라 겁에 질려 일어나더니 함께 자고
있던 여러 손님들을 흔들어 깨우며 큰 소리로, "날 살려주시오!
나 좀 살려주시오!"하고 비명을 질렀더라.

건넛집 김 서방은
✿ 越家金書房

어떤 여인이 있었는데 음모(陰毛)가 심히 길어서 마치 말갈기
와 같았던 까닭으로 남편이 행방(行房)을 할 때마다 손가락으로
음모를 갈라 헤친 후에야 비로소 그 일이 가능하였다.

어느 날 밤에 또 그 음모를 헤치다가 잘못하여 남편의 손톱이
그만 음핵(陰核)을 스쳐 찢어졌다.

아내는 너무나 아파서 화를 내며 두 발꿈치로 방바닥을 차면
서, 벌떡 일어나 앉더니
"건넛집 김 서방은 가르지 않고도 잘 하기만 하던데....!"
하고 투덜거리더라.

오히려 쌀이 많다
米猶多矣

한 신랑이 처가에 갔더니 처남댁이 반가워하며 인사를 마치자
곧 밥을 지어 대접하고, 그 옆에 서서 재삼 간곡히,
"비록 반찬은 없지만 맛있게 잡수시면 좋겠습니다."
하니, 신랑이 고맙다 하고 첫 숟갈을 들어 씹는데 밥 속에 돌이
있어 우지끈 돌 씹히는 소리가 났다.

176

방사(房事) : 남녀가 성적
(性的)으로 관계를 맺는
일.

처남댁이 보고 무안하여

"쌀에 어찌나 돌이 많은지 여러 번 일었는데 그래도 돌이 있습니다요." 하였다.

이에 곧 신랑은 웃으며,

"그래도 쌀이 더 많군요." 라고 대답하였다.

벼룩과 빈대를 피하는 방법
避蚤蝎方

부부가 밤에 방사(房事)를 하는데 새벽 달빛이 창에 가득 비친다.

곁에서 자던 어린 아들이 이불바람에 깨어 보니 아비가 어미의 배위에 엎드려 있었다.

어린 아들은 연유를 알지 못하고 괴상하게 여기며 아버지에게,

"아버지는 어찌 어머니 배 위에서 엎드려 주무시나요?" 하고 물었다.

아버지는 대답할 말이 없어,

"벼룩과 빈대가 깨물어서 피해 왔느니라." 하고 억지로 꾸며서 말하였다.

그러자 아들이,

"그럼 나도 벼룩과 빈대를 견디기 힘드니 아버지 등 위에 엎드

승지(承旨) : 고려 후기와
조선시대 왕명출납을 담
당한 관직. 일명 승선(承
宣)·대언(代言)·용후(龍
喉)·후설(喉舌)이라고도
한다.
옥체(玉體) : 임금님의 신
체를 높여 부르는 말.

려 자겠어요.” 하더라.

갓장이가 입을 날카롭게 놀리다
✹ 冠工利口

갓장이 총각이 임금님의 갓을 만들었으나 옥체에 맞지를 않아
서, 승지(承旨)가 바로 돌려주며,

“다시 만들어 오라”

하였더니, 갓장이가 그 갓을 받아 머리에 쓰고 나가거늘, 승지
가 노하여 갓장이를 야단을 치며 말하기를,

“그 갓은 곧 옥체(玉體)의 갓인데 네가 어찌 감히 그 갓을 쓰는
가!” 하였다.

갓장이가 재빨리 대답하여 말하기를,

“이는 그 갓을 쓴 것이 아닙니다. 이 갓은 귀중하고 또 특별한
것입니다. 그것을 옆구리에 끼어도 불가하고, 그것을 어깨에 메
어도 불가하며, 그것을 안아도 불가하니, 오직 그것을 머리에 인
다면, 비스듬히 그것을 이겠습니까, 아니면 거꾸로 해서 그것을
이겠습니까? 불가불 바로 그것을 이어야 하는데 바르게 해서 그
것을 머리에 인즉, 저절로 그것을 쓰게 된 것이지, 고의로 그것
을 쓴 것이 아닙니다.”

승지가 웃으며 말하기를

“네 말이 옳다” 하더라.

음호가 몹시 차다
🌸 陰戸甚冷

한 노인이 젊은 첩과 더불어 바야흐로 방사를 하는데, 양물(陽物)이 기력이 없어 스스로 들어 갈 수 없었다.

이에 그 손으로 양물을 쥐고 그것을 들여 밀며 엎드려 말하기를,
"들어갔느냐?"
하니, 첩은 말하기를,
"안 들어갔습니다."라 했다.

노인은 다시 일어나 양물을 쥐고 들여 밀며 엎드려 말하기를,
"들어갔느냐?"
첩은,
"아니"라 했다.

이와 같은 것이 네 다섯 번에, 노인이 조급하고 민망함을 이기지 못하여 숨을 내 뿜으며 말하기를,
"들어갔느냐?"

하니, 첩이 오히려 그 정을 불쌍히 여겨, 이에 거짓으로 대답하여 말하기를,
"이제 들어갔습니다."
하니, 노인은 기뻐하며 말하기를,
"좋다. 좋다."라 했다.

그때 노인의 양두(陽頭)가 고개를 숙이고 드리워져 기름장판에 붙어서 찬 기운이 얼음과 같아, 노인은 오직 그것이 들어간 줄만 알고, 그 첩에게 일러 말하기를,

"너의 음호(陰戸)가 가히 여름철에 적합하구나!"

첩이 가로대,

"어찌 그렇습니까?"

노인 왈,

"음호의 안쪽이 몹시 차구나" 하더라.

음란한 계집이 변명을 하다
✸ 淫婦發明

해학을 좋아하는 어떤 사람이, 그 이웃 집 사내와 또 다른 이웃 집 계집이 서로 더불어 사통함을 마음속으로 알고, 그 이웃집 계집에게 둘러쳐 말하기를, "이웃집 아무개가 내게 이야기하기를, '내가 어느 날 저녁에 이웃 아낙네 모(某)의 집을 지나고 있는데, 이웃 아낙네 모가 내가 지나감을 보고, 곧 나의 손을 이끌어 그 집으로 들어간 고로 내가 부득이 따라 들어가 그녀와 더불어 간통했다고 어쩌고' 말하는데, 그대는 과연 그와 같은 일이 있었소?"

하니, 이웃 계집이 이 말을 듣고 크게 놀라면서 손으로 자리를 두드리면서 말하기를, "세상천하 이와 같은 수치의 말이 어디 있소? 세상천하 어찌 이 같은 망측한 일이 있단 말이오? 내가 어찌 그를 끌었어, 내가 어찌 그를 끌어 들였어? 오직 일전의 일을 말한다면, 내가 그 집을 지나가는데 그가 내가 지나감을 보고, 곧바로 나를 이끌어 그 집으로 들어가므로, 내가 실로 부득이 그의

말을 듣고 따랐는데, 내가 어찌 그의 손목을 끌었단 말이오. 어찌 이와 같은 수치의 말이 있단 말이오." 하더라.

소는 보았으나 양은 못 보았다
🌸 見牛未羊

해학(諧謔)을 잘하는 한 젊은이가 때마침 오고 있으니, 우별감(禹別監)이라는 자가 그에게 농담으로 말하기를,
"너는 마땅히 나에게 절을 드리렷다."
하니, 젊은이가 웃으며 그에게 절을 드렸다.

별감의 등 뒤에 또한 양도감(楊都監)이 있었는데 그 역시 그 젊은 해학자(諧謔者)를 놀려 말하기를,
"어찌 그에게는 절을 하고 나에게는 절을 하지 않느냐?"
고 하니, 그 젊은이가 즉각 몸을 돌려 절을 하면서 문자로 그에게 사죄하며 말하기를, "우(禹)는 보았으나 양(楊)은 미처 못 보았습니다.(見禹未見楊也)"라 하였다.

맹자에 이르기를,
"소는 보았으나, 양은 못 보았다(牛見未見洋也)
라는 한 장(章)의 구절(句節)을 취하여 우별감과 양도감을 희롱하여 욕한 것이니라.

별감(別監) : 조선시대에 향청(鄕廳)의 좌수(座首) 버금자리의 벼슬로 사내 한인(下人)들끼리 서로 존대하여 부르던 명칭이다.
액정서(掖庭署) : 조선 때 왕명의 전달과 임금이 쓰는 붓과 벼루의 공급, 대궐 열쇠의 보관, 대궐 뜰의 설비 등을 맡아보던 관청(廳)에 딸린 하인(下人)의 하나를 말함.

도감(都監) : 조선시대에 지방의 두레나 사찰 등에서 행수의 보좌를 맡는 사람이다. 주로 일반 상민이나 머슴 등이 맡는다. 여기서 말하는 도감은 궁에서 임시로 설치하던 도감(都監)이란 기관과는 다르다.

牛見未見洋也 : 〈孟子〉卷之一 梁惠王章에 나오는 말이다. 齊나라 宣王이 제사를 지내기 위해 도살하려고 끌고 가는 소를 보고 애처롭게 생각하여, 그 소 대신에 양을 사용하라고 하자, 그렇다면 양은 불쌍하지 않느냐고 하니, 왕이 대답한 말이 "見牛未見羊也"이다. 즉 '소는 직접 보았으나 양은 아직 보지 못했기 때문에 덜 불쌍하게 생각된다.'는 말에서 유래한 것.

사서(四書)중의 하나인 〈〈맹자〉〉의 한 구절을 인용 : 우별감과 양도감의 성이 소(牛)와 양(洋)의 한자와 발음이 같은 것을 이용하여 놀린 것이다.

문관과 무관이 묻고 대답하다
🌸 文武問答

같은 마을에 판서(判書)와 무관(武官)이 살았는데, 무관이 종종
판서를 보면서 늘 말을 하되, '나'라고 일컫지 않고, 또한 '소인'
이라고도 하지 않거늘, 판서가 마음속으로 이를 알고서는 갑자
기 무관에게 물어 가로대,

"귀관 의복의 바느질 솜씨가 다른 것과 특별하니, 이는 누가
꿰맨 것인가"

하니, 무관이 말하기를,

"아내가 솜씨 입니다."

하거늘, 판서가 말하기를,

"처가 지었다고 말하면 누구의 처를 지칭하는고?"

하니, 무인이 말하기를,

"저 아내인고로 아내라고 하는 것입니다. 만약 다른 사람의 아
내라면, 어찌 그를 아내라고 하겠습니까?"

하면서, 끝내 자신을 가리켜 소인이라고 일컫지 않더라.

취객이 아이의 죽음을 곡하다
🌸 醉客哭兒

어떤 취객이 대로상에서 통곡을 하기에, 그 곁의 사람이 괴상
하게 여기며 책망하여 말하기를,

"비록 비통한 일이나, 술이 취해서 그러는 것은 옳지 않소."

하니, 곡을 하던 사람이 말하기를,

"비통함을 견디기 어려우니 술 취하지 않고 어찌 하겠소?"

곁의 사람이 말하기를,

"무엇 때문에 비통한지요?"

하니, 울던 사람이 옷소매를 들어 눈물을 닦고 목소리를 삼키며 말하기를, "아들의 상사(喪事)를 당한 고통이오."라 했다.

상사(喪事) : 초상(初喪)이 난 일. 사람이 죽은 일.

곁에 있던 사람 하는 말,

"이는 실로 비통한 일이요. 헌데 몇 살의 아이가 죽었소?"

울던 사람이 묵묵히 좀 있다가 말하기를, "이제 9년이 지나면 10세 아이가 되는데 죽었습니다."하더라.

갓난아이의 죽음에 통곡한 부끄러움이 있는 고로 열 살이라고 대답했던 것이다.

한 다리가 길다
✿ 一脚長也

다리를 저는 사람이 있어 주인을 보러 왔다 갔는데, 주인의 아들이 그 사람이 절름발이인 것을 보고 그 아버지에게 이르기를,

"그의 한 다리가 짧습니다"

하니, 아버지가 그를 꾸짖어 하는 말이,

"너는 어떤 연고로 그 사람의 결점을 말하느냐? 반드시 한 다리가 길다고 해야 옳으니라."하더라.

처녀가 물동이를 내팽개치다
❀ 處女盆枷

　　동쪽집의 노처녀가 물을 길어 물동이를 이고 막 돌아서는데, 마침 서쪽집의 새댁이 물을 길으러 오거늘, 노처녀는 물동이를 인 채 그 새댁에게 말하기를,

　　"첫날밤의 은근했던 이야기를 가히 들을 수 있을까요?"

　　하니, 새댁은 성품이 본래 가리는 성격이 아니고 활달한지라 바로 대답하기를,

　　"그게 뭐가 어렵겠습니까."

　　하고는 첫날밤의 경험을 얘기했다.

　　"첫날밤에 밤이 깊어 내가 신방에 들어가니 신랑이 보고 좋아하면서 나를 부축하여 앉히고는, 내 옷을 홀랑 벗기고, 나를 끌어안고 잠을 자다가, 신랑이 내 배 위에 엎드리더니, 무엇인가 한 물건을 내 다리 사이에 집어넣고 잠깐 들이밀다 잠깐 빼고, 잠시 나아가다 잠시 물러나니, 그만 내 온몸이 갑자기 고단해지고 팔다리에 힘이 쑥 빠지면서 정신이 황홀하고 몽롱해지더니 탄식소리가 저절로 나오고 나도 모르게 소변이 나오는 것 같더니만 이상하게도 아래가 축축해지더군요."

　　노처녀가 이야기를 여기까지 듣게 되자, 머리에 물동이를 이고 있는 것을 깨닫지 못하고, 손을 비틀고 몸을 비틀면서, 온 몸을 비비 꼬면서 말하기를,

　　"그런 건가요?"

　　하더니, 흥분을 진정하지 못하고 몸을 부르르 떨면서, 팔에 힘

을 잔뜩 주어, 이고 있던 물동이 꼭지를 힘껏 잡아당기고 발을 들어 땅을 구르니, 머리에 이고 있던 물동이의 밑바닥이 깨지면서, 머리가 물동이 속으로 쏙 들어가고 몸에는 한 동이의 물을 다 뒤집어쓰고 말았더라.

항아리 바닥이 깨져 머리가 끼인 모습이 죄인의 머리에 용수를 씌운 듯한 모양인데, 머리와 얼굴이 물동이 속으로 들어가 온몸에 물을 뒤집어썼더라. 비록 물동이 밑이 깨지느라 머리도 아팠겠지만 그 모습 또한 우스꽝스런 꼴이더라.

용수 : 추자(篘子). ①싸리나 대오리로 만든 둥글고 긴 통. 술이나 장을 거르는 데 쓴다. ②죄수의 얼굴을 보지 못하도록 머리에 씌우는 둥근 통 같은 기구.

성례(成禮) : ①예식(禮式)을 이룸 ②혼인(婚姻)의 예식(禮式)을 지냄.

재취(再娶) : ①아내를 여읜 뒤에 두 번째 장가듦 ②두 번째 장가들어 맞이한 아내.

뼈 맛을 보지 못하니 그것이 한스럽구나!
恨骨翁

어떤 노인이 세 딸을 두었는데 집안이 넉넉할 때에 장녀를 출가 시켰으며 그때 신랑의 나이 20세였다.

그 후 가세가 기울어져 성례(成禮) 할 길이 없다가, 둘째 딸이 재취(再娶) 자리 신랑을 맞이하게 되니 신랑의 나이 40세였다.

셋째 딸은 삼취(三娶) 자리의 신랑을 맞이하게 되니 신랑의 나이 50세였다.

하루는 세 딸이 한 자리에 모일 기회가 있어 조용히 얘기를 나누는데, 장녀가 말하기를,

"남자의 양물(陽物)에는 뼈가 있더라."

고 하자, 둘째 딸이,

"나는 힘줄이 있는 것 같았어요." 하였다.

현묘(玄妙) : 유연하고 미
묘함.

그러자 셋째 딸이,

"나는 그것도 아니고, 다만 껍데기와 고기뿐이던데요?"라고
하였다.

그 때 노인이 우연히 세 딸들의 그 말을 엿듣고 크게 중얼거리
며 말하기를,

"우리 집안 사정이 낭패(狼狽)를 당해 너희들 둘째와 셋째는
모두 '뼈 맛'을 보지 못하니 그것이 한스럽구나."하고 장탄식을
하였다.

이것은 가세(家勢)가 기울자 부득이 둘째와 셋째 딸을 나이 많
은 늙은이에게 시집을 보내게 되니, 현묘(玄妙)한 느낌과 기운을
알지 못했다는 말인데, 그렇다면 어린 소년에게 시집가서 늙을
때까지 해로한 부인은 반드시 뼈와 근육과 고기의 세 가지 맛을
안다는 뜻이리라.

어찌 어질지 못한 놈이 있느냐
✿ 豈有不良

무리를 지은 도둑들이 은밀한 곳에 모여서, 훔친 물건들을 분
배하려는데, 그 중의 한 물건이 별안간 있던 곳에 없거늘, 무리
가 모두 의심하고 괴이해 하며 말하기를,

"우리 중에 어찌 마음바탕이 어질지 못한 사람이 있는가?"라
하더라.

이는 선량한 백성이다
※ 此良民也

측은지심(惻隱之心) : 불쌍히 여겨 언짢아 하는 마음.

양경(陽莖) : 신경(腎莖), 양경(陽莖), 양물(陽物), 옥경(玉莖), 음경(陰莖)(= 남자의 성기를 달리 이르는 말.)

신(腎) : ①콩팥 ②자지 ③불알.

부부가 사소한 일로 인하여 서로 언쟁을 하다가 아내가 구타를 당하자, 분함과 한스러움을 이기지 못해 저녁밥을 짓는 것을 때려치우고, 머리를 싸매고 아랫목에 길게 누워서 신음을 그치지 않으니, 그 남편도 역시 화가 나서 다시 아내와 말을 하지 않으면서 위쪽 벽 곁에 넘어져 잤다.

그날 밤이 야심해지면서 남편이 잠이 깨어서 그녀를 보니 그 아내가 아직 화가 나서 누워있는지라, 남편이 도리어 측은지심 (惻隱之心)이 없지 않아 마음속으로 그녀를 꾀이고자 하였으나, 역시 이런 뜻을 보일 수가 없었다.

거짓으로 잠을 자는 척하다가 하품과 기지개를 하며 몸을 굴리다가 한 팔을 아내의 가슴위에 올려놓으니, 그 아내가 그 손을 잡아 던지며 말하기를,

"바로 이 손은 나를 때린 손이니, 어찌 가히 가까이 합니까?"

하거늘, 그 남편이 마음속으로 웃으며 한참 있다가, 또 한쪽 다리를 아내의 둔부 위에 올려놓으니, 아내가 또 그 다리를 잡아 던지며 말하기를,

"이 다리는 곧 나를 찬 다리이니, 또한 어찌 가까이 할 수 있으리오."라 했다.

그 남편이 몰래 웃으며 자못 오래 뒤에, 그 다리를 뻗고 그 허리를 뻗어 그 양경(陽莖)을 꺼내어 그 신(腎)으로써 그 아내의 배

꼽과 배의 사이에 부딪치니, 그 아내가 두 손으로써 그 신(腎)을 어루만지며 말하기를,

"이는 나의 선량한 백성이니, 너는 나에게 무슨 잘못이 있겠는 가!"라고 하더라.

큰 배는 소똥 위에 떨어진 것입니다
🌸 孫子梨

어떤 늙은이가 손자 아이를 애지중지(愛之重之)하였는데, 그 손 자 아이가 하루는 후원(後園)에서 놀다가, 바람에 떨어진 배 두 개 를 주워 가지고 왔다.

할아버지가 바라보면서 웃으며 말하기를,
"내 손자 놈이 배를 가지고 오니, 분명히 나에게 줄 것이다." 라 고 하였다.

아이가 이윽고 다가와, 큰 배는 할아버지에게 드리고, 작은 배 는 아버지에게 드리니, 할아버지가 그것을 기뻐하고, 그 아비 역 시 그것을 기뻐하였다.

그 아비가 아들을 불러 말하기를,
"너는 어찌 작은 것을 나에게 주려고 했느냐?" 라고 하니,
그 아들이 곧 가까이 앞으로 와서 귀에 가까이 말하기를,
"큰 배는 소똥 위에 떨어진 것입니다." 하더라.

햇볕에 말리고 하자

❀ 曝乾行

음란한 사내와 간사한 계집이, 서로 더불어 산골짜기 으슥한 곳에서 음탕한 일을 가르치며 하다가, 행사(行事)를 이미 마침에, 음수(淫水)가 너무 많아 임리(淋漓)거렸다.

사내가 말하기를,
"햇볕에 말린 뒤에 다시 그것을 함이 좋겠소." 하니,
계집이 말하기를, "그럽시다." 하고,

그대로 양 팔을 늘어뜨리고 두 다리를 벌리고, 그 하물(下物)을 드러내 놓은 채 태양(太陽)을 향하여 나란히 누웠다. 조금 있다가 계집이 스스로 기지개를 켜며 말하기를,
"내 물건은 이미 말랐다." 하니,
사내가 말하기를, "내 물건은 아직 이다." 하였다.

여자가 성내면서 말하기를,
"내 것은 어찌 이미 말랐는데, 그대 것은 어찌 마르지 않았나?" 하니,
사내가 말하기를,
"그대 물건은 가운데가 갈라져 있으니 빨리 마르고, 내 물건은 통째로 말리니 더디고 더딘 까닭이다." 하면서, 마르지 않았다고 핑계를 대니, 행사를 할 생각이 없는 것이더라.

행사(行事) : '성교(性交)'를 비유적으로 이르는 말.

음수(淫水) : 성교(性交) 때 분비되는 남자의 정액과 여자의 전정선(前庭腺)에서 나오는 분비액. 淫液(음액).

임리(淋漓) : 피, 땀, 물 따위의 액체가 흘러 흥건한 모양.

하물(下物) : 아래 물건. 즉 '성기(性器)'를 말함.

음양(陰陽) : 남녀의 성(性)
에 관한 이치.

음호(陰戶) : '여자의 성
기'를 이르는 말.

잠방이 : 가랑이가 무릎까
지 내려오도록 짧게 만든
홑바지. 속옷.

쥐 귀를 빨리 치료하다
鼠耳速治

어떤 부인이 아직 음양(陰陽)의 이치를 깨닫지 못하여, 스스로 그 남편을 멀리 하니, 그 남편이 마음속으로 그것을 민망히 여기다가, 홀연히 한 꾀를 생각하여, 밖으로부터 바삐 들어오면서 말하기를,

"속히 내 도복(道服)을 내주오." 하니,

부인이 말하기를,

"구멍 뚫려 다 떨어진 도복을 입고 장차 어디를 가고자 하오?" 하니,

남편이 말하기를,

"건너 동리 아무개 집의 아내가, 그 남편을 멀리 하더니, 음호(陰戶) 가운데, 쥐의 귀 같은 것이 생겨서 죽었다기에, 지금 조문(弔問)을 가려 하오." 하니,?

부인이 얼굴색이 변하면서 말하기를,

"그대는 모름지기 조금 기다리시오." 하고는,

이내 치마를 걷고 잠방이를 헤치고, 머리를 숙이고 몸을 굽혀, 그 음호를 살펴보니, 과연 쥐의 귀 같은 것이 그 속에 생겨 있는지라.

크게 놀라고 겁이 나게 되어, 급히 남편의 손을 이끌면서 말하기를,

"남의 죽음을 조문하지 말고, 빨리 나를 다스려 주시오." 하더라.

성수패설

어찌 나를 때려죽이지 않는가 (何不打殺吾)
파자(破字) 점을 잘 보다 (善破字占)
축축한 곳을 굳게 가려라 (濕戶緊藏)
여인이 말하기를, "들어왔습니다" (女曰入矣)
우리의 서로 만남은 어찌 늦은가 (何晚相見)
한 잔에 크게 취하다 (一杯大醉)
남의 물건을 잘 전당잡지 (他物善典)
겉은 어리석어도 속은 음흉하다 (外愚內凶)
시어미가 며느리를 꾸짖다 (嫁母誚婦)
의심되는 곳에 쪽지를 붙이다 (疑處付籤)
여우가 송사를 없었던 것으로 하다 (狐使無訟)
진짜와 가짜를 분별하기 어렵네 (眞假難分)
하늘로 오르고 땅속으로 들어가다 (昇天入地)
두 노인이 욕을 당하다 (兩老逢辱)
강아지가 인사를 가르치네 (狗兒敎人事)
큰 허풍장이가 서로 만나다 (大風相逢)

《성수패설(醒睡稗說)》
편찬자 및 연대 미상의 한문야담집으로 80여 편이 수록되어 있다. 서문이나 발문, 편자의 설명이
전혀 없으며 각 편마다 제목이 붙여져 있다. 비슷한 시기에 나온 〈교수잡사(攪睡襍史)〉와 함께 양
반·관료의 횡포와 어리석음을 꼬집어낸 이야기가 많으며, 단편적 소화(笑話)뿐만 아니라 일반 민
담(民譚)도 상당수 포함되어 있다.

어찌 나를 때려죽이지 않는가

🏵 何不打殺吾

첩(妾) : 정식 아내 외에 데리고 사는 여자.

파자(破字) : 한자(漢字)의 자획(字畵)을 풀어 나누는 것으로 길흉을 점친다.

태조대왕 : 이성계를 말함.

극길(極吉) : 극히 좋음.

어떤 사람이 처(妻)와 첩(妾)을 두고 한 집에 지냈는데 날마다 처와 첩이 싸우기만 하였다.

하루는 남편이 출타했다 돌아오니 또 싸우기에 남편이 처와 첩을 꾸짖으면서,

"너희 두 사람은 어째서 날마다 싸움만 하고 집안을 이렇게 어지럽게 하느냐! 이러한 첩은 때려 죽여야 하겠다."

라고 하면서 첩의 머리채를 움켜잡고는 건넌방으로 들어갔는데, 아무런 소식이 없어 괴상하게 생각한 본처가 문틈으로 엿보니 바야흐로 흐벅지게 방사(房事)를 하느라 한창이었다.

이에 화가 난 본처가 남편에게 말하기를,

"이렇게 때려죽일 양이면 어찌 나를 때려죽이지 않는가?" 하더라.

파자(破字) 점을 잘 보다

🏵 善破字占

어떤 사람이 파자(破字)를 잘 하기로 유명했는데, 태조대왕이 왕위에 오르기 전에 그 사람을 방문하여 '문(問)' 자를 잡으며

"어떻습니까?

물으니

"극길(極吉)입니다."

좌군우군(左君右君) : 왼쪽
도 임금(君) 오른쪽도 임
금(君).

극흉(極凶) : 극히 흉함.

상중(上中) : 중(中)은 과녁
을 맞히는 것으로 합격을
말함.

백패(白牌) : 小科에 급제
한 생원이나 진사에게 주
는 흰 종이증서.

홍패(紅牌) : 文科會試 합
격시 주는 붉은 종이증서.

하니,

"어찌하여 극길 인가?"

물으니,

"좌군우군(左君右君)이니 어찌 임금이 되지 않으리오.

하니, 그 후에 과연 보위에 오르더라.

다른 한 사람이 또 '문(問)' 자를 잡으며

"어떻습니까?"

물으니,

"극흉(極凶)이요"

하니,

"어찌 극흉입니까?"

하니

"문(門)에 입(口)을 매달았으니 걸인이 어찌 아니겠소?"

하더라. 그 후 그 사람은 과연 비렁뱅이가 되더라.

한 사람이 과거보러 가는 길에 관(串)자를 집으면서 묻기를,

"어떠합니까?"

하니, 그가 말하기를,

"대길(大吉)입니다"

하기에, 그 사람은 묻기를,

"어찌 대길입니까?"

하니, 그는

"상중(上中), 하중(下中)이니 양과에 합격하는 것이 아니고 무
엇이리오!"

라 했다. 그 사람은 1년 이내에 백패(白牌)와 홍패(紅牌)를 취

194

득했다고 한다.

또 한 사람이 또 관(串)자를 집으며 묻기를,
"어떻습니까?"
하니, 그는 말하기를,
"대흉(大凶)입니다."
하기에, 그 사람이 말하기를
"어째서 대흉입니까?"
하니, 그가 하는 말이
"관(串)자에 마음(心)을 두고 있으니 환(患)이 아니고 무엇이겠
습니까? 과거보러 가지 말고 빨리 집으로 가시오."
하기에 집에 가본즉 과연 집안에 우환이 가득하더라.

대흉(大凶) : 크게 흉함.

노옹(老翁) : 늙은이, 노인
네, 영감.

유숙(留宿) : 남의 집에서
묵음.

축축한 곳을 굳게 가려라
🌸 濕戶緊蔽

어떤 사람이 산골짜기 오솔길에 들어서니 날이 이미 저물었다.
주막이 아직 멀리 있는지라 오도 가도 못해서, 어떤 집에 들어가
서 주인을 부르니, 노옹(老翁)이 나오기에 그 노옹에게 말하기를,
"나는 서울에 살고 있는 사람으로 모처에 가는데, 날이 이렇게
저물고 주막은 아직 멀어 앞으로 더 나아갈 수도 없으니, 하룻밤
잠자리를 빌리면 어떻겠소?"하였다.

그 노옹이 하는 말,
"내 집에는 단지 안방뿐이고 객실이 없으니 유숙(留宿)할 수가

없습니다."했다.

　길손이 가로대,

　"산골은 심히 험하고 시랑(豺狼)이 도처에 있는데 날이 또한
저물었는지라, 만약 군이 거절하시면, 바로 물에 빠진 것을 보고
건져주지 않는 것과 같은 것이오. 날씨가 심하게 추운 것은 아니
니 토방이라도 무방합니다."

　라 하니, 노옹은 부득이 길손을 방으로 들였다.

　길손이 말하기를,

　"저녁밥을 혹시 얻어먹을 수 없겠소?"

　하니, 영감이 가로대,

　"밥이야 무슨 어려움이 있겠소."

　하고 즉시 밥상을 차려서 내왔다.

　저녁 식후에 주인집의 식구들을 본즉, 노옹과 노파가 있고, 젊
은 며느리와 처녀가 있었다.

　길손이 묻기를,

　"영감님의 자녀는 몇 명쯤이오?"

　하니, 말하기를,

　"아들과 딸이 있으며, 아들은 장가를 들였으나, 딸은 아직 시
집보내지 못했다오."

　또 길손이 묻기를,

　"아드님은 어째서 집에 없으시오?"

　하니, 주인 영감이 말하기를,

　"일전에 출타하여, 아직 돌아오지 않았을 뿐이오." 한다.

　식사를 마친 후, 주인 영감은 돗자리로 방 가운데를 드리워 가

로 막고서, 길손에게 말하기를,

"초저녁이라 비록 춥지 않으나 밤이 깊으면 반드시 추울 것이니 자리 밖으로 들어오시지요."

하니, 길손은 말하기를,

"대단히 감사합니다."

라 하고, 즉시 그 돗자리 바깥에 들어가 누웠다.

그날 밤 달이 있어 방안이 희미하게 밝은지라, 돗자리 사이로 방안의 동정을 보니, 영감은 아랫목에 눕고, 그 다음은 노파가 눕고, 그 다음은 며느리가 눕고, 그 다음에 처녀가 누웠는데, 길손이 누운 곳과는 자리 하나 사이였다.

길손이 돗자리 사이로 잇달아 동정을 엿보니 늙은이는 아랫목에 있으면서 종종 머리를 들고 건너다보거늘, 길손은 마음속으로 말하기를,

"반드시 나를 의심하는 까닭이겠구나."라 생각했다.

밤이 깊어지자, 영감이 코를 골며 잠이 들었기에, 길손은 손을 넣어 처녀를 쓰다듬은즉 그녀 역시 희롱을 기다리는지라, 즉각 돗자리를 들치고 들어가서 처녀와 교합(交合)하려는 참에 영감이 언뜻 놀라 머리를 들고 이쪽을 보니, 길손이 자기 딸과 더불어 교합하여 바야흐로 그 일을 벌이고 있었다. 영감은 고성(高聲)을 질러 길손을 쫓아버리고 싶었으나 며느리가 그것을 알까 걱정이 되어, 조용히 빨리 끝나기를 기다리고 있었는데, 그 길손은 오래도록 힘차게 하고, 딸년은 방탕한 정(情)을 이기지 못하여, 아프다는 소리를 내면서 사지가 요동치고 추잡한 소리가 낭자하며, 버선에선 먼지가 나고 넋이 나간 모양이고, 비녀가 베개에

떨어지고, 머리채도 풀어헤쳐졌다.

곁에 있는 며느리는 건장한 작동을 공경하고 부러워하며, 음탕
한 성욕을 참지 못하고 있는데, 처녀와의 일이 끝난 후 나그네는
며느리를 은근히 끌어당겼다. 그 길손은 그 자리에서 며느리와
교합을 하기 시작하거늘, 영감은 몹시 해연(駭然)하여, 살며시
자기 처를 흔들었다. 처는 그 까닭을 모르기 때문에, 자못 무슨
생각이 있는 줄 알고 은근히 귀를 기울이자, 영감은 마누라의 귀
에 가까이 낮은 소리로 말하기를,

"저 길손이 차례차례로 그 짓을 하니, 할미의 습호(濕戶)를 손
으로 굳게 가리시오."하더라.

여인이 말하기를, "들어왔습니다."
🏵 女曰入矣

늙고 늙은 노 재상이 귀먹고 눈이 어두웠는데, 여름밤 달 밝을
때 밤은 깊어가고 잠은 오지 않는지라, 대나무 지팡이를 끌고,
집 둘레를 돌다가 안채의 뒤편에 이른즉, 한 계집 아이 종이 대
나무살로 만든 평상을 펴고, 알몸으로 곤히 자고 있는지라. 가만
히 그녀의 아래 문을 보니 일색인지라, 색욕이 불같이 일어나 당
장에 다리를 들고 그의 신(腎)을 넣어 보았으나, 그 계집은 경험
이 없는 숫처녀이며, 남근 또한 힘이 없었는지라 그것이 어찌 잘
들어 갈 수 있었겠는가?

음경(陰莖)은 대나무 평상의 살 아래로 늘어지자 이빨도 생기
지 않은 강아지가 마침 그 밑에 있다가 제 어미의 젖인 줄 잘못

198

알고 곧바로 빠니, 노재상은 크게 기분이 좋았으나 그 계집종은 전혀 몰랐다.

그 계집종은 손부(孫婦)의 교전비(轎前婢)였는데, 이튿날 그 계집종을 보니 흠모하는 마음이 그치지 않고, 연연(戀戀)한 생각이 잊히지 않아, 그녀를 생각하는 기색이 밖으로 나타남이 매일 이와 같으니, 그것은 소위 짝사랑으로 혼자 즐기는 것이니라.

집안의 안팎 사람들이 상의해서 하는 말,

"아버님이 매번 아무개 계집종을 보시고, 좋아하고 연모하시는 것 같으니 그 계집종으로 하여금 하룻밤 수청(守廳)들게 하여 연연하시는 정을 위로해 드리는 것이 효도에 부합하는 길이라 감히 생각됩니다."

라 하고, 여러 사람의 뜻을 모아 그 계집종에게 분부하여 말하기를,

"너는 오늘 저녁 모름지기 대감을 모시고 수청 들어야 하느니라."

라 하고, 온 몸을 깨끗이 씻겨 방에 들여보낸 후, 아들과 손자는 그가 늙고 혼미한 것을 염려하여, 문밖에 나란히 서서 방안의 동정을 가만히 살폈다.

늙은 대감이 그 계집에게 물어 말하기로,

"들어갔느냐?"

하니, 계집종이 하는 말,

"들어가지 않았나이다."

또 묻기를,

손부(孫婦) : 손자며느리 (손자의 아내).

교전비(轎前婢) : 혼인 때에 신부가 데리고 가던 여자 종. 일반 서민층에는 별로 없었고 귀족이나 부유층에만 있었다.

연연(戀戀) : ①집착(執着)하여 미련을 둠 ②그리워서 애태움.

수청(守廳) : 아녀자나 기생이 높은 벼슬아치에게 몸을 바쳐 시중들던 일.

"들어갔느냐?"

하니, 답하기를,

"들어가지 않았나이다."

이와 같은 것이 되풀이되면서 시간이 흐르는지라, 아들과 손자
는 대감의 그 신고(辛苦)를 더욱 민망히 여겨, 낮은 목소리로 그
종년에게 분부하기를,

"들어간 양 여쭈어라."라 했다.

늙은이가 또 물었다.

"들어갔느냐?"

계집종이

"들어갔나이다."

하니, 그 늙은 재상은

"좋구나. 좋다!" 하더라.

우리의 서로 만남은 어찌 늦은가
✿ 何晚相見

이웃 마을에 사는 상놈의 처(妻)가, 나이 겨우 스무 살 쯤 이었
는데 자못 자색이 있었는데, 매일 물을 길으러 양반집 사랑채 앞
을 왕래했다. 그 주인이 몰래 그 여자에게 음심(淫心)을 품었으
나, 그때마다 사람의 이목이 많아서 틈을 탈 수 없었다.

하루는 그 여자가 물 항아리를 이고 오는데 마침 조용하므로,
맨발로 마당에 내려가서 그 여자의 두 귀를 잡고 입을 맞춘 즉,

그 여자가 큰 소리를 지르며 발악을 했다.

그녀의 시어미가 나와서 꾸짖어 욕을 하고, 그 남편도 또한 나와서 꾸짖고 욕을 하니, 그 양반은 이미 지은 죄가 있는지라 듣고서도 못들은 척하고 몸을 숨겨 그들을 피하고, 유구무언(有口無言)인지라.

그녀의 남편은 득의양양하여 관가에 고소를 하니, 관가에서 그 양반과 그 상놈을 잡아들여서 대좌(對坐)시켜놓고 묻기를

"너는 비록 양반이기는 하나, 남편이 있는 여자에게 거리낌 없이 입을 맞추었으니, 이것이 어찌 양반의 도리인가?"

하니, 그 양반의 하는 말,

"백성의 입을 맞춘 것은 죄를 마땅히 감수하겠으나, 저 놈의 모자(母子)가 양반을 한없이 모욕(侮辱)하여 이웃 마을사람이 모두 알고 있으니 그 죄를 어찌 다스리지 않으십니까?"

원님이 말하기를

"법전(法典)이 있으니, 마땅히 법에 따라 시행할 것이다."

형리(刑吏)에게 분부하기를,

"대전통편(大典通編)을 가져오너라!"

대전통편을 내오니, 형리에게 물어 가로대,

"양반이 상놈의 처와 귀를 당겨 입맞춤을 했다면 그 죄가 어떠하냐?"

하니, 형리 하는 말,

"그런 것에 대한 율문(律文=법조문)은 없습니다."

라 하니, 원님이 말하기를,

"그렇다면 상놈이 양반을 모욕했다면 그 죄는 어떠하냐?"

유구무언(有口無言) : 입이 있어도 말을 못함. 즉 변명할 말이 없거나 변명을 못함을 이르는 말.

대좌(對坐) : 상대방을 마주 보며 앉음.

형리(刑吏) : 지방 관아(官衙)의 형방아전(刑房衙前).

대전통편(大典通編) : 조선 시대에, 김치인이 왕명에 따라 편찬한 책. 《경국대전》, 《대전속록》, 《대전후속록》, 《수교집록》, 《속대전》을 한데 모은 것이다. 6권 5책.

형문(刑問) : 형장(刑杖)으
로 죄인의 정강이를 때리
던 형벌.

정배(定配) : 죄인을 지방
이나 섬으로 보내 정해진
기간 동안 그 지역 내에서
감시를 받으며 생활하게
하던 형벌.(=귀양)

방면(放免) : 붙잡아 가두
어 두었던 사람을 놓아줌.

복망(伏望) : 엎드려 바란
다는 뜻으로, 웃어른께 삼
가 바람의 뜻.

수치(羞恥) : 부끄러워하는
느낌이나 마음.(=부끄러
움)

형리가 말하기를,

"형문(刑問) 세 차례와 먼 곳으로 정배(定配)를 보냅니다."라
했다.

원님이 하는 말,

"입 맞춘 죄는 법에 없으니 양반은 방면(放免)하고, 양반을 모
욕한 죄는 법에 있으니 그 상놈에게 우선 형문을 한 차례하고 잡
아 가두어라!"

양반이 집에 돌아오니, 그 상놈의 어미가 간절히 빌면서 하는 말,

"무식한 놈이 양반의 두려운 존엄을 알지 못하고 이와 같은 죄
를 지었으니, 너그럽게 용서해주시기를 복망(伏望)합니다. 귀양
살이 가는 것을 면해주시면 천만번 고맙겠습니다."

양반 하는 말

"너희 모자는 원래부터 무엄(無嚴)하여 양반의 소중함을 알지
못하고 있다. 그런 놈은 그대로 두어서는 안 되니, 마땅히 법을
알아야 하느니라. 다시 더 말하지 말고 물러가거라!"

시어머니가 집으로 돌아와 며느리에게 하는 말,

"내가 비록 온갖 방법을 다해서 애걸했으나, 끝내 들어주지 않
으니 반드시 정배를 가게 되고 말 것이다. 이를 장차 어떻게 하
지? 네가 제발 가서 잘 빌어 보아라."

며느리가 수치(羞恥)를 무릅쓰고 대청 아래에서 애걸하기를

"소녀의 지아비는 본시 술을 마시지 못하는데, 우연히 술 한
잔에 크게 취하여, 취중(醉中)에 미친 말을 하고 허튼 소리를 했
을 뿐이며, 양반을 모욕한 것이 아니오니, 관대히 용서해주시기
를 엎드려 비나이다."

양반 하는 말,

"너는 뻔뻔스럽게 대청 아래에서 애걸하고 있는데 내가 용서할 수 있겠는가? 방에 들어와서 간곡하게 애걸해도 끝내 어떻게 될지 알 수 없는데, 하물며 대청 아래서 빌다니!"

그녀가 부끄러움을 무릅쓰고 부득이 방으로 들어가니, 그 양반이 손을 끌어당기며 곁에 앉더니 그녀의 머리를 끌어안고 입을 맞추면서 하는 말,

"네가 와서 이렇게 애걸하는 것이 이처럼 간절하고 측은하니, 내가 마땅히 너그럽게 용서하겠다."

하고는, 즉석에서 즐거움을 함께하니, 여자는 싫어하는 기색이 조금도 없었으며, 곧이어 그녀가 하는 말,

"어찌 서로의 만남이 이리도 늦었단 말이요?"

하고 나서 매우 흡족해 하며 돌아가거늘, 그 양반은 관가에 들어와서 원님을 배알하여 말하기를,

"그 놈의 죄는 형문 한 차례로 그 죄를 충분히 징계했으니 석방해주시기를 엎드려 바랍니다."

원님이 가로대,

"이제야 그 일이 성사된 것을 알 수 있겠군."

하고 말하니, 양반이 웃음을 머금었고, 그 상놈은 즉시 석방되더라.

한 잔에 크게 취하다
❀ 一杯大醉

한 상놈이 부부(夫婦)만 살고 있었는데, 매번 바깥에 나갔다 돌아오면, 남이 있건 없건 따질 것 없이, 즉시 자기 아내를 데리고 곁방에 들어가서 그 일을 한판 하였다.

아내는 남이 있을 때가 민망하여 남편에게 말하기를,
"만약에 다른 사람이 있을 때는, 나에게 '한잔 마시자.'라고 말할 것 같으면 나는 마땅히 곁방으로 들어갈 것이오. 당신이 역시 뒤따라 들어오면 다른 사람은 술을 마시는 줄만 알지, 어찌 그 일을 할 것으로 알리요!"
하니, 남편이 하는 말
"그 말이 좋구려."
하여 마침내 이후부터 '한잔 마시자'라는 말로 약속이 되었다.

하루는 아내의 아비가 마침 왔는데, 그 남편이 바깥에서 들어와서 몇 마디 날씨에 관한 인사말을 하고난 후,

자기 처에게 하는 말
"한 잔 마실까?"
하니, 아내는 즉각 곁방으로 들어가고 남편도 뒤따라 들어가더니 한참 뒤에 나오는데, 남편과 아내의 얼굴이 모두 홍조(紅潮)를 띄고 있었다.

처의 아비가 집에 돌아와서 노하여, 자기 부인에게 말하기를,

"딸년은 오히려 남만 같지 못하구려. 지금부터 할망구는 가지 마시오." 했다.

딸의 친정집 어머니가 하는 말,

"무슨 까닭으로 이러시오?"

하니, 영감이 하는 말,

"내가 술을 좋아한다는 것을 딸년도 오랫동안 잘 알고 있을 것인데, 그들의 곁방에 술을 담가 놓고 지들 내외만 마시고 한잔도 권하지 않으니, 세상 천지에 이와 같이 몰인정(沒人情)한 딸년이 어디 있단 말이오? 그년의 집에 절대 가지 마시오. 내가 만약 그년의 집에 간 사실을 알기만 하면, 반드시 좋지 못한 광경이 벌어질 것이오."

그 아내가 이 말을 듣고, 늙은 영감이 없는 틈을 타서 딸자식에게 가 보고 하는 말,

"네 아버지가 크게 노하고 노하셨단다."

하니, 딸이 하는 말,

"무엇 때문에 크게 노하셨소?"

그 어미가 하는 말,

"어느 날 네 아버지가 왔을 때 너희 내외가 곁방에 들어가서 너희들끼리만 술을 마시고, 한잔도 권하지 않았던 일로 크게 노하셨다."고 했다.

딸이 말하기를,

"아버님이 미처 통촉(洞燭)하지 못하셨네요. 본래의 일은 여차여차(如此如此)하며, 사실은 술이 없었어요. 만약 술이 있었다면 아버님께 올려서 대접하지 않는 일이 있겠습니까? 이 일을 아버님께 잘 말씀드려서 노여움을 풀어 주시는 것이 어떻겠습니까?"

통촉(洞燭) : 윗사람이 아랫사람의 사정이나 형편 따위를 깊이 헤아려 살핌.

여차여차(如此如此) : '여차여차하다'의 어근. 여차여차하다 [형용사] =이러이러하다.

했다.

그 어미가 집에 돌아와서 영감에게 하는 말,

"오늘 딸자식 집에 갔다 왔소."

하니, 영감이 먼저 화부터 내며 하는 말,

"내가 딸년의 집에 가지 말라고 누누이 말했었는데 어째서 간
것이오?"했다.

할망구가 하는 말,

"노여움을 가라앉히고 내 말을 들어보세요. 본래의 일은 여차
여차하며, 사실은 술이 없었대요. 만약 술이 있었다면 어찌 아버
지에게 대접하지 않을 리가 있었겠습니까?"

라 하니, 영감이 하는 말,

"본래의 일이 그와 같다는 것을 나는 미처 알지 못했군. 그 방
법이 아주 기묘하니 나도 역시 한잔 마실까!"

하니, 할망구가 하는 말,

"좋소."

라 하며 한잔 한 후, 할망구가

"한잔 더 함이 어떻소?"

하니, 영감이 하는 말,

"늙은이는 한잔으로 크게 취한다."고 하더라.

남의 물건을 잘 전당잡지

☸ 他物善典

한 상놈의 아내가 베를 짜는데 일장지간(一場之間)에 매번 베

한 필을 짜서 남편을 시켜 팔아오게 했는데, 그 남편은 번번이 술을 모두 마시고 돈을 가져오지 않았다. 그래서 그의 아내가 매일 이러한 일로 항상 남편을 책망하고 있었다.

신(腎) : 남자의 철(凸)을 뜻함.

그 후 또 베 한 필을 짜서 남편에게 주면서 말하기를,
"오늘은 술을 마시지 말고 잘 팔아서 오시오. 번번이 이와 같다면 무엇으로 생활한단 말이요? 삼가 술을 마시지 마시오."
라 하니, 그 남편은 베를 가지고 시장에 가서 베는 잘 팔고, 술은 외상으로 마신 후에 돈은 허리춤에 차고, 노끈으로 신(腎)을 뒤로 돌려 묶은 채 집으로 돌아왔다. 그 자는 비록 술은 크게 취하지 않았지만 거짓으로 크게 취한 척 헛침을 뱉고 비틀거리며 들어왔다.

그의 아내가 보고 책망하여 말하기를,
"오늘 또 취해서 돌아왔으니, 반드시 베 팔은 돈으로 모두 술을 마시고 남긴 것이 없겠군."
하니, 그 남편이 이내 허리춤에서 베 팔은 돈을 꺼내면서 큰소리로 하는 말, "어떤 놈이 베를 팔은 돈으로 술을 마셨단 말이요? 베 팔은 돈을 꼭꼭 묶어가지고 왔단 말이요." 그의 처가 하는 말,
"그렇다면 무슨 돈으로 이렇게 대취를 했소."
그 남편이 말하기를,
"술을 보니 욕심이 생겼으나 돈을 쓰기가 어렵기에 신(腎)을 뽑아서 전당을 잡히고 술을 마셨을 따름이오."라 했다.
아내가 하는 말,
"이게 무슨 말이요? 그것을 빨리 꺼내어 보여주시오."

그을음 : 어떤 물질이 불
에 탈 때에 연기에 섞여
나오는 먼지 모양의 검은
가루.

한즉, 이내 바지를 벗고 그것을 보여주니 과연 신(腎)이 없는지라.

아내가 크게 놀라 하는 말,

"이것은 어찌된 변고인고? 그렇다면 얼마쯤으로 전당 잡혔소?"

남편 하는 말,

"두 냥이외다."

하니, 마누라 하는 말,

"이 두 냥으로 빨리빨리 가서 찾아오시오."했다.

그 남편은 두 냥을 받아 술집에 가서 외상값을 갚고 몇 잔술을 더 마신 후, 관솔 그을음을 신(腎)에 칠하고 집으로 돌아왔다.

아내가 급하게 물어 가로대,

"찾아 왔지요?"

하니, 남편이 하는 말,

"찾아오기는 왔으나 술집 여자가 부지깽이로 써서 검게 그을렸다오." 라고 했다.

아내 하는 말,

"빨리빨리 보여 주시요."

하기에 그것을 보여준즉 과연 검은지라.

마누라가 치마폭으로 그것을 씻으며 하는 말,

"이것이 어찌 이 모양일꼬? 남의 물건을 저당 잡았으면 잘 간수해 두었다가 돌려주는 것이 옳거니, 이것이 무슨 꼴인고!"하더라.

겉은 어리석어도 속은 음흉하다
🌸 外愚內凶

생원(生員) : ①소과(小科), 종장(終場)의 경의(經義) 시험(試驗)에 합격(合格)한 사람. ②나이 많은 선비를 대접(待接)하는 뜻으로, 그 성(姓) 밑에 붙이어 부르던 말.

한 생원(生員)이 서울에 올라갈 일이 있어서, 안장을 갖춘 말을 타고 노복(奴僕=종놈)을 시켜 그 말을 몰게 하고 노복에게 말했다.

"서울 안의 인심은 맹랑한 일이 많아서, 눈을 감으면 당장에 코를 베어가니 조심하거라."

서울에 들어와서 숙소에 가는 중도에 친하게 알고 지내는 사람이 있는지라 그 집에 들어가면서, 노복에게 문밖에 있으라 했다.

그 노복은 즉시 말안장을 시장에 팔고 돈은 깊숙이 감추고 나서, 말고삐를 잡고 양손을 팔짱 끼고, 옷소매 사이에 머리를 파묻고 앉아 있었다.

생원이 나와 본즉 말에는 안장이 없고 노복은 옷소매 속에 머리를 묻고 앉아 있는 고로, 소리 질러 말하기를,

"말안장은 어디에 두고 어찌하여 머리는 파묻고 앉아 있느냐?"

하니, 그 노복은 머리를 들지도 않은 채 대답하기를,

"만약 머리를 들면 남의 코를 베이려고 그러느냐? 나는 이미 그 말을 들었으니 누가 나를 속일 수 있겠는가?"

하니, 생원이 하는 말,

"나다!"

하니 그 노복은 머리를 들었다.

신신부탁(申申付託) : 거듭
하여 간곡히 하는 부탁.

방심(放心) : 안심(安心)하
여 주의(注意)를 하지 않
음.

난만(爛漫) : 꽃다운 것이
많이 흩어져 있어 눈을 자
극(刺戟)함이 강(强)함.

희학(戱謔) : 실없는 말로
농지거리를 함. 또는 그
농지거리.

생원이 물어 가로대,

"말안장은 어디에 두었는고?"

하니, 노복이 이에 놀라서 하는 말,

"코를 잃고 싶지 않아 단지 머리를 파묻어 코를 감추었을 따름
이라, 말안장이 간 곳을 모르겠습니다."라 한다.

생원이 말하기를,

"서울 바닥의 인심이 그러한 까닭으로 내가 신신부탁(申申付
託)을 하지 않았더냐?"

라고 한즉, 노복은 말하기를,

"코 베이는 것만 조심하라는 분부뿐이었지, 이와 같은 일은 분부
가 없었으므로 이렇게 방심(放心)을 했을 뿐입니다."라고 하더라.

시어미가 며느리를 꾸짖다
嫁母誚婦

며느리가 건넛집 김 총각과 희롱(戱弄)의 꽃을 피우는 장면을
시어미에게 들켰다.

시어미가 며느리를 꾸짖어 하는 말,

"너는 무슨 일로 김 총각과 난만(爛漫)하고 희학(戱謔)한 짓을
하였는고? 마땅히 네 남편에게 말하여 죄를 받게 할 것이다."했
다.

끝까지 그녀의 남편에게 말하지는 않으면서 나날이 꾸짖기만
해 그 고통을 견디기 어려웠다. 하루는 시어미가 또 꾸짖고 출타

를 하거늘, 며느리가 얼굴에 수심(愁心)이 가득한 채 혼자 집에 있을 즈음에, 이웃 마을의 노파(老婆=할미)가 와서 수심어린 얼굴을 보고 물어 말하기를,

"너는 어떤 일로 이와 같이 우수(憂愁)에 잠겼느냐?"

며느리가 말하기를,

"제가 어느 날, 김 총각과 서로 말을 주고받았는데, 시어머니가 그 모습을 보고 날마다 그것을 꾸짖고 있어 그 고통을 감당하기 어려운 까닭으로 그것을 걱정하고 있습니다."

노파 하는 말,

"너의 시어미가 무슨 빈빈(彬彬)한 일이 있다고 너를 꾸짖을 수 있단 말인가? 그녀의 소시적(少時的=젊었을 때)에 고개 너머 김 풍헌(風憲)과 밤낮으로 서로 미쳤다가, 간통의 상황이 탄로(綻露)나자, 큰 북을 짊어지고 마을을 세 곳이나 돌았는데 이것을 생각하면 어찌 남의 일을 책망할 수 있으리오? 만약에 다시 꾸짖거든 이 사실을 말하라"하니, 며느리는 듣고 크게 기뻐하였다.

그 이튿날 아침에 또 꾸짖으니, 며느리가 말하기를,

"어머님은 무슨 아름다운 일이 있었기에 이렇게 오랫동안 사람을 꾸짖습니까?"

하니, 시어미하는 말,

"내가 무슨 아름다운 일이 있었다는 것이냐?"

하기에, 며느리가 말하기를,

"김 풍헌과 함께 주야로 서로 미쳤다가 큰 북을 짊어지고 세 동네를 돌았던 일, 그것을 생각해 보시지요." 했다.

시어미 말하기를,

"이 일을 누가 너에게 말하더냐? 남의 일에 공연히 말을 보태

수심(愁心) : 매우 근심함. 또는 그런 마음.

우수(憂愁) : 근심과 걱정을 아울러 이르는 말.

빈빈(彬彬) : 문채와 바탕이 잘 갖추어져 훌륭함. 즉, 아름다움.

풍헌(風憲) : 조선 시대에, 유향소(留鄉所)에서 면(面)이나 이(里)의 일을 맡아보던 사람. [유향소(留鄉所)-고려·조선 시대에, 지방의 수령을 보좌하던 자문 기관. 풍속을 바로잡고 향리를 감찰하며, 민의를 대변하였다.]

탄로(綻露) : 숨긴 일을 드러냄.

누룩(麴) : 술을 빚는 데
쓰는 발효제. 밀이나 찐
콩 따위를 굵게 갈아 반죽
하여 덩이를 만들어 띄워
서 누룩곰팡이를 번식시
켜 만든다. 여기서는 '작
다'는 의미로 사용한 듯.

관주(貫珠) : 글이나 시문
(詩文)을 하나하나 따져
보면서 잘된 곳에 치던 동
그라미.

비점(批點) : 시가나 문장
따위를 비평하여 아주 잘
된 곳에 찍는 둥근 점.

부첨(付籤) : 종이쪽지 따
위를 붙임.

인사불성(人事不省) : ①제
몸에 벌어지는 일을 모를
만큼 정신을 잃은 상태.
② 사람으로서의 예절을
차릴 줄 모름.

신두(腎頭) : 남자 성기인
귀두(龜頭)를 완곡하게 이
르는 말.

었다. 누가 큰 북을 메었던가? 누룩과 같은 작은 북이요, 누가 세
동리를 돌았다고 했던가? 두 동리 반만 돌고 그쳤을 뿐이다."고
하더라.

의심되는 곳에 쪽지를 붙이다
✿ 疑處付籤

한 선비가 사랑방에 홀로 거처하며 독서로 시간을 보내었다.
어느 날 선비가 출타한 사이에 부인이 사랑방에 들어가 책을 들
여다보니, 붉은 먹으로 관주(貫珠)나 비점(批點) 또는 줄을 그은
것 등이 즐비하고, 혹은 쪽지가 붙은 곳도 있었다.

이를 궁금히 여긴 아내가 남편이 돌아온 후에 물어보니,
"문장이 아름다운 곳에는 줄을 치고, 그 버금간 곳에는 점을
찍었다오. 그보다 아름답지 못한 곳에는 작대기를 그었고. 의문
이 간 곳에는 부첨(付籤) 한 것이오."
하고 설명하였다.

하루는 남편이 술에 취해 돌아와 의복을 모두 벗고 벌거숭이로
취해 자는데 인사불성(人事不省)이라. 부인이 사랑방에 나가보
니, 남편의 물건이 꼿꼿이 서있는데 크기가 마음에 들었다.
그녀는 곧 신두(腎頭)에다 관주를 하고, 불알에는 비점을 하고, 음
모(陰毛) 주변에는 작대기를 긋고, 코에는 부첨을 하고 돌아 왔다.

남편이 잠시 있다가 깨어보니, 온 몸이 그와 같은지라. 영문을

212

몰라 아내를 찾아 아내에게 이야기를 하기를,

"아까 취해서 자는데, 누군가 온 몸을 희롱하였으니 괴상한 일이오."

하니, 부인이 말하기를

"내가 그리 했답니다."하였다.

남편이 가로대,

"무슨 까닭이오?"

하니, 부인이 답하기를,

"당신의 양물은 커서 좋기에 관주를 하였고, 불알이야 무방한 물건인지라 비점을 했으며, 음모는 요긴한 것이 아니라 작대기를 그었다오. 그리고 속설(俗說)에 '코가 큰 자는 그것도 크다' 하였는데, 당신의 코는 작아도 양물이 크니 의문이 들어 부첨을 하였을 따름입니다." 하더라.

여우가 송사를 없었던 것으로 하다
🦊 狐使無訟

태고(太古) 시절에는, 초목(草木)과 금수(禽獸)가 능히 언어를 통하였었다. 어떤 사람이 한 곳을 지나가는데, 호랑이가 함정에 빠져서, 사람을 보고서 불러 말하기를,

"나를 살려 주시오."

하기에, 사람이 말하기를,

"만약 너를 살려주면, 반드시 나와서 나를 죽일 테니 살려 줄 수 없다."하였다.

호랑이가 말하기를,

"살려 준 은덕(恩德)이 있는데, 어찌 잡아먹을 리가 있겠소? 염려 마시오."

하니, 사람이 말하기를,

"네 말이 그와 같으니, 마땅히 살려 주겠다."

하고, 곧 함정(陷穽)을 드니, 호랑이가 나와서 말하기를,

"내가 여러 날 함정 속에 있다 보니, 배고픔이 몹시 심하여, 부득불 잡아먹어야 하겠다."

하니, 사람이 말하기를,

"너는 인의(仁義)가 없는 말을 하는구나, 일구이언(一口二言)을 하니 어찌 하는가?"

한즉, 호랑이가 말하기를,

"이는 본심(本心)이 아니고, 사정(事情)이 부득이(不得已)하다."

하니, 사람이 말하기를,

"그렇다면 어찌 원통하고 억울하지 않은가? 송사(訟事)를 해서 만약 패소(敗訴)하면, 마음대로 하라."

하니, 호랑이가 말하기를,

"그렇게 하자."

하여, 곧 큰 소나무 앞에서 송사를 하니, 소나무가 말하기를,

"잡아먹어라. 사람은 사물에 있어서, 해로움이 극심하다. 우리들은 궁벽(窮僻)한 곳에 피해 있어서, 조금도 사람에게 관계가 없으나, 사람들이 도끼나 톱으로 찍고 쪼개서, 집을 만들거나 관을 만드니, 일이 매우 원통하고 원망스럽다. 잡아먹어라."

하거늘, 호랑이가 말하기를,

"너는 이미 패소하였으니, 마땅히 잡아먹겠다."

하니, 사람이 말하기를,

"한 차례 송사를 더함이 어떻겠느냐?"

하니, 호랑이가 말하기를,

"좋다."

하거늘, 또 커다란 바위에게 송사를 한즉, 바위가 말하기를,

"잡아먹어라. 우리들은 산골짜기에 놓여 있어, 별로 사람에게 해로움이 없으나, 사람들은 망치와 정으로 깨뜨리고 부셔서, 주춧돌을 만들고 벽돌을 만드니, 사람들의 불량함이 어찌 이리도 극(極)에 이르는고? 그것을 생각하면 모골(毛骨)이 송연하고, 간담(肝膽)이 함께 찢어지니, 어찌 한심(寒心)치 아니한가. 잡아먹어라."

하니, 호랑이가 말하기를,

"거듭 패소했으니, 이제 어찌 다시 말할 실마리가 있는가?"

하거늘, 사람이 생각하고 또 생각했으나, 가히 살 수 있는 길이 없는데, 마침 여우 한 마리가 그 앞을 뛰어 지나가기에, 사람이 말하기를,

"저 여우에게 한 번 더 송사함이 어떠한가?"

하니, 호랑이가 말하기를,

"좋다." 하였다.

즉시 여우에게 송사를 하니, 여우가 말하기를,

"무릇 송사라는 것은, 한 쪽의 말로는 믿음을 준거(準據)하기 어려우니, 그 당초의 상황을 본 연후에 판결할 수 있겠소." 하였다.

사람과 호랑이가 모두,

"좋소."

하니, 여우가 사람으로 하여금 그 함정을 들게 하고, 호랑이로 하여금 그 속으로 들어가게 하니, 과연 그 속으로 들어가니, 여우가 말하기를,

극(極) : 어떤 정도가 더할 수 없을 만큼 막다른 지경.

모골(毛骨) : 털과 뼈를 아울러 이르는 말.

송연(悚然) : 두려워 몸을 응송그릴 정도로 오싹 소름이 끼침.

간담(肝膽) : ① 간과 쓸개를 아울러 이르는 말. ② 속마음을 비유적으로 이르는 말.

한심(寒心) : 정도에 너무 지나치거나 모자라서 가엾고 딱함.

준거(準據) : 일정(一定)한 기준(基準)에 의거(依據)함.

"전의 모양과 같이 하시오."

하니, 그 말대로 따른즉, 여우가 호랑이에게 일러 말하기를,

"앞서의 모양이 이와 같았소?"

하니, 호랑이가 말하기를,

"그렇소."

한즉, 또 사람에게 말하기를,

"앞서의 모양이 이와 같았소?"

하니, 사람이 말하기를,

"그렇소."

한즉, 여우가 말하기를,

"그렇다면 호랑이는 거기 있고, 사람은 제 갈 길을 가라. 나도 또한 이대로 가련다."

하면서, 곧 발뒤축으로 뛰어서 달아나니, 분명히 송사를 없었던 것으로 만든 것은 여우였다.

진짜와 가짜를 분별하기 어렵네
🌸 眞假難分

어느 행상(行商)이, 산골짜기 좁은 길에서 날이 저물어, 한 집에 들어가서 주인을 부르니 여인이 나와 보거늘, 여인에게 말하기를,

"나는 행상을 다니는 사람인데, 마침 이곳에서 날이 저물어 머물 곳이 없으니, 하룻밤 잠자리를 빌리는 것이 어떻겠소?"하니, 그녀가 말하기를,

"내 집에는 남정네가 없어, 유숙(留宿)함이 불가(不可)합니다."

하니, 장사꾼이 말하기를,

"남정네가 없다면, 문간인들 어찌 거리끼겠소?"

하니, 그녀가 말하기를,

"그렇다면 임의(任意)대로 하시지요."하였다.

행상이 이내 문간에 짐바리를 벗어 놓고, 앉아서 아침을 기다리는데, 파리(笆籬) 사이로 인기척이 있어 눈을 닦고 본즉, 갓을 쓴 자가 곧 안방으로 들어가거늘, 그 행상이 가만히 걸어가서 그 동정을 들어본즉, 말갈기 갓을 뜰 아래로 던져 놓은지라, 곧 그 갓을 집어 쓰고 서서, 조용히 들어본즉, 흐드러지게 희롱(戲弄)하는 소리가 나는데, 파리(笆籬) 사이에서 또 인기척이 있어서 돌아다보니, 한 여인이 바삐 걸어와, 불문곡직(不問曲直)하고 곧 행상의 옷을 끌고 가는지라, 그자가 묵묵히 한 마디 말도 없이 끄는 대로 따라간즉, 곧바로 방안으로 끌고 들어가서 책망(責望)하여 말하기를,

"그년의 습호(濕戶)에는 금줄을 둘렀나, 은줄을 둘렀나? 김가가 없다는 소리만 들으면, 매번 가서 자는 것은 어찌된 일이요? 빨리빨리 옷을 벗고 누워 자란 말이요. 만약 김가에게 들키면, 반드시 망신당하고 말 것이요."

하거늘, 그자가 끝내 한마디 말도 없이 곧 옷을 벗고 이불 속으로 들어가니, 여자도 역시 옷을 다 벗고 벌거숭이 몸으로 들어온즉, 곧 누르고 찌른즉, 찌르는 법이 그 남편과 크게 서로 같지 않으니, 여자가 물어 말하기를,

"이것이 누구요?"

하니, 그자가 말하기를,

"끌고 올 때 누군지도 모르고 끌고 왔소?"

파리(笆籬) : 가시가 있는 대나무로 만든 울타리.

희롱(戲弄) : 서로 즐기며 놀리거나 놂. 여기서는 방사(房舍)를 뜻함.

불문곡직(不問曲直) : 굽고 곧음을 묻지 않음. 잘잘못을 따지지 아니하고 다짜고짜 행동함.

책망(責望) : 잘못을 꾸짖거나 나무라며 못마땅하게 여김.

습호(濕戶) : 여자의 성기(性器)를 표현하는 말.

대저(大抵) : 대체로 보아
서.

반야(半夜) : 하룻밤의 절
반(1/2).

하니, 여자가 연이어 묻기를,

"이게 누구요? 내 남편이 만약 오면, 반드시 근심이 생길 것이
요."

하니, 그 자가 말하기를,

"그러면 빼고 갈까요?"

하니, 여자가 말하기를,

"이미 꽂은 물건을 어찌 뺀단 말이요, 제발 빨리빨리 하세요."
하니, 그 자가 물어 말하기를,

"대저(大抵) 맛은 어떠하오?"

하니, 여자가 말하기를,

"맛인즉 별미라오, 내 남편이 밤이 새도록 돌아오지 않았으면
좋겠어요."하였다.

마무리 뒤에 여자가 말하기를,

"빨리 가세요."

하니, 그 자가 말하기를,

"처음엔 무슨 마음으로 끌고 왔다가, 나중에는 무슨 마음으로
내쫓는 것이요. 공연히 끌고 와서, 사람을 반야(半夜)동안 고생
을 시키고서, 빈손으로 쫓아 보내는 것은 무엇이요. 당연히 가지
않겠소."

하니, 여자가 초조하고 민망스러워하며, 곧 궤짝 속에서, 한 필
의 베를 꺼내어 그에게 주면서 말하기를,

"빨리 가시오."

하니, 그 자가 말하기를,

"이 베 한 필이, 어찌 반야동안 노력 봉사한 값이 되겠소? 가지
않겠소."

하니, 여자가 또 한 필을 꺼내 주면서 말하기를,

"빨리 가세요. 나의 정(情)은 부족하지 않으나, 조급하고 민망할 뿐입니다."

하니, 이에 두 필의 베를 가지고 돌아와서, 갓은 본래 있던 곳에 던져두고, 베는 짐바리 속에 넣고, 앉아서 날이 새기를 기다리는데, 조금 있다가 말갈기 갓을 썼던 사람이 가고나자, 주인 여자가 창문을 열고 물어 말하기를,

"나그네는 주무시오?"

하거늘, 대답하여 말하기를,

"혹시 김서방이 들어올까 두려워, 밤새도록 수직(守直)을 선 까닭으로, 눈을 붙일 수 없었을 따름이오."

하니, 여자가 말하기를,

"김서방은 어찌 아시오?"한다.

행상이 대답하기를,

"나는 김서방과 본래 친분이 있는데, 아까 보니 갓을 쓴 자가 오기에, 분기가 크게 일어나, 때려서 쫓아 보내고 싶었으나, 형수의 얼굴을 보아서, 비록 쫓아 보내지 못했으나, 김서방을 만나면 당연히 언급(言及)하겠소."

하니, 여자가 말하기를,

"그게 무슨 말이오? 이 방으로 들어와서 내 말을 들어 보시오."했다.

그 자가 곧 짐바리를 가지고 들어가니, 여자가 말하기를,

"아까의 이서방(李書房)은 이 동리(洞里)에서 서로 허물없이 지내는 사람이라서, 비록 김 서방이 있을 때도 종종 와서 놀고 간답니다."

하니, 그 자가 말하기를,

"오늘 밤에 와서 논 것은 뱃놀이였소. 내가 밖에서 상세히 들

언급(言及) : 어떤 문제에 대하여 말함.

사소(些少) : 보잘것없이
작거나 적음.

석경(石鏡) : 유리로 만든
거울.

었는데, 두 사람이 한 일을 어찌 나에게 속이려 하오?"

하니, 여자가 말하기를,

"성씨가 누구요?"

하니, 말하기를,

"나의 성은 내(乃)가요."

하니, 여자가 말하기를,

"내서방(乃書房)은 가까이 앉아 내 말을 들어보시오, 남의 좋은 일을 말해서 무슨 이익이 있겠소?"

하자, 그 자가 말하기를,

"나에겐 무슨 좋은 일이 있단 말이요?"

하니, 여자가 말하기를,

"내서방에게도 어찌 좋은 일이 없겠소."하더니, 그와 더불어 즐거움을 나누었다.

날이 밝은 뒤에, 밥을 지어 잘 먹이고, 베 한 필을 노자로 주면서 말하기를,

"이 물건은 비록 사소(些少)하나, 이것으로 나의 정(情)을 표해요."

하니, 그 자가 이에 짐바리를 풀어 석경(石鏡), 참빗, 바늘, 색실 등의 물건을 꺼내 그녀에게 주니, 여자가 두 필의 베를 들고서 그에게 묻기를,

"이 베는 어느 곳에서 나온 것이요?"

하니, 대답하기를,

"품삯으로 받은 것이요."

하니, 여자가 소매를 잡고서 훗날의 기약(期約)을 묻더라.

하늘로 오르고 땅속으로 들어가다

🏵 昇天入地

어떤 부부가 낮에 적요(寂廖)하게 있다가 문득 정감(情感)이 일었으나, 곁에 7, 8세 두 자녀가 있어 대낮에 아이들을 방에 두고 그 일을 하는 것이 서먹하고 어색한지라,

아비가 말하기를,

"너희들은 이 광주리를 가지고, 앞 개천 웅덩이에 가서, 작은 물고기를 잡아와라. 저녁에 끓여 먹도록 하자." 하였다.

아이들이 광주리를 갖고 나와서 서로 말하기를,

"아버지와 어머니가 우리들에게 광주리를 주어서 내보내는 것은, 반드시 우리들에게 숨기고, 몰래 먹을 것이 있어 그런 것이니, 밖에서 엿보면서 그 동정(動靜)을 보는 것이 좋겠다." 하고,

문 밖에서 엿본즉, 부부가 행사(行事)를 하는데,

남편이 처에게 물어 말하기를,

"어떻소?" 하니, 아내가 말하기를,

"땅으로 들어가는 것 같아요." 하고는,

처가 남편에게 묻기를,

"어때요?" 하니,

대답하기를,

"하늘로 올라가는 것 같군." 하더라,

이와 같이 일을 마친 뒤, 아이들이 광주리를 갖고 들어오는 고로,

아비가 물어 말하기를,

적요(寂廖) : 적적하고 쓸쓸함. 적막(寂寞)한.

정감(情感) : 정조와 감흥을 불러일으키는 느낌. 여기서는 색정(色情)을 뜻함.

동정(動靜) : ①사람의 움직이는 상황(狀況) ②물질의 운동(運動)과 정지(停止) ③어떤 행동(行動)이나 현상(現象)이 벌어지고 있는 낌새.

"어찌 물고기를 잡지 않고 왔는가?" 하니,

대답하기를,

"아버지는 승천(昇天)하시고 어머니는 땅으로 들어가시니, 누구와 함께 그것을 먹나요?" 하더라.

두 노인이 욕을 당하다
🌸 兩老逢辱

팔십 먹은 늙은이가, 젊은 첩(妾)과 더불어 밤일을 하는데,

첩이 말하기를, "이처럼 일을 한 뒤에, 만약 잉태(孕胎)하면 반드시 사슴을 낳을 것이요." 하니,

늙은이가 말하기를, "어찌 사슴을 낳는가?" 하니,

첩이 말하기를, "사슴가죽으로 일을 하니, 사슴을 낳지 않고 어쩌겠소?" 하였다.

이튿날, 친구와 더불어 술잔을 나눌 때,

늙은이가 말하기를,

"내가 지난밤에 큰 욕을 당했다오." 하니,

친구가 말하기를, "무슨 욕인가?" 하니,

늙은이가 말하기를,

"지난밤에 첩과 더불어 일을 하는데, 첩의 말이 이러이러하니, 어찌 큰 욕이 아니겠는가?" 하였다.

친구가 말하기를,

"그 욕은 별거 아니라오[猶屬歇后]. 내 욕은 입으로 말할 수 없

다네."

늙은이가 말하기를, "그것을 말해보게나." 하니,

친구가 말하기를,

"내가 일전에, 첩과 더불어 밤에 그 일을 하는데,

첩이 말하기를, '여기가 선영(先塋)의 곁이요?' 하기에,

내가 말하기를, '무슨 말이냐?' 하니,

첩이 말하기를,

'시체(屍體)를 끌고 장사(葬事) 지내려 하니, 선영 곁이 아니면 무슨 까닭이요? 아마도 무난히 장사를 지낼 것이오.' 운운(云云) 하니, 이는 차라리 귀로는 들을 수 있을지언정, 입으로는 말할 수 없구려." 하더라.

선영(先塋) : 조상의 무덤.

시체(屍體) : 시체와 같은 양물.

평안(平安) : 걱정이나 탈이 없음. 또는 무사히 잘 있음. 안부(安否).

강아지가 인사를 가르치네
狗兒敎人事

어떤 사람이 몹시 어리석어서, 매번 손님에 대한 인사 예절을 차리지 못하거늘, 그 아내가 그것을 민망히 여겨, 남편을 향하여 일러 말하기를, "사람은 손님에 대한 도리를 알지 못해서는 아니 됩니다." 하니, 남편이 말하기를, "어떻게 그것을 해야 되오?" 하였다.

아내가 말하기를, "손님을 대하는 방법은, 처음 보면 평안(平安)한가 묻고, 다음엔 앉기를 권하고, 다음에는 담배를 권하고, 다음에는 술을 마실 줄 아는지 묻고, 그 다음은 하인 등을 불러 술을 가져오라고 하여, 곧 술을 올립니다. 이처럼 한다면 가히

음낭(陰囊) : 불알. 음경 근
육에서 주머니처럼 밑으
로 늘어진 피부조직을 뜻
한다.

숙달(熟達) : 어떤 일을 여
러 번 하여 서투르지 않은
상태로 막힘없이 환히 통
함.

손님을 대하는 도리가 됩니다." 하니,

남편이 말하기를, "좋소, 그런데 잘 잊어버리니 어찌하오?" 하
니, 아내가 말하기를, "나에게 좋은 계책이 있나이다. 노끈으로
그대의 음낭(陰囊)을 묶고, 한 끝을 벽 구멍을 통하여 내보내놓
고, 매번 손님이 올 때마다, 제가 반드시 그 끈을 당겨서 흔들 터
이니, 처음 당기면 평안하신가 묻고, 두 번째 당기면 앉기를 권하
고, 세 번째 당기면 담배피우기를 권하고, 네 번째 당기면 술 마
시기를 권하며, 다섯 번째 당기면 술을 가져오라 부르시면, 제가
마땅히 그대로 시행할 터이니, 이 순서대로 하십시오." 하였다.

남편이 말하기를, "이 방법이 매우 좋구나." 하고, 그 뒤에 무
수히 익혀서 숙달(熟達)하였다. 하루는 친구가 찾아왔거늘 그 아
내가 노끈을 당기자, 주인이 말하기를, "평안하시오?" 하고, 또
한 번 당기자 앉기를 권하고, 또 한 번 당기자 담배피우기를 권
하고, 또 한 번 당기자 술을 마실 줄 아느냐 묻고, 또 한 번 당기
자 술을 가져오도록 부르니, 그 손님이 괴이하게 여겨 그에게 물
어 말하기를, "자네가 평소에는 인사의 예절을 살피지 않더니,
지금은 어찌 이와 같이 크게 깨달았는가?" 한즉,

주인이 대답하기를, "내가 어찌 인사법을 알지 못하겠나?" 하
였는데, 그 아내가 이제 술상을 보려고 하여, 그 노끈 끝을 쇠뼈
에 묶어 문틈에 두었더니, 강아지가 그 뼈다귀를 탐내어 그것을
먹고자 한즉, 노끈이 음낭에 묶여 있는지라, 강아지가 입으로 뼈
다귀를 당기자, 노끈으로 말미암아 저절로 움직이거늘, 그 주인
과 손님이 오랫동안 앉았는데 홀연히 노끈이 움직이는 고로, 손

224

님을 향하여, "평안하오?" 하고, 또 노끈이 움직이자 앉기를 권하고, 연달아 움직임에 연이어 묻고, 여러 번의 움직임에 여러 번 묻는지라, 그 손님이 웃음을 머금고 나갔다.

손님이 이미 나갔으나 개가 더욱 노끈을 당기니, 그 주인이 홀로 앉아 연달아 외기를, "평안하시오, 앉으시지요, 담배 태우시죠, 술을 자시나요, 술을 가져오너라." 하면서, 종일토록 입에서 소리가 끊이지 않더라.

큰 허풍장이가 서로 만나다
大風相逢

합천(陜川) 해인사(海印寺)의 가마솥은 크기로 유명하고, 안변(安邊)의 석왕사(釋王寺)의 측간(厠間)은 높기로 유명하여, 해인사의 중은 석왕사의 측간을 구경하고자 떠나 출발하고, 석왕사 중은 해인사의 가마솥을 구경하고자 길을 떠났는데,

중간 길에서 서로 만났다. 두 화상(和尙)이 배례(拜禮) 후에, 석왕사 중이 물어 가로대, "대사께서는 어느 절에 사시며, 어느 곳으로 가십니까?" 하니, 해인사 중이 대답하여 말하기를, "소승은 합천 해인사에 사는데, 안변 석왕사의 측간을 구경하고자, 안변으로 향하여 갑니다." 하니,

그 다른 중이 말하기를, "소승은 안변의 석왕사에 사는데, 해인사의 가마솥을 구경하고자 그곳으로 향해 갈 따름입니다." 하

해인사(海印寺) : 경상남도 합천군 가야면 가야산(1,430m)에 있는 대한불교 조계종 제12교구 본사이다. 앞에는 매화산(1,010m)이 있다. 팔만대장경을 보관하고 있는 법보 사찰이며, 통도사, 송광사와 함께 한국 3보 사찰로 불린다.

석왕사(釋王寺) : 함경남도 안변군 설봉산에 있는 절. 조선 태조 때에 무학 대사가 창건한 것으로, 태조 이성계와 깊은 인연이 있어 조선 왕실로부터 상당한 보호를 받았으며, 지금은 선교 양종의 본산이 되었다.

측간(厠間) : 변소(便所). 뒷간.

화상(和尙) : '중(僧)'을 높여 이르는 말.

배례(拜禮) : 절을 하는 예. 절하여 예를 표함.

동지(冬至) : 24절기의 하나. 대설과 소한 사이에 있으며, 음력으로는 11월 중에 있고, 양력 12월 22일경이다. 예로부터 '작은 설'이라 하여 명절로 여겼다. 동짓날에는 시절식(時節食)으로 동지팥죽을 쑤어먹는다.

장천(長天) : 끝없이 잇닿아 멀고도 넓은 하늘.

니, 두 중이 말하기를, "이곳에서 서로 만남은 실로 우연이 아니군요." 하면서, 이내 풀숲에 둘러앉았다. 석왕사 중이 해인사 중에게 말하기를, "대저 귀사의 가마솥은 크기로 유명한데, 크기가 얼마쯤이오?" 하니, 대답하기를, "그 큰 형상을 말로 하기에는 어렵군요. 지난 동지(冬至)에 팥죽을 끓이는데, 상좌승이 조그만 배를 타고 죽을 젓다가 바람이 불어 흘러가더니, 아직 지금까지도 돌아오지 않았을 뿐이요." 하니,

석왕사 중이 말하기를, "크도다! 동해만큼 크구나." 하니, 해인사 중이 말하기를, "어찌 동해만큼이야 크겠소." 하고는, 석왕사 중에게 묻기를, "아마도 내가 듣건대, 귀사의 측간은 높기로 유명하니, 그 높이가 얼마쯤이요?" 하니,

석왕사 중이 말하기를, "높은 형상을 역시 말로 하기는 어렵소, 소승이 떠나올 때, 소승의 대사께서 똥을 누셨는데, 그간에 똥 덩어리가 생각건대 아직도 땅에 떨어지지 않았을 것이요." 하니,

해인사 중이 말하기를, "높도다! 장천(長天)만큼 높구나." 하니, 석왕사 중이 말하기를, "어찌 장천만큼이야 높겠소만 그다지 틀리지 않고 거의 같을 거요." 한즉, 두 중이 서로 말하기를, "지금 이 말을 들었으니, 어떻든 반드시 가서 보겠소." 하며, 헤어져 가더라.

기문

《기문(奇聞)》

'기묘(奇妙)하고 이상(異常)한 소문(所聞)' 이란 뜻인데, 편찬자와 연대는 알려지지 않았다. 편찬 연대는 조선 후기로 추측되며, 기문이담(奇聞異談)을 기록한 것으로 얼굴이 뜨거워지는 음담패설이 많이 포함되어 있다.

병을 핑계해서 여종을 간통하다
🌸 因病奸婢

옛날 한 재상의 처가에 여종의 나이가 십팔 세에 자못 자색(姿色)을 지니고 있었는데, 재상이 늘 그 여종을 품어보고자 하였으나 그 기회를 얻지 못하고 있었다.

여종 향월이 마침 학질(瘧疾)에 걸려 연달아 차례로 크게 아팠는데 때 마침 재상이 내의원(內醫院)의 제조(提調)벼슬을 하고 있었다.

장모가 재상에게 청하여 말하기를,
"내 어린 여종 향월이가 학질에 걸려 심한 고통을 받고 있는데, 내의원에는 반드시 좋은 약이 있을 것이니 모쪼록 그녀를 고쳐주는 것이 어떻겠소?"
재상 왈,
"어느 달 어느 때에 더 심하게 아픕니까?"
장모 왈,
"아플 차례가 내일이네."
재상 왈,
"그러면 내일 약 짓는 일을 마친 후 마땅히 좋은 약을 얻어서 나올 터이니, 후원 깊숙한 곳에 커다란 병풍으로 울타리 쳐서 향월이를 둘러싸고 다른 사람이 함부로 들어갈 수 없게 하면, 제가 마땅히 그녀의 병을 고치겠습니다."

장모는 재상이 말하는 대로 했다.

학질(瘧疾) : 말라리아. 갑자기 고열이 나며 설사와 구토·발작을 일으키고 비장이 부으면서 빈혈 증상을 보인다.

내의원(內醫院) : 조선시대에 왕의 약을 조제하던 관청. 내국(內局)·내약방(內藥房)·약원(藥院) 등으로 불렀다.

제조(提調) : 임금에게 올리는 약을 감독하던 벼슬아치.(약방제조)

이튿날 재상이 퇴근하여 곧바로 후원(後苑)으로 들어가서 곧 향월이를 껴안고 의복을 모두 벗긴 뒤에 손으로 향월이의 음호(陰戶)를 어루만지면서 커다란 양물(陽物)로써 침을 바르며 교합(交合)하니 향월이 크게 두려워 땀이 나서 등을 적시니,

재상이 가로대,

"학질은 흉한 병이니, 그치면 결코 물리쳐 버릴 수 없다."

하면서, 또 그녀를 간음(姦淫)하고자 하니 향월이 하는 말, "마님께서 만약 아시게 되면 반드시 저에게 죄를 물을 것이니 어쩌면 좋겠습니까?"

재상 왈,

"그렇지 않다. 이는 곧 너의 마님이 시킨 일이니라"하였다.

더불어 다시 그녀를 간음함에 즐거움이 높아지고 음탕함이 무르녹으니, 향월이 재상의 허리를 껴안으면서 말하기를, "비록 마님이 이를 알고 나를 죽이고자 하더라도 한이 없사옵니다."

그 후 장모가 역시 학질에 걸려 재상으로 하여금 그것을 고쳐 달라고 하니, 재상은 웃으며 하는 말,

"장인님이 아니고서는 결코 고칠 수 없습니다."하더라.

거짓으로 좁은 구멍을 찢는 척하다
伴裂孔窄

한 신랑이 첫날밤에 신부가 이미 경험 있는 것을 의심하여, 신부로 하여금 실토를 시키겠다고 마음먹었다.

그래서 손으로 신부의 음호(陰戶)를 어루만지며,

"이 구멍이 심히 좁으니 칼로 찢고 나서 양물(陽物)을 넣어야
겠다."

말하더니 차고 있던 칼을 빼어 거짓으로 그곳을 찢는 시늉을
하자 신부가 크게 놀라 떨면서 급히 외쳐 말하기를,

"건너 마을 김좌수의 막내아들은 그렇게 찢지 않고서도 능히
구멍에 넣으며 작다는 말은 하지 않더이다. 어쩌고저쩌고……."
하더라.

음사(淫事) : 음란하고 방
탕한 짓. 주로 남녀 사이
의 관계를 이른다.

사위가 장인을 조롱하다
婿嘲婦翁

장인과 사위가 아래, 윗방에서 각기 잠을 자게 되었다.

밤중에 장인이 장모와 더불어 음사(淫事)를 하는데 바야흐로
흥이 무르익자 장인이,

"나는 귀가 덮여진 듯하오!"

라고 장모에게 말하자 장모가,

"나는 사지가 녹는 것 같습니다."라고 말했다.

일을 마치고 장모가 장인에게 말하기를,

"우리가 하는 말을 사위가 분명 엿들었을 것이니 소문내지 않
도록 주의를 주는 것이 옳을 것입니다."라고 하였다.

이튿날 아침에 장인이 사위에게,

"세속적인 사람들이 실없는 말들을 좋아하나, 사위는 모름지
기 삼가도록 하게나."

양물(陽物) : 〈의학〉 귀두,
요도구, 고환 따위로 이루
어진 남자의 외성기. 경물
(莖物)·신경(腎莖)·양경
(陽莖).

무고(誣告) : 사실이 아닌
일을 거짓으로 꾸미어 해
당 기관에 고소하거나 고
발하는 일.

라며 훈계의 말을 하자, 사위가 왈,

"저는 실없는 말을 좋아하지 않습니다만, 엿들은 죄로 그만 두 귀가 덮이는 것 같고, 사지가 녹아 없어지는 것 같으니 이를 어찌 합니까?"

라고 대답하니 장인이 할 말이 없더라.

손이 셋 달린 사람
❀ 三手之人

어떤 총각이 이웃에 사는 여인을 사모하다가, 여인의 남편이 멀리 나간 사이를 기다려 그 여인과 간통을 하였다. 그러나 여인은 그 자취가 탄로 날 것을 두려워하여 관가에 총각을 강간죄로 고소하였다.

이에 사또가,

"총각이 비록 범하려 하였다지만, 너는 왜 그것을 따랐는고?"

하고 묻자 그 여인은,

"저 놈이 한 손으로는 저의 두 손을 잡고, 다른 손으로는 저의 입을 막고, 또 다른 한 손으로 그의 양물(陽物)을 집어넣으니 연약한 소첩(小妾)이 어떻게 저항 할 수 있었겠사옵니까?"하고 대답하였다.

그러자 사또가 거짓으로 짐짓 크게 노하여,

"천하에 손이 세 개나 되는 사람이 있는고? 너는 무고(誣告)의 죄를 면치 못한다!"

232

하자, 여인은 크게 두려워하면서 고백하기를,

"실은 저의 손을 잡고 입을 막은 손은 저 총각의 손이지만, 양물을 집어넣은 손은 소첩의 손이었습니다."

라고 대답하자 사또는 책상을 치면서 크게 웃더라.

정말 좋은 의원이군요
🌸 君是良醫

어떤 과부 하나가 강릉(江陵)기생 매월(梅月)이와 이웃에 살고 있었다. 매월은 그 자색(姿色)과 명창(名唱)으로써 세상에 널리 알려져 귀공자들이 모두 그 문전으로 모여들었다.

때는 마침 여름철이었다. 매월의 온 집안이 유달리 고요하여 인기척이 없기에 과부는 괴이히 여겨 창을 엿보니 한 청년이 적삼과 고의를 다 벗은 몸으로 기생과 사랑을 주고받으며, 서로 가는 허리를 껴안은 채 동서를 분간하지 못하다가 손으로 두 다리를 들고 큰 양물(陽物)이 나아가고 물러남에 법칙이 있고 기생도 온갖 교태를 부리는지라.

젊은 사내의 이러한 음탕을 평생 처음으로 본 과부는 그 청년의 거대한 양물을 보자 음탕한 마음이 불꽃처럼 일어 억제할 수가 없어 스스로 애무하였다. 그녀의 코에서는 저절로 감탕(甘蕩)의 소리가 나는데 그렇게 십여 차례를 하고 보니, 말이 목구멍에서 막혀서 언어가 불통이요, 단지 감탕의 소리만 낼 뿐이었다.

때마침 이웃집 할머니가 들어와서 그 꼴을 보고는 젊은 과부를 부축하여 방으로 들어와 그 연유를 물었으나, 대답을 못하고는 다만 감탕의 소리만 내뱉으니 언어가 불통이라. 마음으로 반드시 무슨 곡절이 있음을 짐작하고 묻기를,

"색시, 만일 말이 나오지 않는다면 언문 글자로 써서 보여줄 수 있는가?"하였다.

과부가 자초지종을 하나하나 빠뜨리지 않고 써 보여주니 할머니는 그 사연을 보고 웃으면서,

"시중에서 하는 말을 들어보면 그것으로 말미암아 난 병은 그것을 발산하기 위해 다시 그 짓을 해야 한다고 하였소. 부득이 건장한 사내를 맞이하여 치료해야 할 것이오."하였다.

할머니가 사방으로 그런 사내를 찾아보니, 같은 마을에 우생(禹生)이라는 사내가 살고 있었는데 집안이 가난한고로 나이가 30이 되었음에도 아직 가정을 꾸리지 못하였다.

할머니가 우생을 보고는,

"아무개 집에 이런 일이 생겼는데, 그대가 그 병을 치료할 자신이 있겠는가. 만일 그렇게 된다면, 그대는 없던 아내가 생기는 것이요, 그녀 역시 없던 남편을 얻는 것이니, 이는 곧 양쪽이 서

로를 사고파는 경사(慶事)가 아닐 수 없네." 하고 권유를 하였다.

우생은 크게 기뻐하며 곧 할머니의 뒤를 따라 과부의 방으로 들어가게 되었다. 우생은 곧 의복을 벗은 발가숭이 몸으로 촛불 아래서 먼저 양다리를 들고 음호를 만지며 곧 양물을 넣은 뒤에 한없이 정을 주고받으니, 무르익은 물이 솟구쳐 나와 이부자리와 베개를 적셨다.

그녀는 벌떡 일어나 말하기를

"당신이야말로 좋은 의원(良醫)이군요."

하고는 서로 부부가 되어 두 아들과 딸 하나를 연달아 낳고 해로(偕老)하였다.

너의 코는 쇠로 만든 코냐
爾鼻鐵鼻

옛날에 갑(甲)과 을(乙)이라는 두 처녀가 서로 사랑하여 마음을 논함에 있어 숨김과 거리낌이 없었는데, 갑이 먼저 시집을 가자, 을이 갑에게 남녀 간의 교합(交合)하는 일에 대하여 물으니, 갑이 그 맛의 지극한 즐거움에 대해 자세히 말하니, 을은 정신이 혼미 해지고 흥이 무르녹아 갑의 코를 물어뜯어 상처를 냈다.

갑의 집에서 그 고을 원님에게 고발하는 소장을 제출하였으니, 원님이 두 처녀를 함께 세워놓고 나졸(羅卒)로 하여금 그 까닭을 묻도록 했다.

해로(偕老) : 부부가 한평 생 같이 살며 함께 늙음.

교합(交合) : = 교합지사 (交合之事) = 성교(性交) =운우지락(雲雨之樂).

나졸(羅卒) : 조선시대 때 군아(郡衙)의 군뢰(軍 牢)·사령(使令)을 통틀어 이르는 말. 주로 죄인을 심문할 때 곤장(棍杖)으로 때리는 일을 맡았음.

급창(及唱) : 조선 시대에, 군아에 속하여 원의 명령을 간접으로 받아 큰 소리로 전달하는 일을 맡아보던 사내종.

형방아전(刑房衙前) : 조선 시대에, 지방 관아에 속하여 형전(刑典)을 맡아보던 구실아치.(구실아치 : 조선 시대에, 각 관아의 벼슬아치 밑에서 일을 보던 사람.)

양물(陽物) : =음경(陰莖). 남성 바깥 생식기의 길게 내민 부분.

방뇨(放尿) : 오줌을 눔. '소변보기', '오줌 누기'로 순화.

갑이 지난번에 을에게 했던 말을 그대로 아뢰니, 또 을이 자신의 욕정을 이기지 못하여 나졸의 코를 물어뜯었다. 원님이 그것에 놀라 이번에는 급창(及唱)으로 하여금 다시 그녀를 신문토록 한즉, 을이 또 급창의 코를 물어뜯었다.

그 때, 형방아전(刑房衙前)이 그 앞에 엎드려 있으니, 원님이 자신의 코를 스스로 움켜쥐고는 관청 안으로 달아나 들어가며 말하기를,

"형방아, 형방아! 너의 코는 쇠로 만든 코냐? 빨리 피하라. 빨리 피하라"하더라.

그래서 홀아비로 산다오
🏵 以此鰥居

옛날에 한 재상(宰相)이 있었는데 어릴 때부터 양물(陽物)이 작고 그 길이가 짧아서 십여 세 먹은 아이 것 같았다. 재상의 부인은 생각하기를 '모든 남정네들의 물건은 다 이렇게 똑같이 생겼는가 보다' 했다.

그러던 어느 날 수레 행차를 구경하느라 길가의 정자(亭子)에 올라 길을 내려다보노라니, 군졸 하나가 정자 밑으로 오더니 방뇨(放尿)를 하는데, 그 군졸의 양물(陽物)이 엄청나게 굵고 길지 않은가.

부인은 그것을 보고 괴이히 여겨 집에 돌아오자마자 재상에게

말하기를,

"제가 오늘 매우 우스운 광경을 보았습니다만, 여인네가 가히 그런 말씀을 드릴만 한 것이 아니라서….."

한데, 재상이 억지로 무슨 이야기냐고 물으니, 부인이 이야기 하기를,

"내가 오늘 한 군졸이 소변보는 것을 보니 그 물건이 매우 길고 굵더이다."한다.

그 말을 들은 재상이 말하기를,

"그 군졸이 얼굴은 검고 수염은 누르며 몸집은 크지 않습디까?"한다.

이렇게 말한 이유는 대부분의 군졸들이 그렇게 생겼기 때문인데, 부인은 그것도 모르고,

"그렇게 생겼어요."하더라.

재상은 박장대소(拍掌大笑)하면서 말하기를,

"그 사람은 그 병 때문에 젊어서부터 홀아비로 사는 까닭에 유명하다오."

하니, 이 말을 전해들은 사람들은 몰래 웃더라.

동방삭의 해학 같구나
🌸 東方朔滑稽之類

선조 때에 방출궁녀교간지율(放出宮女交奸之律)이라는 법이 있었는데, 궁중에 궁녀로 있다가 왕궁 밖으로 내보내어진 이른바 '방출궁녀(放出宮女)'와는 누구도 함께 잠자리를 해서는 아니되는 법(法)이었다.

방출궁녀교간지율(放出宮女交奸之律)：〈經國大典〉卷 5 刑典 禁制條에「종친(宗親) 및 조관(朝官)으로서 방출(放出)된 시녀(侍女)나 수사(水賜=무수리)와 혼인하는 자는 장(杖) 일백(一百)한다」는 규정이 그것이다.

오성(鰲城) : 이항복(李恒
福).조선 선조 때의 문신
(1556~1618). 임진왜란
때 병조 판서로 활약했으
며, 뒤에 벼슬이 영의정에
이르렀다.

지신사(知申事) : =도승지.
대언사(代言司)의 으뜸인
정삼품 벼슬.

겸인(傔人) : =청지기. 양
반집에서 잡일을 맡아보
거나 시중을 들던 사람.

입시(入侍) : 대궐에 들어
가서 임금을 뵙던 일.

종루가(鐘樓街) : 보신각종
이 있는 종로(鐘路)거리를
말함. 종가(鐘街), 운종가
(雲從街)로도 불림.

저자 : 시장(市場)의 우리
말이다. 정확하게 저재,
져자, 져재 등으로 불렸
다. "훈몽자회(訓蒙字會)"
를 보면 저자의 뜻으로 새
긴 한자어로 시(市) 말고
도 점(店), 부(埠), 전(廛)
등이 있다.

마봉(馬蜂) : 말벌.

하빈(下牝) : 똥구멍. 여기
서는 암컷의 아랫구멍 즉
음문(陰門)을 뜻함.

오성(鰲城)이 지신사(知申事) 자리에 있을 때 겸인(傔人)이 한 사람 있었는데, 그 법을 위반하여 구금되었고, 장차 무거운 형벌에 처해지게 되었다.

오성(鰲城)은 지신사(知申事)라는 막강한 지위에도 불구하고 중죄를 저지른 이 겸인을 방면시킬 도리가 없었다. 때마침 선조 임금이 오성(鰲城)을 입궐하라는 연락이 오자, 오성(鰲城)은 일부러 시간을 지체시켜 늦게 입시(入侍)하였다.

그러자 임금은 부름에 지체한 까닭을 물었다. 이에 오성이 대답하기를,

"명(命)을 받고 오고 있는데, 종루가(鐘樓街)에 저자 사람들이 많이 모여서 웃고 떠들기에 말을 멈추고 물어보니 구경꾼들이 답하는 말이 다음과 같은 이야기를 하는 것이었습니다."

모기 한 마리가 마봉(馬蜂)과 서로 만났는데, 벌이 모기에게 말하기를

"이봐 모기야, 내 배가 불룩하나 배설하는 하빈(下牝)이 없으니 배가 팽창되어 견디기 어렵다. 시험 삼아 네가 가진 그 날카로운 침으로 구멍을 하나 뚫어다오."

하니, 이 부탁에 모기는 놀라면서 말하기를,

"어찌 이게 무슨 말이오? 근래에 들으니, 이승지 댁의 종(從)은 본래부터 있던 배꼽 아래의 구멍을 다시 뚫었을 뿐인데도 중죄를 면치 못하게 되지 않았는가? 내가 만약 본래 구멍이 있던 것도 아닌 새 구멍을 뚫으면 죄가 훨씬 더 무거울 터인데, 너는 어찌 그런 말을 하는 것이냐?"

운운(云云)하는 고로,

"신(臣)이 그 이야기를 듣고, 의혹이 많이 생겨 그만 지체되었사옵니다. 황공하오니 죄를 주옵소서."

이 얘기를 듣고 있던 선조 임금은 미소를 지으시면서,

"이야기가 옛날 동방삭(東方朔)의 해학(諧謔)과 비슷한 데가 있구나. 그 종(從)의 죄와 허물을 사(赦)하겠노라." 하더라.

동방삭(東方朔) : 중국 전한(前漢)의 문인(BC.154~BC.92). 자는 만청(曼倩). 해학·변설(辯舌)·직간(直諫)으로 이름이 났다. 속설에 서왕모의 복숭아를 훔쳐 먹어 장수하였으므로 삼천갑자 동방삭이라고 이른다.

사(赦) : 용서함.

대차반(大茶盤) : 잘 차려 놓은 밥상. (=진수성찬)

수염 많은 손님이 송사를 청구하다
髥客就訟

수염 많은 한 과객(過客)이 남쪽지방으로 여행을 하다가 날이 저물어 어떤 시골집에 묵기를 청하였다.

마침 부인만이 집을 지키고 있어 과객이 묻기를,

"남편은 어디를 가시었소?"

하니, 부인이 대답하기를,

"멀리 장삿길을 떠났는데 내일 돌아온다고 합니다." 하였다.

밤이 깊어 잠을 청하던 과객은, 벽 너머에서 주인 여자가 혼자하는 소리가 들리거늘,

"이 수염 많은 손님은 내일 대차반(大茶盤)을 맛있게 먹겠구나."

하니, 과객이 생각하기를

'주인 여자가 나에게 호감을 갖고 있어 내일 대차반을 대접할 모양이니 포식하겠구나.'

하면서, 하인을 불러 말하기를,

"내일은 대차반을 받을 것이니, 너희들은 남은 음식으로 포식할 수 있을 것이다."하였다.

그러나 다음 날 과객이 일찍부터 일어나 대차반을 고대하고 있었으나, 한낮이 되도록 아무런 기척이 없어 매우 배가 고파지자, 화가 나서 주인 여자에게 따졌다.

"어젯밤에 당신이 말하기를, 내일은 수염 많은 손님이 대차반을 먹을 것이라고 말한 고로, 기뻐하며 하인과 함께 기다리고 있는데 대차반은 어디가고 이리도 적막한 것이오?"

그러자 주인 아낙은 고개를 숙이더니 웃음을 짓더니 대답도 없이 사라졌다. 과객은 희롱당한 것으로 생각하고, 분개(憤慨)함을 견디지 못하여 관아로 달려가 주인 여자에게 희롱당한 내용을 말하고 고소하였다. 사또가 주인여자를 체포하여 과객을 희롱한 이유를 심문하니, 주인 아낙이 수줍어하면서 대답하기를,

"아뢰옵기 송구하오나, 실은 수염 많은 손님이란 쇤네의 음호(陰戶)를 가리키는 것이고, 대차반이란 쇤네 남편의 양물(陽物)을 가리킨 것이었사옵니다. 쇤네 남편이 출타하면서 돌아온다는 날이 오늘이라, 어젯밤 하도 기뻐서 혼자 중얼거린 소리였는데, 손님께서 엿듣고 단지 자신의 수염 많은 것만을 생각하고, 쇤네의 음모가 많은 것을 알지 못하고 끝내 이렇게 고소까지 하였으니, 쇤네의 죄는 아니옵니다."

라며 억울함을 호소하였다. 사또가 그 부인의 말을 꾸민 것이라 의심하여 옷을 벗겨 살펴보니, 과연 여인의 음모가 과객의 수염만큼 매우 많더라. 이에 사또는 너털웃음을 지으며 무죄방면하였다더라.

빨리 일을 마치라
✿ 可速行事

어떤 소경의 아내가 꽤나 아름답게 생겼었는데, 이웃집 청년이
그녀를 한번 품어보려고 하였으나 좀처럼 기회가 오지 않았다.

어느 날 소경을 찾아가 속여 말하기를,
"내가 이미 어떤 여자를 사모하여 왔는데, 그 남편이 출타한
틈을 타서 한번 품어볼까 하오. 당신은 나를 따라가서 그 남편이
올지, 오지 않을지 점을 쳐주시오."
하니, 소경은,
"그렇게 하겠소."하고 대답하였다.
그러자 이웃 청년은 소경을 데리고 여기저기 여러 골목길을 돌
아다닌 다음에 다시 소경의 집으로 와서 소경을 문 앞에 세워놓
고 방으로 들어가 소경의 아내와 즐거움을 나누었다.

소경은 어느 길로 해서 누구의 집에 와 있는지도 모르고, 또한
청년이 어떤 여자와 정을 나누고 있는지도 알지 못한 채 문에 기
대어 있다가 큰소리로 이웃 청년을 부르면서 가로대,
"점괘를 뽑아보니 본 남편이 문 앞에 와 있는 점괘다! 빨리 일
을 끝내라! 빨리 일을 끝내라!"하더라.

관기(官妓) : 옛날에 관청
(官廳)에 딸렸던 기생(妓
生).

교생(校生) : 조선 시대에,
향교에 다니던 생도. 원래
상민(常民)으로, 향교에서
오래 공부하면 유생(儒生)
의 대우를 받았으며, 우수
한 자는 생원 초시와 생원
복시에 응할 자격을 얻었
다.

남산수(南山壽) : 남산과
같이 오래도록 사는 수명
(壽命). "시경(詩經)"의 소
아, 천보의 편에 있는 말
로, 오래 살기를 빌 때에
씀. 여기서는 그냥 사람이
름으로 사용됨.

말이라 부르며 친구를 기만하다
喚馬紿友

성천(成川)에 있는 어떤 관기(官妓)가 음탕함이 심하여 양물(陽
物) 큰 것을 좋아 하였다. 교생(校生)인 남산수(南山壽)라는 사람
은 양물이 컸는데, 그는 언제나 그 관기를 한번 품어보려 하였으
나 그 기회를 얻지 못하였다.

한 친구가 이를 알고 장난을 하려고 그에게 말하기를,
"내가 그대를 위하여 한 계책을 세웠는데 그녀가 매일 개울에
서 빨래하니까 내가 그대와 함께 그 옆을 지나가면서 그대를 보
고 '망아지아비(駒父)'라고 부를 테니 그대는 왜 나를 욕하느냐
고 하라. 그러면 내가 그대의 양물 크기가 말의 것과 같아 그런
다고 하면 그녀가 그대의 양물이 큰 것을 알고 꼭 욕심을 낼 것
이다."
하자 교생이 기뻐하면서 가로대,
"그럼 내가 원하는 대로 되겠네."하고 대답 하였다.

어느 날 교생이 그 친구와 함께 개울을 지나가는데 그 관기가
빨래를 하고 있는지라 친구가 교생을 불러 말하기를,
"망아지 아비야!"
라고 부르자 교생이,
"왜 사람을 망아지 아비라고 하느냐?"하고 물었다.
그러자 친구가,
"너는 항상 암말하고만 교합(交合)을 하니 '망아지 아비'라고
부른다."고 대답하였다.

이에 관기가 손뼉을 치고 웃으면서,

"더러운 놈이다. 짐승들과 간통하다니 사람이 아니로다."

하니 교생은 끝내 그 뜻을 이루어보지 못하고 '망아지 아비' 라는 이름만 얻더라.

거짓으로 아픈 척하여 남편을 속이다
🌸 佯痛瞞夫

한 어리석은 남편이 간사한 아내를 얻어 몹시 사랑하게 되었는데, 하루는 본가(本家)로 가느라 말에 태우고 함께 산길에 이르렀다.

그런데 마침 한 젊은이가 보이는데, 빈마(牝馬 : 암말)를 오목(凹)한 곳에 세워놓고 음란한 짓을 하고 있는 것이 아닌가.

간사한 아내는 젊은이의 큰 물건을 보고 마음으로 간절히 연모하였다.

이 때 어리석은 남편이 물어 가로대,

"자네는 여기서 무얼 하고 있는가?"

하니, 젊은이가 말하기를,

"이 말이 복통(腹痛)이 나서 약초를 찾아 음호(陰戶)에 넣고 있습니다."

하고 답했다. 이 말을 들은 부인은 암중으로 못된 계교(計巧)를 내어, 짐짓 말에서 떨어지는 시늉을 하며 거의 죽을 듯한 형상을 하니, 어리석은 남편은 너무 어쩔 줄 몰라 하며 안절부절 했다.

부인이 울며 가로대,

본가(本家) : 원래는 남자의 집을 말하나, 여기서는 처가(妻家)를 말함.

복통(腹痛) : 복부에 일어나는 통증을 통틀어 이르는 말.

계교(計巧) : 요리조리 헤아려 보고 생각해 낸 꾀.

양물(陽物) : =음경(陰莖).
남성 바깥 생식기의 길게
내민 부분.

불가(不可) : 할 수가 없음.

신(腎) : ㉠콩팥 ㉡남자의
성기.

낭(囊) : ㉠주머니 ㉡자루
㉢불알.

행방(行房) : 남녀가 성적
으로 관계를 맺음.

"내가 복통이 심하여 죽을 것 같은데, 아까 말의 복통에 약을 넣어 치료하던 사람을 어찌 부르지 않소? 사람이나 말이나 같으니 한 번 그것을 시험해보면 좋을 듯싶소."한다.

이에 어리석은 남편을 그 말에 따라서 젊은이에게 가서 사정하여 데려온즉, 젊은이가 손으로 부인의 배를 어루만지며 말하기를,

"이는 진짜 복통이라 그 약을 사용함이 좋겠으나, 다만 약을 사용하는데 손을 쓸 수가 없고, 양물(陽物)로 약을 넣는 것은 혐오스러워 행하기가 불가(不可)합니다."한다.

간사한 아내가 말하기를,

"약을 사용하는데 부득이 혐오스럽다고 어찌 피하겠소. 만약 조금이라도 지체한다면 나는 장차 죽을 것이오."

하니, 어리석은 남편이 그 말을 듣고 그 옆에서 그 방법을 권하거늘, 드디어 젊은이가 노끈으로 자신의 신(腎)과 낭(囊)을 묶고는 어리석은 사내에게 노끈의 끝을 잡고 멀리 서있으라고 시킨 후 사내를 경계하여 이르기를,

"끈을 당기지 마시오. 함부로 잡아당기면 죽을지도 모르오."한다.

드디어 걸터앉아 양다리를 들고 합궁하여 무수히 진퇴하니, 계집이 혼미해지고 넋이 흔들려 중얼거리길,

"점차 복통이 조금씩 나아가는군요."

하니, 어리석은 남편이 노끈을 잡고 멀리 서서 자세히 보며 말하기를,

"그대의 치료하는 모습이 흡사 행방(行房)하는 모습이오."했다.

젊은이는 거짓으로 불쾌한 척하며 말하기를,

"당신이 만약 그렇게 의심한다면, 나는 약을 넣을 수가 없소."

하니, 부인이 힐난(詰難)하여 말하는데,

"사람이 죽으려 하다가 양의(良醫)를 만났는데, 어찌 망언을 하여 사람을 빨리 죽이려 하시오?"했다.

어리석은 남편은 크게 두려워하여 손을 모아 다시 간청하니, 젊은이가 마찬가지로 다시 극음(極陰)하고 물러나니, 부인이 크게 만족하여 일어나면서 말하기를,

"젊은이의 약은 과연 신효(神效)하군요. 복통이 조금 그쳤답니다."했다.

드디어 말을 타고 가는데, 남편이 십여 리를 지나더니 부인에게 말하기를,

"낭(囊)을 묶은 끈을 내가 몇 차례 당겼다면 , 그 사람은 반드시 죽었을 거요."

하니, 부인이 질책(叱責)하여 말하기를,

"이 말이 누설되면, 당신은 살인죄명에 해당하니, 집에 돌아가면 신중하여 함부로 말하지 마시오."했다.

남편이 이어서 말하기를,

"내 나이가 적지 않거늘 어찌 아이들처럼 가벼이 이야기를 하겠소."하더라.

이를 갈면서 시원하다고 부르짖다
嚼齒呼爽

어떤 한 선비가 노복(奴僕)의 처(妻)를 범하고자, 노복으로 하여금 외처(外處)로 심부름을 보내놓고는, 그 틈을 타서 그녀를 범

힐난(詰難) : 트집을 잡아 따지며 비난함.

극음(極陰) : 음탕함이 절정에 이름.

신효(神效) : 신기한 효과나 효험이 있음. 또는 그 효과나 효험.

노복(奴僕) : 사내종.

외처(外處) : 제 본고장이 아닌 딴 곳.

조(鳥) : 남자의 성기. '좆'
의 이두식 표현.

용력(用力) : 심력이나 체
력(體力)을 씀.

행사(行事) : 행방(行房),
교합(交合) 등을 이르는
말.

운우지락(雲雨之樂) : 남녀
가 육체적으로 관계하는
즐거움. 중국 초나라 혜왕
(惠王)이 운몽(雲夢)에 있
는 고당에 갔을 때에 꿈속
에서 무산(巫山)의 신녀
(神女)를 만나 즐겼다는
고사에서 유래한다.

밥고리 : '도시락'의 옛말.

하려 하니, 노복이 직감으로 그것을 미리 알고서, 그 아내를 대신 보내고, 자신은 방안에 누워있었다.

양반은 이를 모르고 곧 방안으로 들어가, 그 손을 끌어 당겨 양물(陽物)을 어루만지게 하니, 사내종이 그것을 세게 쥐면서 일어나 말하기를,

"주인님, 주인님, 이게 도대체 무엇을 하려는 것입니까?" 하니, 선비가 졸지에 응답할 수 없어, 억지로 꾸며내어 대답하기를,

"내 조(鳥)가 심히 가려우니, 너는 그것을 긁어다오." 하였다.

노복이 용력(用力)으로 그것을 긁은즉, 피부가 벗겨지고 피가 나왔으나, 선비는 이를 갈며 일어서더니 참으며 말하기를,

"상쾌하다, 상쾌하다." 하더라.

강남 구경을 원하다
🏵 願適江南

어떤 시골 노파에게 딸이 있어 지아비를 정해 혼인을 시켰더니, 지아비가 딸과 더불어 행사(行事)를 하는데, 운우지락(雲雨之樂)이 무르익어 가매,

딸이 남편에게 말하기를, "바라건대 장차 이 모양으로 강남구경하면 좋겠네요." 하니, 남편이 말하기를, "배가 고파서 어찌 강남에 도달할 수 있을까?" 하였다.

여자가 말하기를, "어머니에게 밥고리를 이고 가게 하면, 어찌

배가 고프겠소." 하니, 딸의 어머니가 벽너머에 있다가 그것을 들었다.

그 이튿날, 어머니가 전보다 곱절로 밥을 먹기에, 딸이 괴이하게 여겨 여쭈어 가로되, "어찌 밥을 전보다 곱절로 잡수시나요?" 하니, 어머니가 말하기를, "밥고리를 이고 강남 구경하려면, 밥을 조금 먹으면 어찌 그곳에 갈 수 있겠느냐?" 하더라.

방망이로 그것을 치는 것 같다
❀ 如槌撞之

어떤 소년과 장정(壯丁), 그리고 늙은이 등 세 사람이 동행(同行)하다가, 한 촌집에 묵게 되었는데, 장정이 주인 아내의 얼굴이 아름답고 고운 것을 사모하여, 밤을 틈타 들어가서 범했더니, 주인은 이튿날 강간범이 누구인지를 몰라서, 세 사람을 관가(官家)에 모두 고소하였다.

고을 원님이 그것을 판결하지 못하여 그 아내에게 말했더니, 아내가 말하기를, "판단에 어찌 어려움이 있겠습니까, 내일 그 여자에게 꼭 묻기를, 그 일을 행할 때 송곳으로 찌르는 것 같았는지, 몽둥이로 치는 것 같았는지, 삶은 가지를 들이미는 것 같았는지 꼭 물어보시오. 이와 같이 그녀에게 물어보면 판단이 가능할 것이요." 하였다.

원님이 말하기를, "어떻게 그 소년인지, 장정인지, 늙은이인지

장정(壯丁) : ①나이가 젊고 한창 힘을 쓰는 건장한 남자 ②부역(賦役)이나 군역(軍役)에 소집(召集)된 남자 ③징병 적령자.

를 분간하오?" 하니, 처(妻)가 말하기를, "만약 송곳으로 찌르는
것 같았으면 소년요, 방망이로 치는 듯 했으면 장정이요, 삶은
가지를 넣는 것 같이 하였으면 늙은이요." 하였다.

이튿날 원님이 그 말대로 그녀에게 물었더니,

여자가 말하기를, "방망이로 그것을 치는 것 같았습니다."하
여, 드디어 그 장정을 신문했더니, 과연 소행을 자복하였다.

원님이 그 아내가 세 가지를 분간함을 의심하여, 그 까닭을 물
었더니, 아내가 웃으며 말하기를, "당신이 혼인할 당시에는 나이
가 어린 까닭에 송곳으로 찌르는 것 같았고, 중년 때에 이르러는
방망이로 치는 것 같았으며, 지금 노경(老境)에는 일을 행한즉 삶
은 가지를 넣은 것 같은 고로, 이로써 그것을 압니다." 하니, 원
님이 웃으면서 머리를 끄덕이더라.

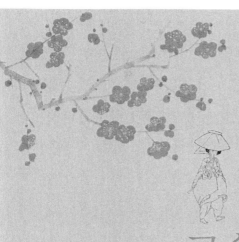

교수잡사

《교수잡사(攪睡襍史)》

'잠을 깨게 하는 잡된 이야기를 모아놓은 책' 이라는 뜻으로 4행으로 된 짧은 이야기부터 41행으로 된 긴 이야기까지 있는데, 평균 길이는 20행 안쪽으로 짧은 이야기가 많은 편이다. 86편의 설화가 실려 있다. 음담패설이 많으나 양반·관료의 횡포와 어리석음을 꼬집은 이야기도 적지 않다.

나쁜 놈이 앙심을 품다

※ 險漢逞憾

간특(姦慝) : 간사하고 악
독함.

봉변(逢變) : 뜻밖의 변이
나 망신스러운 일을 당함.
또는 그 변.

마장(馬場) : 대략 일 리(里
: 400미터)에 해당하는 거
리.

서울에 사는 한 사람이 성품이 간특(姦慝)하여 사람들이 그를
일컬어 몹쓸 놈이라 했다. 그 사람이 고향으로 돌아가는데 하루
는 길에서 배(梨)장수를 만났는데, 배 하나 먹어 보자고 청했으나
배장수가 주지 아니했다.

서울 사람이 화가 나서 말하기를,

"네가 배(梨)를 주지 않았으니, 마땅히 너로 하여금 봉변(逢變)
을 당하게 하겠다."

하고는, 배장수보다 한 마장(馬場)쯤 먼저 가서 길가 논 가운데
남녀 십여 명이 모심기가 한창이라. 서울 사람이 그 가운데 제일
나이 적어 보이는 여인을 불러 가로되,

"형수(兄嫂)가 아름다워 보이는데, 어찌하면 오늘 밤 함께 잘
수 있을까요?"

하고 희롱(戲弄)하니, 여러 사람이 이 소리를 듣고 크게 노하
여,

"어떤 미친놈이 와서 희롱하느냐?"

하고 여인과 함께 쫓아오거늘, 서울 사람이 큰 걸음으로 급히
언덕을 뛰어넘어 그 아래에 앉고는 손을 쳐들며 크게 소리쳐 부
르기를,

"배(梨)를 지고 오는 형님! 빨리빨리 오시오!" 하였다.

이 때 배장수가 마침 논 근처에 당도(當到)하니, 논에 있던 여
러 사람이 쫓아와 서울 사람을 보니, 언덕 너머에 멀리 앉아서
배장수에게 형님이라 부르거늘, 배장수의 덜미를 끌며,

수습(收拾) : ①어수선한
사태(事態)를 가두어 바로
잡음 ②산란(散亂)한 정신
(精神)을 가라앉히어 바로
잡음 ③어수선하게 흐트
러진 물건(物件)을 다시
정돈(整頓)함.
역졸(驛卒) : 역에서 심부
름하던 사람.
냉소(冷笑) : 쌀쌀한 태도
(態度)로 비웃음.

"넌 저놈의 형인 모양인데, 네 아우의 죄는 네가 마땅히 당해
야 할 것이다."

말하며 주먹으로 때리고 발로 차며 밟기에 이르더니, 몸에 성
한 곳이 없고 옷은 찢어지고 배는 깨져서 남아나질 않았다. 배장
수는 생각지 못한 봉변을 당하자 애걸하여 말하기를,

"언덕 아래에 있는 저 놈은 본시 내 동생이 아니오. 아까 배를
달라기에 주지 않았더니, 이에 불만을 갖고 여러분을 속여 나를
괴롭히니 여러분은 양해(諒解)하여 나를 살려 주시오."

하니, 여럿이 그럴싸해서 매를 그치자, 배장수는 간신히 일어
나 남은 배를 수습(收拾)하여 갔다.

서울 사람이 미리 언덕 아래에 앉아 있다가 길에서 배장수의
낭패하여 오는 모습을 보고 가로되,

"그대가 한 개의 배를 아끼더니 과연 어떠한고?"

하니, 배장수가 분하였으나 말을 못했다. 이 때 갑자기 한 역졸
(驛卒)이 흰 말을 타고 지나가거늘, 서울 사람이 말을 붙잡고 청
하기를,

"내가 여러 날 길을 걸어 발이 부르트고 다리가 피곤하니, 요
다음 역마을까지 말을 빌려주심이 어떠시오?"

하니, 역졸 왈,

"너는 어떤 사람인데 말을 빌려 달라 하는가? 나도 또한 다리
가 피곤한즉 다시는 그 따위 미친 소리 하지마라." 하였다.

서울 사람이 노려보며 말하기를, "네가 감히 불허(不許)하니 내
마땅히 너로 하여금 봉변케 하리라." 하였다.

역졸이 냉소(冷笑)를 보이고 가자, 서울 사람이 그 뒤를 따라
가가다 저녁이 되어 역졸이 주막에 들어가는 것을 보았다. 때 마

침 안방에 주인 여자가 보이는데, 방 가운데서 바느질을 하거늘, 창 밖에 서서 가로되,

"낭자여! 내 마땅히 밤 깊은 후에 와서 한 판 하리니, 이 창문을 열고 나를 기다리시오. 나로 말하면 아까 흰 말을 타고 와서 문 건너편 주막에 와서 자고자 하던 사람이라오."하니, 여인이 크게 놀라고 노하여 곧 그 말을 남편에게 고하니, 남편이 대노(大怒)하여 그 아들과 동생을 거느리고 건너편 주막으로 달려들어, 저녁에 흰 말을 타고 온 사람을 찾으니, 역졸은 무슨 일인지 알지 못하고 대답한즉, 세 사람이 죄를 꾸짖고 어지러이 후려치니, 온 몸이 중상이라, 주막 주인이 구해내며 말하기를,

"이 사람은 저녁에 우리 집에 들어와 식사한 후, 지금까지 창 밖에 간 적이 없고, 잠만 자고 있었다오. 천만(千萬)에 애매(曖昧)하니 이는 필시 착오(錯誤)나 오해가 있는 것이오."

하였고, 여러 손님의 말이 역시 마찬가지로 다르지 않아서, 간신히 구해서 풀려났다.

이튿날 아침에 서울 사람이 먼저 길을 떠나서 몇 리 밖에 가서 길가에 앉아 있는데, 그 때 역졸이 말을 타고 오거늘 서울 사람이 말하기를,

"네가 어제 나에게 말을 빌려주지 않더니, 지난밤 액땜함이 과연 어떠하던가? 오늘도 또 만약 말을 빌려주지 않으면 마땅히 이보다 더한 일을 당하게 하리라."하니, 역졸이 크게 두려워 말에서 내려 화해할 것을 애걸하고, 하루 동안 말을 빌려 주고 따라가더라.

천만(千萬)에 : 전혀 그렇지 아니하다, 절대 그럴 수 없다는 뜻으로, 상대편의 말을 부정하거나 남이 한 말에 대하여 겸양의 뜻을 나타낼 때 하는 말.

애매(曖昧) : ①희미하여 분명하지 아니함. ②희미하여 확실하지 못함. 이것인지 저것인지 명확하지 못하여 한 개념이 다른 개념과 충분히 구별되지 못함을 이른다.

착오(錯誤) : ①착각을 하여 잘못함. 또는 그런 잘못. ②같은 말: 배리(背理) ③사람의 인식과 객관적 사실이 일치하지 않고 어긋나는 일.

상번향군(上番鄕軍) : 서울
로 군역(軍役)을 치르느라
올라온 지방 군사.

봉황(鳳凰) : 고대 중국의
전설에 나오는 새로 경사
스러운 일이 일어날 것을
암시하는 상상의 동물이
다. 성인이 이 세상에 날
때 나타나는 새라고도 한
다. '봉'은 수컷, '황'은
암컷을 가리킨다.

형조(刑曹) : 조선 시대에,
육조(六曹) 가운데 법률·
소송·형옥(刑獄)·노예
따위에 관한 일을 맡아보
던 관아.

닭을 봉황이라고 하다
🌼 以鷄爲鳳

옛날에 한 상번향군(上番鄕軍)이 성품이 매우 간사하고 속임수
가 많아서, 다른 사람들이 그의 술책 속에 많이 떨어졌는데, 하
루는 그 군인이 닭 가게 앞을 지나가다 한 수탉을 보니, 몸집이
매우 크고 모양이 매우 아롱져서, 평범한 닭과는 크게 달랐다.

이에 마음속으로 하나의 꾀를 내어, 나아가 앉아서 손으로 닭
을 어루만지면서, 거짓으로 크게 기이하게 여기는 형상을 지으
면서 아름답다는 칭찬을 그치지 않다가, 곧 닭 주인에게 묻기를,
"이것이 무슨 동물이요?" 하니, 닭 주인이 그 사람의 어리석음을
보고는 마음으로 웃으면서,

이에 대답하여 말하기를, "이는 봉황(鳳凰)이요." 하니, 시골
군인이 눈을 휘둥그렇게 뜨고 혀를 내밀며 말하기를, "나는 다만
봉황의 이름만 들었지 그 모습은 아직 보지 못했는데, 이제야 과
연 볼 수 있게 되었구나. 원컨대 그대는 나에게 파는 게 어떻겠
소?" 하거늘,

닭 주인이 말하기를, "사가시오." 하니, 시골 군인이 말하기를,
"값은 얼마쯤이요?" 하였다. 닭 주인이 말하기를, "스무 냥이
요." 하니, 시골 군인이 크게 기뻐하면서, 즉시 스무 냥으로 그것
을 샀다.

곧 하나의 붉은 보자기로 그것을 싼 후에, 새로 옻칠한 소반에
담아서, 그것을 두 손으로 받들고, 곧바로 형조(刑曹)로 들어가
뜰아래 꿇어앉아 고하기를, "소인이 마침 한 마리의 봉황을 얻었

는데, 들어본즉 이는 나라의 상서(祥瑞)로운 물건이라 하니, 소인의 얕은 정성이오나 이를 진상(進上)하여 바치고자 하오니, 원컨대 대감께서 곧 진상해주시면, 아랫것의 뜻에 매우 다행이겠습니다." 하였다.

형조판서(刑曹判書)가 그로 하여금 가져오게 하여, 보자기를 풀고 그것을 본즉, 곧 수탉인지라, 형조판서가 그를 꾸짖어 말하기를, "이는 닭이구나, 네가 어찌 망령된 말을 이처럼 하느냐?" 하니, 시골 군인이 말하기를, "과연 진정 이것이 닭이오니까? 그렇다면 원컨대 그것을 사느라 들어간 돈을 찾아 주실 것을 복망(伏望)하옵니다." 하였다.

형조판서가 가로대, "너는 얼마 가량의 돈으로 어떤 사람에게 샀느냐?" 하니, 시골 군인이 말하기를, "종루(鐘樓) 위쪽에 어떤 사람이 그것을 봉황이라고 일컬으면서 값은 쉰 냥이 된다고 말하는 고로, 소인이 아끼지 않고 그 말대로 주고 샀습니다.

과연 이것이 닭이라면, 이미 사람을 속인 죄가 있는데다 쉰 냥을 또 도둑질한 것이 아니오니까? 서울 사람의 맹랑함이 이와 같으니, 밝으신 다스림으로 즉시 그 돈을 찾아주시기를 복망하나이다." 하였다.

거듭하여 무수히 울면서 고하거늘, 형조판서가 곧바로 명령을 내려서 닭 가게 주인을 잡아오게 하여, 그에게 묻기를, "네가 이 닭을 봉황이라고 말하여 이놈에게 팔았느냐?" 하니, 닭 가게 주인이 말하기를, "정말로 그에게 팔았나이다." 하니,

상서(祥瑞) : 복되고 길한 일이 일어날 조짐.

복망(伏望) : 엎드려 바란다는 뜻으로, 웃어른께 삼가 바람의 뜻.

종루(鐘樓) : 서울 종로에 있는 종각(鐘閣)을 말함.

형조판서가 엄사(嚴查)하여 말하기를, "닭을 봉황이라고 말하여 값을 쉰 냥을 받음은 어찌 백주(白晝)의 강도가 아니냐?" 하니, 가게 주인이 말하기를, "저 놈이 이 닭을 보고 닭이 아니라고 의심하여 그것을 크게 신기해하면서 묻기를, '이것이 무슨 동물이냐' 하는 고로,

소인이 그 어리석음이 우스워, 웃으면서 봉황이라고 대답하였는데, 그 값을 묻기에 웃으며 스무 냥이라고 대답했더니, 저 놈이 즉시 스무 냥을 내고 사가는 고로, 소인이 마음속으로 기절하여 넘어질 뻔하다, 잠시 그 돈을 받아 두고, 저 놈이 곧 깨닫고 와서 찾아가기를 기다렸다가 돌려주고자 했을 뿐이지, 어찌 고의로 속여 이 같은 일을 행하겠습니까?" 하였다.

시골 군인이 곧 크게 울면서 애원하여 고하기를, "소인이 정녕(丁寧) 쉰 냥을 주었는데, 저 놈이 곧 말하기를 스무 냥이라 하니, 생판으로 하소연하여 다른 사람의 서른 냥을 횡탈(橫奪)하고자 하니, 하늘 아래에 어찌 이와 같은 지극히 원통한 일이 있겠습니까? 엎드려 빌건대 엄사(嚴查)로 돈을 찾아 주시어 무지(無智)한 시골 사람이 귀중한 재산을 잃지 않도록 손을 모아 빌고 또 빕니다." 하였다.

형조판서가 닭 가게 주인을 꾸짖어 말하기를, "어리석은 백성을 업신여겨 속여서 대낮에 사람의 재물을 빼앗고서, 이제 듣기 좋게 꾸며서 하는 말로 간사함을 숨기려는 것이 옳으냐? 한 마리 닭값이 많아야 일곱 여덟 냥에 불과(不過)한데, 너는 이미 말하기를 스무 냥을 받았다고 했으니, 이는 도둑놈이 아니냐? 이로 미루어 볼 때, 저 놈이 쉰 냥을 주었다고 말하는 것을 어찌 허언(虛

言)이라고 비방하겠느냐? 한 마리 닭에 스무 냥을 받는 놈이 어찌 쉰 냥인들 받지 않겠느냐?" 하면서,

엄하게 다스리고자 하니, 가게 주인이 입이 있어도 변명할 수가 없어 곧 고하여 말하기를, "소인이 한 때의 실없는 희롱으로 도리어 저 놈에게 속임을 당해서 이 지경에 이르렀으나, 변명할 말이 없습니다." 하였다.

형조판서가 마침내 가게 주인에게서 쉰 냥을 찾아 받아서 시골 군인에게 내어 주니, 시골 군인이 백배치사(百拜致謝)하고 물러가더라. 대개 사람의 지극히 간사함은 송사(訟事)로서도 분별하기 어려운지라, 들은 사람들이 웃음을 전하더라.

백배치사(百拜致謝) : 수 없이 절을 하며 사례(謝禮)하는 뜻을 표함. 백배사례(百拜謝禮).

송사(訟事) : 남과 분쟁(紛爭)이 있는 백성(百姓)이 옳고 그름을 판결(判決)해 주기를 관부(官府)에 호소(呼訴)하던 일. 소송(訴訟)하는 일.

개도 역시 야질을 하다
❀ 狗亦冶質

어떤 사람이 대낮에 마누라와 함께 음란한 짓을 하는데 바야흐로 운우가 무르녹을 무렵 대여섯 살 난 아들이 문을 열고 들어오려고 하니,

아버지가 급한 나머지 하는 말.

"빨리 나가 놀아라!"

아들이 하는 말,

"아버지는 어머니와 더불어 지금 무엇을 하고 있습니까? 나에게 자세히 가르쳐주지 않으면 나가지 않을 것입니다."

아버지는 괴로워하며 말하기를,

"이것은 '야질(冶質)' 이라는 것이다."

하니 아들은 고개를 끄덕이면서 바깥으로 나가 놀았다.

별안간 한 손님이 와서 아이에게 묻기를,
"너의 부친께서 집에 아니 계시느냐?"
아이는 말하기를,
"지금 방에 계십니다."
손님이 말하기를,
"안에 계시면서 무엇을 하고 있지?"라 했다.
아이는 말하기를,
"지금 야질을 하고 있습니다."라 했지만,
손님은 아직 그 뜻을 깨닫지를 못하여 아이에게 묻기를,
"야질이 무슨 일이야?"하는 데,
때마침 뜰 가운데서 수캐가 암캐의 등위에 올라타서 교미를 하
고 있었다.

아이가 급하게 손님을 부르며 하는 말.
"손님! 손님! 저 개도 역시 야질을 하고 있습니다."
라 했다. 손님은 크게 웃었으며, 아이의 아버지도 이 말을 듣고
역시 크게 웃었다더라.

코로써 양물을 대신하다
❀ 以鼻代陽

옛날 한 시골 여인이 성품이 본래부터 크게 음탕하고, 음문 또
한 매우 넓어서 매번 아주 큰 양물을 얻어서 성욕을 충족시키고

싶어 하였다.

백여 명의 사람에게 여러 번 시험해 보았는데 소위 큰 것이라는 것이, 모두 다 창해일속(滄海一粟)인지라, 그 시골 여인이 시장에서 사람들이 모여 있는 가운데 몰래 살펴서 그것을 구하려 했다.

창해일속(滄海一粟) : 넓은 바다에 떠 있는 한 알의 좁쌀 격으로 아주 작은 것을 의미.

하루는 한 사람을 보니, 머리에 대나무 삿갓을 썼는데 코가 대단히 높고 커서 대삿갓 바깥으로 들어나 있었다. 그 시골 여인이 이것을 보고 크게 기뻐하며 생각하기를,

'일찍이 코가 큰 사람은 양물 또한 크다는 말을 들었는데, 이 사람의 코가 대나무 삿갓의 바깥으로 노출되어 있는 것을 미루어 보건대, 그의 양물이 크겠으니 어찌 나의 욕망을 다스리지 않겠는가?'

하고는 그 사람을 초청하여 집에 이르러 술과 고기를 성대히 준비하여 대접하고는 잠자리를 같이 하기 원하니 그 사람이 허락하여 거사를 치루기에 이르렀다.

그런데 여자가 그 남자의 양경을 보니 작기가 새끼손가락 같아서 여자는 흥이 무르익어가다가 자기도 모르는 사이 크게 실망하여 두 발로 차서 그 사나이를 물리치고는, 깊이 생각해보니 간신히 데려오고 후하게 대접하느라 비용을 들여 일을 도모했는데 그 결과가 이러한즉 심하게 분하고 아까운지라, 두 손으로 그 자의 양 귀를 잡고 그의 머리를 세차게 끌어 당겨 큰 코를 음호에 무수히 진퇴시키고 말하기를,

"앞서 드린 공이 아까워 큰 코로써 그 작은 양물을 대신하여 나의 욕망을 적으나마 해소하는 거요."

하니, 코 큰 사나이는 무한한 곤욕을 겪고 쫓겨나서 냇가에 도
달하여 코를 씻고 갔다. 전해 듣는 사람들이 크게 웃었다더라.

나머지 약을 버리라고 명령하다
🏵 命棄餘藥

한 늙은 재상에게 첩이 있어서 그녀를 몹시 사랑하였으나, 매
일 밤을 맞아 책임을 다 하지 못하고, 그녀의 마음을 즐겁게 해
주지 못하였다. 물개의 고기와 해구신(海狗腎) 그리고 녹용을 널
리 구해서 가루약으로 만들어 머리맡에 두고 매일 아침 따뜻한
술과 함께 섞여 마셨으나 수개월이 지났음에도 효험이 조금도
없었다.

그런데 곁에 한 하인이 있었는데, 그는 매일 아침 재상이 그 약
을 마시는 것을 보고 있었다. 하루는 노 재상이 새벽에 관아에
가자 하인은 마음속으로, 대감이 매일 아침 이 약을 먹는 것을
보아 이것은 좋은 약임에 틀림없을 것이라 생각했다.

이에 그 하인은 따끈한 술에 여러 숟가락을 섞어서 먹었더니,
며칠이 안 가서 양기(陽氣)가 크게 성하여 낮이고 밤이고 주체하
기가 어려웠다. 그래서 집에 가서 자기 마누라와 함께 밤낮으로
떨어지지 않고, 10여일이 지나도 돌아오지를 않았다.

늙은 재상은 다른 하인에게 묻기를,
"아무개가 10여 일간 오지 않으니 괴이한 일이다. 즉시 불러오

너라." 하였다.

그 하인이 불려 와서 재상을 뵈오니, 늙은 재상 왈,

"너는 그 간 무슨 병이 있었는고? 10여일 나오지 않았으니 가히 괴이하구나."

하니, 하인이 웃으며 하는 말,

"소인이 어찌 대감님을 감히 속이겠습니까? 매일 아침, 대감님께서 베갯머리의 가루약을 두고 복용(服用)하시는 것을 보고, 얼마 전에 소인이 장난삼아 그 약 몇 숟가락을 따뜻한 술에 섞어서 먹었습니다. 그 약을 먹은 수일 후에 홀연히 양기(陽氣)가 크게 왕성하여 꺾고 싶었으나 한 시도 참기 어려운 까닭으로 집으로 돌아가 소인의 처와 더불어 낮밤으로 회합하여 이제 수일에 이르렀음에도 잠시도 양물(陽物)이 굽히지 않으니, 반드시 죽어야 그칠 것 같습니다. 참으로 후회막급(後悔莫及)이며, 이와 같은 까닭으로 속히 올 수 없었습니다."

라 하니, 재상은 이 말을 듣고 얼굴빛이 변하면서 탄식하며 말하기를,

"원래 나와 같은 노인은 약 또한 무용(無用)이라 내가 복용한지 수일이 지나도 그 효험이 털끝만큼도 없었으나 네가 몇 숟가락 먹었는데 약효가 이처럼 웅장(雄壯)하니 어찌 원통하다 아니 할 수 있겠는가!"

"만약 이 약을 그대로 방치하면 늙은이에겐 효험이 없고, 젊은이는 의당 죽음을 당하게 되므로 잠시라도 그대로 둘 수 없구나."

하면서 곧 그 약을 똥이 있는 밭두둑 가운데 갖다 버렸다고 하더라.

후회막급(後悔莫及) : 아무리 후회(後悔)하여도 다시 어찌할 수가 없음. 일이 잘못된 뒤라 아무리 뉘우쳐도 어찌할 수 없음.

색(色) : 색정이나 여색, 색사(色事) 따위를 뜻하는 말.

동비(童婢) : 나이가 어린 여자 종.

규녀(閨女) : 안방의 처녀, 즉 창녀의 반대 의미를 강조함.

친압(親狎) : 버릇없이 너무 지나치게 친함.

노야(老爺) : 늙은 남자에 대한 존칭. (=늙으신네)

문후(問候) : 웃어른의 안부를 여쭘.

숫처녀가 땀을 내주다

❀ 炭女發汗

옛날, 어떤 시골 집안의 선비가 있었는데, 사람됨이 어리석고 사리에 어두웠으나 살림은 넉넉했다. 그의 아버지인 생원은 몹시 색(色)을 좋아했다.

생원의 집안에 한 동비(童婢)가 있었는데 나이는 열일곱 살이었다. 어려서부터 집안에서 성장하여 아직 바깥에 나간 일 없었기에 규녀(閨女)와 다를 바가 없었고, 얼굴과 모양이 아주 아름다웠는지라, 생원이 그녀를 친압(親狎)하고자 하였으나 잠시도 집안의 좌우를 떠나지 않으니, 마음속에 한 가지 계책을 꾀하였다.

하루는 가까운 마을에 절친하게 지내는 성이 박씨인 의원을 만나서 이 일을 이야기하기를,

"내가 거짓으로 병에 걸렸다고 할 터이니 자네는 반드시 여차여차 말하면 마땅히 좋은 도리가 있을 것일세."하니 의원이 수락했다.

며칠 뒤 생원이 밤중부터 별안간 크게 아픈 시늉을 지으니 이른 아침에 집안 하인이 생원의 아들인 선비에게 와서 고하여 알리기를,

"노야(老爺)께서 갑자기 병이 위중하십니다."라고 했다.

선비는 놀라고 걱정되어 곧바로 문후(問候)를 드리니 그 생원이 말하기를,

"온 몸이 다 아프고 추운 기운이 가장 괴롭구나."

라면서, 신음하는 소리가 입에서 끊이지 않고, 정신이 혼미한

262

것이 위태로울 것 같아 선비는 크게 걱정하여 즉시 박 의원을 청하여 진맥케 한즉, 박 의원이 진찰을 하고 바깥으로 나가는지라, 선비가 따라 나가 물은즉, 의원이 말하기를,

"며칠 전에 오셔서 인사를 드렸을 때는 불편한 기색을 보지 못했었는데, 어찌 환후(患候)가 갑자기 이렇게 위중하리라 예상했겠습니까? 노인의 맥박이 저렇게 안 좋으니 저의 짧은 생각으로는, 실로 쓸 수 있는 약이 없소. 다시 이름난 의원을 구해서 의논하여 마땅한 약을 지어 올리는 것이 좋을 상 싶소."

선비가 크게 놀라고 당황하여 의원의 손을 잡고 간청하여 하는 말,

"다른 의원이 그대보다 좋을 수 없으며 또한 자네는 우리 아버님의 기품과 맥박의 도수도 잘 아시면서, 어찌 좋은 처방을 깊이 생각하지 않고, 급히 물러나가시려 하오?"

라고 하니, 의원이 한참 동안 깊이 생각을 하는 척 하더니 곧 말하기를,

"백약이 모두 합당하지 않고, 단지 한 가지 처방이 있으나, 이는 얻어 쓰기가 어려우며, 만약 잘못 쓰면 해로운 고로 이것이 가히 걱정됩니다."

선비가 말하기를,

"아무리 어려운 것일지라도, 내가 마땅히 힘을 다하여 얻어 사용할 것이니, 오로지 그것을 말하시오."

의원이 하는 말,

"병환은 오로지 가슴과 배에 한기(寒氣)가 맺혀서 일어난 것이니, 만약 16세 내지 17세의 남자를 겪지 않은 숫처녀를 얻어서, 따뜻한 방 가운데 병풍으로 바람을 막고, 가슴을 접하고 누워서 끌어안고 땀을 내면 곧 쾌유할 것입니다. 이밖에 다른 약이 없을

환후(患候) : 지체가 높은 사람의 병환(病患)을 의미한다.

이 모여 사는 곳을 말함.

동비(童婢) : 나이가 어린
계집종.

운우(雲雨) : 남녀간의 육
체적인 정을 나눔.

것입니다만, 곰곰이 생각건대, 열여섯 일곱 살의 천한 여자는 남
자 경험을 했는지 여부를 상세히 알 수가 없고, 여염(閭閻)집의
딸은 비록 한 때의 약용(藥用)일지라도 누가 들어 주겠소. 이것이
이른 바 극히 어려운 것이오."

그때 선비의 모친이 마침 창 밖에 있다가 의원의 말을 듣고 급
히 선비를 불러 하는 말,

"나는 의원이 하는 말을 들었는데, 그 약이 어렵지 않다."

선비 하는 말,

"어떻게 그것을 얻습니까?" 하니,

그의 모친 왈,

"아무개 계집종이 어려서부터 내 이불속에서 양육해서 지금까
지 문밖을 나가지 않았으니, 이는 곧 양반집 처녀와 다를 것이 없
고 이제 나이 열일곱이니, 만약 숫처녀를 구한다면 이 종년이 한
때의 약용으로 아무 걱정할 것이 없으니, 어찌 좋지 않겠느냐?"

선비가 크게 기뻐하며 하는 말,

"분부대로 하겠습니다."

하고는 즉시 의원의 말과 제 어머니의 뜻을 아버지께 아뢰니,
생원이 말하였다.

"세상에 어찌 그따위 약물이 있단 말인가? 그런데 박 의원의
말이 그와 같다면, 그것을 한번 시험해보지 어찌 거리끼겠는가?"

그날 밤, 병풍으로 따뜻한 방을 막고 그 동비(童婢)에게 옷과
치마를 벗게 하여 이불속으로 들어가게 하고 선비가 문밖으로
나왔다. 그의 모친도 역시 창밖에 서서 그가 땀내는 것을 살피고
자 했다. 조금 후에 생원이 계집종과 더불어 운우(雲雨)의 절정에

이르니 그의 모친이 중얼거리면서 몸을 돌려 안방으로 들어가면서 하는 말,

"이것이 가슴을 대고 땀을 내는 약이란 말인가? 이와 같이 땀을 낸다면, 어찌 나와 같이 땀을 내지 않는고?"

하니, 선비가 뒤따라오며 눈을 흘기더니 어머니의 말을 막으며 하는 말, "어머님은 어찌 사리에 어긋나는 모자란 말씀을 하십니까? 어머님이 숫처녀(炭女) 입니까?"

하니, 듣는 사람들이 모두 포복절도 하더라.

탄녀(炭女) : 炭=숯 탄 : 숫처녀를 이두식으로 표현한 것.

한훤(寒喧) : 그때 일기의 춥고 더움을 살펴 서로 인사함을 가리키는 말.

세 번을 하다
❀ 三版爲之

옛날에 경상도로 장가를 간 자가 있었는데, 장가간 이튿날 장모가 사위를 불러 한훤(寒喧)을 마친 후, 이어서 하는 말,

"간밤에 변변치 않는 것을 들여보냈는데, 그것을 얼마쯤 했는지?"라 했다.

대개 '변변치 않는 물건(不大假之物)'은 곧 '야찬(夜餐=밤에 먹는 간식)'이고, '그것을 얼마쯤 했느냐(幾許爲之)'라는 말로 곧 '그 것을 얼마나 먹었는가?' 하는 말이다.

그런데 사위는 '변변치 않은 물건'을, 장모가 자기 딸을 가리키는 겸손의 말로 잘못 들었고, '얼마쯤 그것을 했느냐'는 곧 '몇 번 그것을 했느냐?'로 잘못 들었다.

이어 사위는 머뭇거리다가 대답하기를
"세 판 했습니다.(三版爲之)"

라 하니, 장모가 마음속으로 사위의 어리석고 변변치 못함에
놀라면서 머리를 돌려 천천히 말하기를,

"사위의 사람 됨됨이가 도리어 돌쇠[乭金]아비만도 같지 못 하
군"

하니, '돌쇠아비'는 그 집의 남자 종이었고, 사위의 미혹하고
용렬함이 돌쇠아비보다 심하다는 것을 말하고자 함이었다.

그러나 사위는 자기의 근력이 돌쇠아비만 같지 못하다는 것으
로 잘못 알고서는, 곧 성을 내면서 꿇어앉아서 말하기를,

"장모님, 돌쇠아비가 얼마나 영악(獰惡)한 놈인지는 알지 못하
나, 이 사위는 열흘 동안 몇 백리의 길을 걸어온 후에도 짧은 밤
에 세 판을 했는데 어찌 부족하단 말이요"

하니 장모가 크게 놀라 더불어 다시 말을 하지 않더라.

부녀가 서로 속이다
⚜ 父女相誑

시골의 한 선비에게 딸이 하나 있었는데 그 딸을 매우 사랑했
다. 딸이 장성하자, 수십 리 떨어진 건넛마을로 시집을 보냈다.
아버지는 딸을 보내놓고 잊을 수가 없어서 종종 도보로 가보곤
했다.

딸이 시집간 집은 자못 살림이 풍요로웠으나 수십 리 걸어온
늙은 아비에게 거듭 음식 한 번 권하지 않고, 술 한 잔, 밥 한 그
릇을 대접하지 않고 번번이 그대로 돌려보냈다.

아버지는 매번 배고픔을 면치 못한 채 돌아와서 마음으로 늘 괴이쩍어 하면서 하는 말,

"내가 그 년을 어떻게 사랑했는데 그 년이 멀리에서 온 아비를 물 한 잔도 한 번을 대접하지 않았으니 어쩌면 이처럼 무심할 수 있는고."

내가 마땅히 거짓으로 죽었다고 부고(訃告)를 보내고서

"그 년이 즉각 와서 슬퍼하는 지 않는 지를 봐야겠다."

고 하고는 집안사람들에게 그 일을 말하고, 그들과 약속을 했다.

하루는 사람을 보내어 부고를 전하고 홑이불을 덮어쓰고 누워서 죽은 사람같이 하고 있었다.

딸이 과연 즉시 와서 아버지를 어루만지며 곡(哭)을 하면서 하는 말,

"이게 어찌 된 일이요! 아버지께서 엊그제 오셨을 때 흰쌀밥과 고깃국, 그리고 맛좋은 술과 향기로운 안주를 대접했더니 아버지께서 맛있게 잡수셨고, 신수가 여느 때와 같았는데, 수일 사이에 갑자기 이 지경에 이르렀으니 이게 어찌된 일이요!"

하며, 또 통곡을 하면서 말하기를,

"아버지께서 저에게 말씀하시기를, 아무 곳에 있는 목화밭과 또 아무 곳의 올벼 논을 저에게 주신다고 말씀하시더니, 이제 어디 가서 찾아 간단 말이오?"

이렇게 말하며 통곡을 그치지 않았다.

아마도 딸의 속마음은 아버지가 죽은 줄 알고 집안사람들이 이를 듣게 해서 논과 밭을 주도록 한다는 계책이었으리라. 아버지

부고(訃告) : ①사람의 죽음을 알림 ②또는, 그런 글.

무쌍(無雙) : 짝이(비교할
데가) 없을 정도로 심함.

좌수(座首) : 조선조 향청
의 우두머리.

는 벌떡 일어나 앉아 눈을 부릅뜨고 딸을 꾸짖으며 하는 말,

"비할 데 없이 나쁜 년아! 내가 죽었다고 하니 감히 와서 이처
럼 구느냐? 내가 어저께 처음 너의 집에 가지 않았거니와, 몇 차
례 가서 보았으나, 너는 나에게 언제 한 잔의 물이라도 대접이나
했었느냐? 내가 언제 너에게 전답을 주겠다고 했느냐? 너와 같
은 간악한 계집은 이 세상에 둘도 없으리라!"

딸은 눈물을 닦으며 교활하게 웃음을 짓고 아버지의 손을 잡으
며 하는 말,

"아버지의 죽음이 어찌 진짜이며, 소녀의 울음은 어찌 참 울음
이리요!"

하니, 아버지가 입이 괴로워서 아무 말 없이, 웃음을 머금고 딸
을 돌려보내더라.

자네의 성이 보가(寶哥)이지
🌸君姓寶哥

어떤 고을의 원님이 건망이 무쌍(無雙)하여, 좌수(座首)의 성
(姓)을 묻고는 이튿날만 되면 또 잊어버렸다. 이렇기를 여러 날,
번번이 잊어버리고 기억을 못하였다.

하루는 또 묻기를,

"자네 성(性)이 무엇이냐?"고 물었다.

좌수가

"홍가(洪哥)입니다"

하니, 원님은 자기가 매번 잊어버린 것이 민망하여 홍합을 하나 그려 벽에 붙여두었다. 이튿날 좌수가 들어오는 것을 본즉, 또 그의 이름을 잊어버렸다. 그래서 그려 붙인 홍합을 보았는데도 홍합 역시 잊어버렸다.

홍합그림을 보니 여자의 음문과 모양이 비슷하기에 그에게 묻기를,

"자네의 성이 보가(寶哥)냐?" 했다.

통속적으로 여자의 음문을 두고 보지(寶池)라 하는 까닭으로 그렇게 말한 것이다.

좌수 왈,

"보가(寶哥)가 아니고 홍가(洪哥)입니다."

하니, 원님이 웃으며 하는 말,

"맞다! 맞다! 내가 홍합을 그려놓고 또 잊어버렸구나!"

하니, 듣는 사람들이 모두 포복절도하더라.

삼대 호래아들의 유래
❀ 三代獨兒子

옛날 한 시골사람이 혼례를 지낼 때 늙은 주인이 손자를 보내어, 그에게 건너 마을 안사돈께서 잔치에 참석하도록 초청하고 오라고 시켰다.

손자는 그때 스무 살 총각이었는데, 곧장 사돈댁에 도착하여 자기 할아버지의 말씀을 전하고 혼례잔치에 참석할 것을 요청한

즉, 안사돈께서 총각을 따라 동행하게 되어 한 시냇물에 이르렀다. 여인이 옷을 벗고 건너기 어려웠음으로 총각이 업고 건너기를 청했더니, 그 여인은 총각의 말에 따라 건너는데, 냇물의 중간쯤에 이르러 가운데 손가락으로 뒤로부터 음문(陰門) 속으로 끼워 넣어 흔들어 대니 여인은 분노했으나 어찌 할 수 없었다.

곧 사돈집에 도착하여 총각의 아비를 보고 매우 화가 나서 하는 말

"그대의 아들이 나와 함께 올 때, 나를 업고 물을 건너면서 여차여차 했으니, 어찌 개자식 같은 놈이 있단 말이요?"

하였더니, 총각의 아비가 손을 흔들며 그 여인의 말을 중지시키며 하는 말,

"다시 말하지 마시오."

하니, 그 여인이 하는 말,

"어찌 이리 말하시오?"

한즉, 총각의 아비 하는 말,

"나는 그 말을 듣고 모르는 사이에 양물(陽物)이 기동(起動)하여 하고 싶은 생각을 금할 수 없나이다."

하니, 그 안사돈이 하는 말,

"그대도 역시 말이 통하지 않는구려."라 했다.

그 안사돈은 늙은 주인을 찾아보고 정색을 해서 하는 말,

"나는 공(公)의 초청으로 인해 공의 손자님과 함께 냇물을 건넜는데, 공의 손자가 여차여차한 고로, 조금 전에 작은 사돈에게 말을 해서 죄를 다스리라 했는데, 젊은 사돈의 대답하는 바가 여

차여차하여 어찌 패악(悖惡)하지 않으리오. 영감께서 반드시 아들과 손자를 꾸짖어 차후에 행실(行實)을 닦게 함이 어떠하겠습니까?"

독아자(獨兒子) : 환자(鰥子).

환자(鰥子) : 홀아비 자식= '호래자식'이란 욕.

한즉, 늙은 사돈이 눈물을 머금고 길게 탄식을 하고 머리를 숙이고 말이 없거늘, 여인은 생각하기를, '이 사돈이 반드시 놀라고 부끄러워서 그럴 것이라' 하고, 곧 말하기를,
"영감께서는 그렇게 미안해 할 필요가 없습니다. 다만 마땅히 자식을 훈계만 하면 좋을 것입니다."라 했다.

늙은 사돈이 하는 말,
"아닙니다. 저가 젊었을 때 만약에 이런 말들을 들었다면 양물(陽物)이 즉각 기동하여 욕정을 억제하지 못했을 것입니다. 지금은 연로하여 기력이 없어서 이런 좋은 말을 들어도 양물의 기동이 없으니 어찌 죽은 것이 아니겠소. 이것이 한심스럽답니다."라 했다.

여인은 더욱 화를 내어 꾸짖기를,
"당신네 할아비, 아들, 손자는 정말로 삼대(三代) 독아자(獨兒子)이다."
하거늘, 독아자는 방언으로 환자(鰥子)를 뜻한다.

즉, 오늘날의 삼대 호래자식이라는 욕은 이로부터 비로소 나왔다고 한다.

後生(後生) : 내세(來世), 〈
불교〉=내생(來生). 다시
태어남.

명창(名娼) : 노래와 춤과
몸을 파는 이름난 기생(妓
生).

자제(子弟) : ①남의 아들
의 높임말. ②남의 집안의
젊은 사람을 일컫는 말.

세 소년의 소원
❀ 三人各願

세 소년이 이야기 하던 중 각자의 소원을 서로 물었다.

한 소년이 이렇게 말하였다.

"나는 후생(後生)에 명창(名娼)으로 태어나, 위로는 정승판서
로부터 밑으로는 저자거리의 사람들에 이르기까지, 부잣집의 자
제(子弟)들의 애간장을 녹여 내 손안에 놀게 하고, 사치와 행락을
마음대로 하여 이름을 일국(一國)에 날린다면 더 이상 바랄게 없
겠다."

또 한 소년이 말하였다.

"나는 후생에 바라기를 솔개가 되어 푸른 하늘을 높이 날며 사
방을 유람하고, 혹시 명가(名家)의 예쁜 여종이 고기 광주리를 이
고 오는 것을 보면 가볍게 날아 내려가서 그 고기를 가로채어 다
시 높이 날고 싶다. 그러면 그 예쁜 여종이 크게 놀라 어머니를
부르다가 나를 우러러보면서 웃기도 하고 울기도 하는 것을 본
다면 얼마나 통쾌하겠는가?"

그러자 남은 한 소년이 말하였다.
"나는 후생에 돼지새끼로 태어나고 싶도다!"
하자 두 소년이 크게 웃으며,
"이건 정말 별다른 소원이다. 그 이유는 뭐냐?"하고 물었다.

그러자 그 소년이,

"돼지새끼는 태어난 지 불과 몇 개월이면 충분히 색(色)을 알 게 되기 때문에 그것이 소원이다."

하고 말하니 듣는 사람들이 크게 웃더라.

축수(祝壽) : 오래 살기를 빎.

그것 또한 좋은 축수로다
如是祝壽

어떤 사람이 회갑을 맞아 자손들이 각각 잔을 들어 헌수(獻壽)를 하는데, 맏며느리가 잔을 올리자 시아버지가,

"네가 이미 잔을 들었으니 복되는 경사스러운 말로 헌배(獻杯)하는 것이 옳을 것이다."

하고 말하자, 며느리는 잔을 잡고 꿇어앉아 아뢰기를,

"바라건대 시아버님께서는 천황씨(天皇氏)가 되시옵소서."라고 하였다.

시아버지가,

"무슨 뜻인고?"

라고 묻자,

"천황씨는 일만 팔천세를 누리었으니 이와 같이 축수(祝壽) 합니다."

라고 대답하니 시아버지는,

"좋다." 고 했다.

둘째 며느리도 잔을 들고 꿇어앉아 아뢰기를,

"바라건대 시아버님께서는 지황씨(地皇氏)가 되시옵소서."라

고 말하였다.

시아버지가 그 이유를 묻자,

"지황씨 또한 일만 팔천세를 살았으니 이와 같이 축수 하옵니다."

하고 말하니,

"역시 좋다."고 시아버지가 말하였다.

셋째 며느리가 잔을 들고 꿇어앉아 말하였다.

"바라옵건대 시아버님께옵서는 양물(陽物)이 되시옵소서."

하니, 시아버지가 놀란 표정으로,

"그 까닭은 무엇이냐?"

하고 묻자,

"남자의 양물은 한때 죽었다가도 곧 바로 또 다시 살아나 장년불사(長年不死)하니 그렇게 되시기를 바라는 것이옵니다."

라고 대답하니, 시아버지는,

"네 말 또한 좋도다. 좋은 축수로다."라 하더라.

소죽통을 빌려가세요
🌸 勸借牛桶

어떤 시골 마을에 머슴살이 하는 총각이 소죽통을 빌리러 울타리 너머 이웃 과부의 집에 갔는데, 주인 과부는 넓은 홑치마를 입고 창가 봉당에 누워 자고 있었다. 흰 살결의 허벅지가 반쯤 드러난 것을 본 총각은 음욕(淫慾)을 이기지 못하고 드디어 양물(陽物)을 맹렬히 들이밀자, 그녀가 놀라 눈을 떠보니 이웃집 총각

머슴인지라. 화가 나서 힐책(詰責)하기를,

"네가 이런 짓을 하고도 살 수 있을 것 같으냐!"하고 꾸짖었다.

그러자 총각이,

"내가 소죽통을 빌리러 왔다가 우연히 이런 죄를 짓게 되었습니다. 그렇다면 그만 그칠까요?"

하고 말하니 과부는 양 손으로 총각의 허리를 끌어안으면서,

"네가 마음대로 겁탈을 하고, 또 네 마음대로 그치려 하느냐!"

하고 드디어 극음(極淫)에 이른 후에야 총각을 보내주었다.

이튿날 저녁에 과부가 울타리 밖에서 다시 총각머슴 불러 말하기를,

"총각! 총각! 오늘은 왜 소죽통을 빌리러 오지 않는가?"하고 물었다.

총각은 과부의 뜻을 알고 밤이 깊어지자 또 어제처럼 즐기더라.

속았는데도 자랑하네
❀ 見詐反誇

옛날 한 양반집에 얼굴이 아름다운 계집종이 있었다. 하루는 주인 양반이 계집종을 몰래 꼬여내어, 후원의 나무 밑에서 올라타는데 갑자기 그녀의 남편이 나타나니, 사통(私通)하는 게 탄로날 형편이라. 그 양반이 급히 계집종의 치마로 누워있는 계집종의 얼굴을 덮고 자신은 그 위에 엎드리고, 계집종의 남편에게 고개를 돌려 눈을 찡그리며, 입을 히죽거리고, 손을 흔들어 쫓으

니, 계집종의 남편이 미소를 지으며 빨리 가버리더라.

저녁 무렵에 계집종의 남편이 사랑방에 들어와 양반에게 말하기를,

"서방님! 서방님! 아까 소인이 잘 피해드렸지요? 영리함이 그만이지요?"

하니, 양반 가로대,

"네가 과연 영리하니, 기특(奇特)하고 기특하도다. 만약 그녀가 알게 되었다면 얼마나 무안했을까!'"하였다.

계집종 남편이 자랑스레 말하기를,

"그럼요, 그래서 제가 즉시 피해드린 것이지요."

하고, 밤이 되자 제 아내에게 말하기를,

"아까 낮에 서방님이 어떤 여자와 후원에서 여차여차한 일을 하시는데, 내가 꽃밭에 불이 지르는 격이 될까봐 은신하여 빨리 피했더니, 서방님이 영리하다고 칭찬하시더라."하고 자랑했다.

마누라가 가로대,

"주인양반의 일을 함부로 아무에게나 발설하면 어떻게 합니까? 만약 소문이 나면 죄가 커지리오."

했더니, 남편 왈

"내 참. 내가 세 살짜리 어린앤 줄 아시오? 그런 것도 모르게? 쓸데없는 당부라오."

하니, 전해 듣는 사람들이 모두 비웃더라.

성이 삼씨요, 사람은 반 사람이네

❀ 姓三人半

옛날에 한 시골 사람이 서울 길이 초행(初行)이라, 이웃 사람이 그에게 일러 말하기를,

"자네가 서울이 초행이니, 알지 못하는 것이 많을 건데, 서울 사람은 속임이 많아서, 반드시 시골 사람을 속이고자 하니, 자네는 모름지기 그런 사실을 알아야 하는데, 가장 중요한 것은 만약 흥정할 때, 값을 두 배로 높게 부르니, 가령 서울 사람이 열 냥(兩)을 부르면, 자네는 다섯 냥을 부르고, 2전(錢)을 부르면 1전으로 그것을 불러서, 거듭 절반(折半)으로 굳세게 고집하여 값을 말하면, 반드시 살 수 있으니, 이를 잊지 말 것이며, 자네가 도리어 서울 사람을 속인 뒤에야, 바야흐로 바보를 면하네."

하니, 시골 사람이 굳게 이 말을 기억하고 서울로 올라가니, 과연 흥정할 때, 절반으로 값을 깎아 모두 팔았다.

시골 사람이 이제 더욱 굳게 그 말을 믿었는데, 마침 서울 사람과 인사를 하게 되어, 묻기를,

"귀하의 성씨(姓氏)는 무엇이라 하오?"

하니, 서울 사람이 말하기를,

"나는 육서방(陸書房)이요.

하니, 시골 사람이 말하기를,

"귀하의 성씨는 삼씨(三氏)군요." 하였다.

또 묻기를,

"나이가 몇이요?"

하니, 서울 사람이 말하기를,

초행(初行) : 어떤 곳에 처음으로 감.

냥(兩) : 예전에, 엽전을 세던 단위. 한 냥은 한 돈의 열 배이다.

전(錢) : 예전에, 엽전을 묶어 세던 단위. 1전은 열 푼을 이른다.

삼씨(三氏) : 육(陸)을 육(六)으로 생각하여 절반인 삼(三).

"마흔여덟이요."

하니까, 시골 사람이 이를 생각하고 말하기를,

"반드시 스물네 살인데, 모든 것이 과연 노련하고 성숙하구려."

하고, 또 묻기를,

"식구가 몇이요?"

하니, 서울 사람이

"다섯 사람이요."

하니, 시골 사람이 괴이하고 의심하며 말하기를,

"필시 두 사람 반(半)인데, 사람이 어찌 반이 있단 말이요? 서울에는 기이한 일도 많구려."

하자, 서울 사람이 이 말을 듣고, 깨닫지 못하여, 이는 미친 사람이라 의심하여 다시는 말을 하지 않고 피해서 가니, 시골 사람도 역시 그를 괴이하게 여겼다.

하루는 또 서울 장안에 아는 사람의 집을 찾아가자, 주인이 반갑게 맞으면서 곧 묻기를,

"조반(朝飯)을 잡수셨소? 아직 이면, 마땅히 밥을 차리겠으니, 더불어 나와 함께 먹는 것이 어떠신지 모르겠소?"

하니, 시골 사람이 이때 아직 밥을 먹지 않았으나, 곧 그 물음에 대답하기를,

"아까 먹었소."

하니, 주인이 밥 차리는 것을 중지시키니, 시골 사람이 마음속으로 말하기를,

"내가 먹지 않고 먹었다고 말했더니, 저 사람은 내가 이미 먹은 것으로 알고 밥을 주지 않으니, 서울 사람이 나에게 속임을

당했군."하였다.

　시골로 돌아와 이웃 사람에게 물건 값을 반으로 깎은 일과, 서울 사람이 자신에게 속은 이야기를 이야기 하니, 들은 사람들이 크게 껄껄 웃더라.

거짓으로 져서 종을 바치다
❀ 佯負納奴

　옛날에 한 재상이 장기를 잘 두어 적수가 드물었고, 내기를 좋아해서 다른 사람의 물건을 취함이 매우 많았다.
　영남에서 온 한 선비가 일면식(一面識)도 없었으나, 재상에게 와서 절하며 청하기를,
　"소생(小生)은 장기를 병적으로 즐기며 도박(賭博)을 좋아하는데, 이번 과거(科擧)길에, 성 안으로 들어오니 대감의 장기 단수가 매우 높다는 이야기를 듣고, 소생과 한 판 붙을 것을 감히 청하오니, 황송하기 그지없습니다."
　한즉, 재상이 말하기를,
　"아주 좋으나, 내기를 해야 재미가 있는데, 귀공(貴公)의 뜻은 어떻소?"하였다.
　선비가 말하기를,
　"저의 얕은 소견(所見)도 역시 그러하나, 소생은 먼 지방의 선비로서, 가히 내기에 걸 물건이 없사오니, 소생이 만약 이기지 못하면, 원컨대 종과 말을 대감께 드리고, 그렇지 않으면, 아무 물건이나 적당히 좋으실 대로 내려 주심이 어떨지요?"

낙방(落榜) : 과거(科擧)에
떨어지는 것. 낙과(落科).
낙제(落第). 하제(下第).

하직(下直) : 먼 길을 떠날
때 웃어른께 작별을 고하
는 것.

대국(對局) : 바둑이나 장
기를 마주 대하여 둠.

수단(手段) : ①어떤 목적
을 이루기 위한 방법. 또
는 그 도구. ②일을 처리
하여 나가는 솜씨와 꾀.

하니, 재상이 말하기를,

"그럽시다."

하고, 서로 더불어 대국하니, 선비가 세 판을 두어 두 판을 지자, 이에 말하기를,

"대감님의 높으신 단수가 보통과 같지 않습니다."

하며, 곧 종과 말을 바치고, 고하고 물러가니, 재상이 그 종과 말이 가히 쓸 만함을 보고는, 기뻐서 그들을 유치(留置)하고, 그 종을 잘 대우(待遇)하고, 그 말을 배불리 먹였는데, 수십 일 후, 선비가 또 와서 절하며 말하기를,

"이제 과거에 낙방(落榜)해서 돌아가려는데, 지난번에 한 번 인사드린 고로, 다시 와서 하직(下直)하오며, 다시 내기 한 판 하기를 원하오니, 대감께서 만약 지시면, 종과 말을 도로 내주시고, 소생이 만약 진다면, 좋은 밭 닷새갈이의 문서를 드리겠습니다."

하니, 재상이 그것을 허락(許諾)하여 이에 대국(對局)을 했는데 재상이 세 번 두어 연달아 패하니, 재상이 말하기를,

"그대의 수단(手段)이 그간 어찌 그렇게 늘었소?"

하니, 선비가 말하기를,

"처음부터 소생은 대감의 장기단수에 비하면 차(車)와 포(包)를 더한 정도인데, 시골에 사는 가난한 선비로서 과거를 앞두고 서울에 머물면서 종과 말을 먹일 수가 없는 까닭으로, 그간에 종과 말이 지낼 곳을 해결하기 위하여 소생이 대감에게 거짓으로 져드렸습니다. 이제 내기에 허락이 있으셨으니, 원컨대 종과 말을 돌려주십시오."

하니, 재상이 몹시 분하고 한스러웠으나 어쩔 수 없어 곧 낙담하는 모양으로 내어주니, 선비가 그간에 잘 먹여 준 것에 감사하

고 갔다.

이 말을 전해들은 사람들이 입을 벌리고 크게 웃더라.

원만함을 위주로 하다
❀ 以圓爲主

한 노인이 젊어서부터 성품이 순박(淳朴)하고 온화하여, 매사의 원만(圓滿)함을 주장하여, 다른 사람들과 규각(圭角)나지 않아서 득도(得道)를 하니, 머리가 하얗게 늙도록, 일찍이 시비(是非)거리가 없었다.

하루는 한 사람이 갑자기 와서 말하기를,
"오늘 아침에 남산이 모두 무너졌습니다."
하니, 노인이 말하기를,
"이는 수백 년 된 늙은 산이라, 바람을 많이 겪었으니, 무너짐에 괴이하지 않으이."
하니, 한 사람이 있다가 말하기를,
"어찌 이런 이치가 있습니까, 비록 늙은 산이라고 해도 어찌 무너질 리가 있습니까?"
하니, 노인이 말하기를,
"자네의 말도 역시 옳네. 이 산은 위는 뾰족하고 아래는 넓으며, 바위와 돌이 서로 엉켜 있으니, 반드시 무너질 걱정은 없겠지."하였다.

순박(淳朴) : ①소박(素朴)하고 순진(純眞)함 ②인정(人情)이 두텁고 거짓이 없음.

원만(圓滿) : ①충분(充分)히 가득 참 ②일이 되어감이 순조(順調)로움 ③조금도 결함(缺陷)이나 부족(不足)함이 없음 ④규각(圭角)이 없이 온화(溫和)함 ⑤성격(性格)이나 행동(行動)이 모나지 않고 두루 너그러움 ⑥서로 의가 좋음. 사이가 구순함.

규각(圭角) : ①모나 귀퉁이의 뾰족한 곳. ②물건이 서로 들어맞지 아니함. ③말이나 뜻, 행동이 서로 맞지 아니함.

우직(愚直) : 어리석고 고
지식함.

저오(牴牾) : ①서로 어긋
나 거슬리거나 용납되지
아니함. ②반대되는 주장
을 내세움. / 여기서는 구
멍에 뿔이 걸린다는 뜻.

탄복(歎服) : 깊이 감탄(感
歎)하여 심복(心腹)함, 감
탄(感歎)하여 마음으로 따
름.

잠깐 뒤에 한 사람이 또 와서 말하기를,

"나는 괴상한 일을 들었어요."

하니, 노인이 가로대,

"무슨 일인가?"

하니, 그 사람이 말하기를,

"소가 쥐구멍으로 들어갔다니 어찌 괴이한 일이 아니요?"

하니, 노인이 말하기를,

"자네의 말이 괴이하지 않군. 소는 성질이 본래 우직(愚直)하니,
비록 쥐구멍이라도, 그 구멍 안으로 돌입함이 괴이하지는 않지."

하니, 곁의 사람이 또 말하기를,

"어찌 그런 이치가 있어요. 비록 소가 우직하다고 해도, 어찌
쥐구멍에 들어가는 게 가능하답니까?"

하니, 노인이 말하기를,

"자네 말 역시 옳아. 소는 두 개의 뿔이 있어서, 마땅히 저오
(牴牾)하니, 작은 구멍에는 들어갈 수 없겠군."

하면서, 잠시 동안에도 여러 사람의 말을 하나도 그릇됨이 없
다 하거늘, 여러 사람이 말하기를,

"영감님은 어찌 그리도 불성실하십니까? 되지도 않는 말을, 모
두 옳다고 하니 어찌된 것입니까?"

하니, 노인이 말하기를,

"이는 내가 늙기까지 몸을 편히 지내는 방법이니, 그대들은 비
웃지 말라. 말과 행동에 규각(圭角)이 생기게 함을 기뻐하는 자를
경계하노라."

하니, 여러 사람이 탄복(歎服)하더라.

장인과 사위가 속다
翁婿見瞞

악부(岳父) : 아내의 아버지. 장인(丈人).

옛날에 어떤 촌사람이 아내를 얻었는데, 이웃에 해학(諧謔)을 잘 하는 사람이 있어서 그 신랑을 속여 말하기를,

"자네가 장가간 후에 자네의 처가(妻家)에서 잘못된 소문이 나서 자네가 고자라고 하니, 어찌 원통하지 않은가. 후일에 자네 악부(岳父)가 만약에 그것을 한번 보자고 하면 곧 그것을 세워 보여서 그 의심을 풀어야 하네."

라고 하자, 신랑이 말하기를,

"그게 뭐 그리 어렵겠소."하였다.

그 이웃 사람은 또 그의 처가에 가서 그 장인을 보고 말하기를,

"당신 사위는 퉁소를 잘 불어 늘 갖고 다니니, 사람들이 보자고 하면 즉시 꺼내어 불 것이니, 후일에 한번 불러서 단지 '한번 보자' 라고만 하면 될 것입니다." 하였다.

악부는 사위가 퉁소를 잘 부는 재주가 있다는 말을 듣고 몹시 기뻐하여 이웃 동리의 친구를 몇 명 초청하고 오찬(午餐)을 잘 차려내고,

"내 사위가 퉁소를 잘 부는데 오늘 여러 친구들과 더불어 한번 들어 봅시다."

하니, 여러 손님들 모두가,

"좋소."하였다.

이에 악부가 사위를 오라고 청하여

"친지들이 마침 모여서 술을 마시는데, 모두 말하기를 '한번

대양(大陽) : 큰 양물(陽物), 음경(陰莖).

무안(無顔) : 부끄러워서 볼 낯이 없다는 것을 이르는 말. '무안색(無顔色)' 또는 '무색(無色)'이라고도 한다. '얼굴이 없다'라는 뜻으로, 부끄러워서 얼굴을 들지 못하거나 상대편을 대할 면목이 없는 경우를 말한다.

반용주색(龍舟色) : 임금이 타는 배를 용주(龍舟)라고 하는데 용머리 형상을 했으며 붉은 색이다.

실소(失笑) : 어처구니가 없어 저도 모르게 웃음이 툭 터져 나옴. 또는 그 웃음.

초종장사(初終葬事) : 초상(初喪) 난 뒤부터 졸곡(卒哭)까지를 일컬음.

치산(治山) : ①산소(山所)를 매만져서 다듬음 ②산사태나 수해 따위를 방지하기 위하여 나무를 심는 등, 산을 잘 관리하고 손질함.

보자'고 하네."

하니, 사위 가로대,

"뭐가 어렵겠습니까!"

하더니, 바지를 벗고 대양(大陽)을 꺼내어 손으로 주물러 세우고, 주연을 베푸는 자리에서 그것을 보였다.

모든 사람들이 크게 놀라고, 악부는 크게 무안(無顔)하여 머리를 돌려 앉아 탄식하기를,

"아아! 무색(無色)하고 무색(無色)하도다!"

하니, 사위가 말하기를,

"붉으면서 검은 빛깔을 띠고 있으니 이건 반용주색(半龍舟色)인데 어째서 무색(無色)하다고 하십니까?"

하니 좌중이 모두 얼굴을 가리고 실소(失笑) 하더라.

세 아들이 의견을 내다
❀ 三子獻見

옛날에 한 사람이 자수성가(自手成家)하여, 집이 조금 풍족했으나 성품이 매우 인색(吝嗇)하여, 죽은 후에 장례(葬禮)를 치름이 지나칠까 두려워, 첫째 아들에게 물어 말하기를,

"내가 죽은 뒤에 초종장사(初終葬事) 비용을, 너의 짐작으로는, 마땅히 얼마나 쓰겠느냐?"

하니, 대답해 말하기를,

"옷과 이불, 관(棺)과 곽(槨), 장례를 지내고 치산(治山)하는데 적어도 금 3, 4백 냥 아래로는 어려울 것입니다."

하니, 아버지가 눈을 부릅뜨고 크게 놀라 말하기를,

"이게 무슨 말이냐? 너는 곧 집을 망칠 자식이구나."

하면서 꾸짖어 물리치고는, 둘째 아들에게 물어 말하기를,

"너의 생각은, 마땅히 얼마나 들어갈 것 같으냐?"

하니, 대답하기를,

"사람이 한 번 죽으면, 흙으로 돌아가니, 문구(文具)가 반드시 필요한 것은 아닙니다. 몇 필의 포목(布木)과 얇은 널판으로, 무릇 모든 것을 헤아린다면, 많아야 불과(不過) 금 40~50냥일 겁니다."

한즉, 아비가 말하기를,

"너는 조금 낫구나."

하고, 셋째 아들에게 묻기를,

"너의 생각은 어떠냐?"

하니, 대답하기를,

"소자(小子)의 생각으로는 아버님이 돌아가신 뒤에, 푼돈도 들어가는 바가 없을 뿐 아니라, 도리어 돈냥이나 챙길 방도(方道)가 있습니다."

하니, 아비가 기뻐서 묻기를,

"너는 어떠한 꾀가 있느냐?"

하니, 대답하기를,

"아버님이 돌아가신 뒤에, 깨끗이 씻어 푹 삶아, 시장에 나가면, 네댓 냥의 돈은 얻을 수 있으니, 어찌 돈냥이나 더 챙기는 방법이 아니겠습니까?"

하니, 아비가 말하기를,

"너의 말이 가장 당연(當然)하나, 절대로 외상(外上)을 주지 말고, 수습(收拾)하는 어려움이 없도록 함이, 지극히 올바르고 지극히 올바르니라."

문구(文具) : 문방구.

포목(布木) : 베와 무명을 아울러 이르는 말.

불과(不過) : (주로 수량을 나타내는 말 앞에 쓰여) 그 수량에 지나지 아니함을 이르는 말.

외상(外上) : 한자말이 아니나, 이두식 한자 표기한 듯함.

수습(收拾) : ①어수선한 사태(事態)를 가두어 바로잡음 ②산란(散亂)한 정신(精神)을 가라앉히어 바로잡음 ③어수선하게 흩어진 물건(物件)을 다시 정돈(整頓)함.

해연(駭然) : 깜짝 놀라는 모양.

북한산(北漢山) : 서울특별시와 경기도 고양시 경계에 있는 산으로 남서쪽 비봉 기슭에는 유서 깊은 사찰인 승가사와 조선시대 궁중사찰이며 경치가 뛰어난 화계사를 비롯해 태고사·도선사·원효암 등의 사찰이 있다.

상추지행(賞秋之行) : 가을 단풍을 즐기려 가는 산행.

태고사(太古寺) : 경기도 고양시 북한동 북한산성에 있는 절. 한국불교태고종에 속한다. 원래 1341년 보우(普愚)가 중흥사(重興寺)의 주지로 있으면서 동암(東庵)이라는 개인의 수도처로 창건한 것이다.

강목(綱目) : 중국 송대(宋代)의 사서(史書)로〈통감강목〉이라고도 한다. 전부 59권으로 되어 있다.

중흥사(中興寺) : 삼각산 서남쪽 노적봉 아래 중흥동에 있는 절로 고려시대 이래 있었던 절인데 황폐된 것을 고려 말기에 태고화상 보우(普愚)가 중창한 것이다. 1904년 8월 원인 모를 화재와 1915년 대홍수로 인하여 폐허가 되었다.

하니, 듣는 사람들이 해연(駭然)히 놀라 탄식하더라.

책을 빌려 베개로 삼다

借册爲枕

옛날 한 생원(生員)이 여러 사람과 더불어, 북한산(北漢山) 상추지행(賞秋之行)을 하려는데, 남대문(南大門) 안에서 한 중을 만났기에, 생원이 묻기를,

"너는 어느 절에 있느냐?"

하니, 중이 말하기를,

"소승(小僧)은 태고사(太古寺)에 있습니다." 하였다.

생원이 말하기를,

"너의 절에 어떤 볼 만한 서적(書籍)이 있지 않느냐?"

하니, 중이 말하기를,

"별로 볼 만한 책은 없으나, 다만 강목(綱目) 한 질이 전해 오는 것이 있습니다."

하니, 생원이 매우 좋아하며 말하기를,

"내가 바야흐로 그것을 보고 싶으니, 네가 가서 예닐곱 책을 빌려 중흥사(中興寺)로 오거라. 나는 의당 그곳에서 묵을 것이다."

한즉, 중이 곧 본절로 돌아가서, 생원이 책을 빌려달라는 일로, 주지승에게 말하니, 주지승이 말하기를,

"양반이 보고자 한 바에는, 역시 가지고 가서 본 뒤에, 찾아옴이 옳으리라."

하니, 중이 이에 일곱 권의 책을, 중흥사로 가지고 가니, 날이

이미 어두컴컴해지고 있었는데, 생원이 그를 보고 기뻐 가로대,

"너는 과연 신의(信義)가 있구나."

하니, 중이 말하기를,

"생원님의 분부를 감히 어길 수 없어 가지고 왔습니다만, 이제 밤이 되었으니, 어찌 보시겠습니까?"

하니, 생원이 말하기를,

"노인이 절에 들어 묵을 것을 헤아리니, 목침(木枕)은 불편하겠는 고로, 이 책을 빌려 하룻밤 편안히 베고 자고자 하니, 내일 아침 도로 가지고 감이 좋겠다."

하니, 중과 여러 사람들이 배를 움켜잡고 웃더라.

목침(木枕) : 나무토막으로 만든 베개.

조선선비들의 사랑과 해학 고금소총

2010년 5월 15일 초판 1쇄 발행

편역 정상우
펴낸이 김승빈
펴낸곳 도서출판 다문
펴낸곳 서울특별시 성북구 보문동 4가 90-4호
등록 1989년 5월 10일 등록번호 제6-85호
전화 02-924-1140, 1145 팩스 02-924-1147
홈페이지 http://choun.co.kr
이메일 bookpost@naver.com

책값은 표지의 뒷면에 있습니다.

ISBN 978-89-7146-034-4 03810